ダニエル・スウェレン=ベッカー/著
矢口 誠/訳

キル・ショー
Kill Show

JN117985

扶桑社ミステリー
1680

死体の埋まっている場所をすべて知っているＲＳに感謝を

キル・ショー◉目次

キル・ショー

編集者覚え書き

いまから十年前、四月のあるすがすがしい朝に、メリーランド州のフレデリックに住む十六歳の少女サラ・パーセルが、なんの理由もなく突然失踪した。それにつづいて起こったさまざまな事件は、アメリカ国民の耳目を奪い、ショックをあたえ、対立させた。しかし、ほんとうはいったいなにが起きたのか？　この事件はあらゆる角度から検証され、論じられてきた。なのに、その詳細はいまだに明らかになっていない。しかしいま、事情が変わった。事件に関与した人々が、事実を明かすことにようやくのことで同意したのだ。

本書は、サラの失踪をめぐる事件において主要な役割を果たした二十六人の人々の証言を集めたものだ。失踪事件後の捜索活動、加熱するメディアの報道、悲劇的でスキャンダラスな結末、それにつづく裁きなどについて、彼らはさまざまな質問に答えている。

実際にはいったいなにが起きたのか？　事件を間近に見た人々の証言から、いまそれが明らかになる……

インタビューに答えてくださった方々

それぞれの方の氏名は、サラ・パーセル失踪事件が起きた当時のものである。また、サラとの関係や職業などに関しても同様である。

デイヴ・パーセル……父親
ジャネット・パーセル（現在はジャネット・ギアリー）……母親
ジャック・パーセル……弟
ビヴァリー・ギアリー……祖母
フェリックス・カルデロン……フレデリック警察署刑事
ドミトリー・ルッソ……フレデリック警察署巡査
クリスティーン・ベル……フレデリック郡地方検事

オリヴィア・ウェストン……友人
ネリー・スペンサー……友人
ブランドン・グラスリー……近所に住むクラスメート
ヴェロニカ・ヤン……フレデリック高校の校長
ミリアム・ローゼン……フレデリック高校の音楽教師
トラヴィス・ヘインズ……フレデリック統合学区のバス運転手
トミー・オブライエン……〈ギアリー・ホーム&ガーデン〉の従業員
イヴリン・クローフォード……マニー・クローフォード（ガソリンスタンドの修理工。故人）の妻
オラフ・レクレール……アイスクリームショップのオーナー
マイク・スナイダー……地元テレビ局〈フレデリックＡＢＣ‐７〉のニュースレポーター

ケイシー・ホーソーン……ＴＮＮネットワークのプロデューサー
マーカス・マクスウェル……ＴＮＮネットワークの社長兼番組編成エグゼクティブ
アンソニー・ペナ……ビデオ編集者
ゼイン・ケリー……カメラマン
アレクシス・リー……アソシエイト・プロデューサー

ベッカ・サンタンジェロ……サラ・ベアーズ・フェイスブック・グループの創設者
ブルース・アレン・フォーリー……陰謀論グループの指導者
エズラ・フィリップス……オンラインマガジン〈ストレート〉のポップカルチャー評論家
モリー・ロウ……カリフォルニア大学バークレー校の社会学教授

以下の方々は、インタビューを受けることを拒否された
ハーブ・ギアリー……祖父。〈ギアリー・ホーム&ガーデン〉のオーナー
フランク・グラスリー……フレデリック貯蓄信託銀行の行員。ブランドンの父
ティム・ウォーカー……フレデリック高校バレー部のアシスタントコーチ

※デイヴ・パーセルへのインタビューは、カンバーランド州立刑務所の面会規則により、面会室のガラス越しに受話器を使って行なわれた。

第1章　最後の平和な朝

ジャネット・パーセル（母親）

いつもと変わらない日でした。わたしは子供たちを叩《たた》き起こしてから朝食をつくりました。ジャックはケロッグのシリアルを鼻から食べるところをスマホで自撮りしていました――あのころ息子は、バカげたビデオを撮ってはネットにアップしてたんです。サラはヴァイオリンの弦を張り替えてました。週末に新しい弦を買ってあげたんです。三十ドルもしたんですよ、いい弦を選んだから。たしかデイヴは、新聞のスポーツ欄を読みながらオリオールズの投手陣に文句をいってたはずです。みんな自分の世界に閉じこもってました。会話らしい会話はなかったと思います。だけどそれでも――あれはわたしたちにとって、最後の平和な朝だったんです。

デイヴ・パーセル（父親）

なんだか胃に穴でも開きそうな気分だったよ、もちろんね。通学バスに乗るために子供たちが家を出るときは、大げさに考えるのはやめようと努力した。でも、サラの肩を抱くときはいつもよりちょっと力をこめたな。自分がなんて声をかけたかも覚えてる。「よい一日を、サラ・ベア」といったんだ。あの子はまばたきひとつしなかった。

わたしは玄関口に立って子供たちがバス停のほうへ歩いていくのを見つめていた。ジャネットがわたしに目を向けた。でも、彼女はべつになにも気づいていなかったと思う。

ジャック・パーセル（弟）

姉さんとぼくはおんなじバスじゃなかった――サラは高校生だったからね――でも、近所の子たちといっしょにおなじ角でバスを待った。ぼくのバスがくると、姉さんはたしか、「じゃあね」といって、ぼくの耳を指ではじくかなんかした。よくは覚えてないけど。

たまにぼくが姉さんを怒らせちゃうこともあったけど、いつもは仲よくやってた。ただ、家に友だちがくるとぼくを自分の部屋から蹴《け》りだすんだよ、ぜったいにね。まあそりゃそうだよな、弟がそばでうろうろしてたら誰だっていやだろ？　サラは五歳年上だった。だけど、それでもぼくにはよくしてくれたし、いつも気を配ってくれてた。とくに父さんと母さんが喧嘩《けんか》してるときは。

ジャネット・パーセル（母親）

デイヴとわたしの結婚生活は……良好でした。ええ、ほんとうに。ただ、いつもお金が足りなくて、それがちょっと問題でした。ふたりのあいだに笑いが絶えることはありませんでしたけど、お金がじゅうぶんにないと、喧嘩も多くなるものでしょう？ デイヴがつらいのはわかっていました。たぶん、わたしがちょっときつくあたりすぎたんです。でも、湯沸かし器は買い換えが必要だったし、ジャックは歯列矯《きょう》正《せい》をしなくちゃならなかったし、サラは足が大きくなってスパイクシューズがきついといっていました。そうしたことは現実じゃないってふりはできないでしょう？

デイヴ・パーセル（父親）

数年ほどすごく厳しくてね。わたしはすっかり疲れきり、途方に暮れていた。借金がどっさりあったうえに、銀行は家屋を差し押さえようとしていた。あの頃のわたしの日課はまともじゃなかった。昼休みに職場を出ると車で家に帰り、メールボックスを覗《のぞ》いて新しい請求書が届いてないかを確認するんだ。そして、請求書だけを抜き取ったら、残りの郵便物はメールボックスに戻しておく。ジャネットが帰ってきて回収するときのためにね。状況がどれほど深刻か、妻や子供には知られたくなかったのさ。もうすこしだけ余裕ができれば、借金はなんとか返済できると思っていた。しかし、家族に天才音楽家がいると、つぎからつぎへと物入りで、予定をコントロールできなくなってしまう。チャンスを一度逃しただけで、すべてを失ってしまうかもしれないんだからな。

ジャネット・パーセル（母親）

あの子がどこまで成功できたかはわかりませんけど、ほんとうに才能があったんです。いつもすごく不思議でした――あの才能はいったいどこからきたんだろうって。デイヴとわたしは、親戚《しんせき》の叔父さんにモーツァルトがいても気づかないくらいなのに。

デイヴ・パーセル（父親）

あの子はわたしの遺伝子から音楽の才能を受け継いだんだ。ある年の夏、わたしはずっとエアロスミスの追っかけをして、コンサート会場の駐車場でギターを弾きまくっていたことがある。ギターとヴァイオリンはそれほど違わないだろ？　ジャネットはどうかって？　彼女は音程をはずさずに歌うことさえできないよ。

ジャネット・パーセル（母親）
ほんと、あの子が二階の自分の部屋で練習してるのを聴いただけで、こっちは息がとまるくらいでした。夜、食器を洗っていると、あの子が弾きはじめるのが聞こえるんです。わたしはよく、こっそり階段をのぼっていって廊下に立ち、ドアにそっと手をあてたものでした。目を閉じて、ただ耳をすますんです。あの子がステージに立っているところを頭に思い浮かべて。ヴァイオリンをはじめたとき、あの子はまだすごく小さくて、赤ん坊の馬が両手両足を使って弓と格闘してるみたいでした。若さと純粋さにあふれてたんです。なのに演奏はすごく力強くて。聴くだけで気分が明るくなるほどでした。

ジャック・パーセル（弟）
ぼくは楽器はぜんぜんだめだった。八歳か九歳のとき、父さんがギターを教えようとしたことがあるんだ。だけど指がすごく痛いし、父さんが短気を起こして怒鳴りつけてくるし……ぼくはギターを地面に投げだして泣きながら逃げだしたよ。

デイヴ・パーセル（父親）
ジュリアード音楽院は毎年、十代の子供を対象にした夏期講習《サマープログラム》を開催してる。あの年、サラはそれを受講したがっていた。参加費はすごく高いが、あの子にはその値打ちがあるし、練習にも一生懸命励んでいた。世界最高の音楽学校が開催する最高のセミナーなんだ。
ああ、そうとも。すべての悪夢はあそこからはじまったんだ。あの朝、サラが家を出るとき、わたしはこれがジュリアードへの第一歩だと思っていた。

ブランドン・グラスリー（近所に住むクラスメート）
あの朝、バス停でなにかいつもと違ったことがあった記憶はないな。やることは毎日おなじさ。じっと立ったまま待つだけだ。郊外の町のありふれた風景だよ。すごく刺激的ってわけじゃない。

ネリー・スペンサー（友人）
サラはバスに乗ると、あたしとオリヴィアのほうに歩いてきたの。あたしたち、たいていはいちばん後ろの席にすわって、スマホであれこれ見せ合ったりとかしてたのよ。さもなきゃ、ちょっとメイクをしたりとか。あたしはときどき、サラに宿題を写させてもらったりもしたわ。

オリヴィア・ウェストン（友人）

ネリーはなんだかビクビクしてました。だからサラとわたしで落ちつかせようとしたんです。

じつは前の週末に野外パーティがあったんですけど、わたしたち、そこではぐれちゃったんですよ。大きな焚《た》き火に、ビールの樽《たる》がふたつ。ほかの学校の子もきてました。まだ早いうちにネリーがこっそり姿を消しちゃって、わたしとサラはずっと探しまわってたんです。あの子ったら、スマホにも出ないし。でも、わたしとサラは帰らずに最後までいました。おたがいのそばから絶対に離れませんでした。サイテーなやつらがあたりをうろついてるのはわかってたから。

二日後、通学バスのなかで、あのときどこに消えてたのかネリーが教えてくれて。それで、どういうことかぜんぶわかったんです。

ネリー・スペンサー（友人）

テキストメッセージに返事をするのに、ふたりの助けが必要だったのよね。週末にちょっとヤバいことがあって、カレがスマホにメッセージをガンガン送りつけてきてたんだけど、あたしはなんて返事すればいいかわかんなかったわけ。すっごくストレスだったのを覚えてる。でも、ちょっとドラマチックに自分を演出してたのかも。あの頃のあたしって、間違いなくちょっとドラマチックだったから。サラがあの週末のことをよく思ってないのはわかってた。でも、それでもあたしを助けてくれようとしたわ。わかるでしょ、だってほら……あれってちょっとマジでヤバかったから。

オリヴィア・ウェストン（友人）

ネリーは高校のバレーボール・コーチとファックしてたんです。

ネリー・スペンサー（友人）

うちの高校に勤務してる年上の男とつきあってたの。バレー部のアシスタントコーチ。といってもカレはまだ二十三歳だったから、ウディ・アレンみたいな話じゃないんだけど。それに、あのときはまだ寝てなかったし。土曜の晩、あたしは野外パーティを早めに抜けだして、カレのとこに行ったの。

そのとき、カレのルームメイトっていうか、もしかしたらハウスメイトっていうのかもだけど、あたしたちのことに気づいたわけ。そいつはロースクールを目指してる学生だったんだけどね、突然、自分が犯罪の共犯者か目撃者になるんじゃないかってビビっちゃったの。あたしたちがいちゃいちゃしてるとき、あの男が隣の部屋にいたなんて、ホント信じらんない。マジ笑っちゃわない？　想像上の犯罪のことで心配なんかするまえに、ちゃんとロースクールに行きなさいよって話よね？　とにかく、とんでもない騒ぎになっちゃったわけよ。ウォーカー・コーチは――ええ、あたしはそう呼んでた――あたしと話の口裏を合わせようとしてたの。あの朝バスのなかでしたのは、その話だったはずよ。

ブランドン・グラスリー（近所に住むクラスメート）

あの年頃の女の子って、ずっとペチャクチャしゃべってるだろ？　なにが面白いんだか知らないけど、いつだってなにかしゃべってる。ぼくはたいてい、ヘッドフォンをしてシャットアウトするようにしてたんだけど、どうしたってちょっとは耳に入ってくる。あの週末は、なにか大きなパーティがあったって話だった。ぼくは行ってない。だけど、あの子たちが興奮してるのはその件なんだと思ってた。

オリヴィア・ウェストン（友人）

わたしたちはいっしょにバスを降りて学校に向かいました。だけど、校舎に入る直前に、サラがジムバッグしか持ってないことに気づいたんです。バックパックを忘れてきちゃったんですよ。わたしとネリーはそのままロッカーに向かって、彼女は走って取りに戻りました。

ネリー・スペンサー（友人）
ロッカーの前まできたとこで、ジムバッグしか持ってないのにサラが気づいたんだよね。バックパックがないって。待ってなくていいからといって、彼女は走って戻ってった。バスが帰っちゃうまえに捕まえなくちゃって。

トラヴィス・ヘインズ（バス運転手）
おれは会社から教えられたとおりにやっただけだ。一から十まで規則どおりにな。時間どおりにルートをまわって、車庫に戻って、通路を最後尾まで歩いていって座席をチェックして、ガキどもが床に投げ捨てたソーダの缶とかガムの包み紙とかいったロクでもないゴミをぜんぶ拾ってさ。そのときバックパックに気づいたんだよ。べつに珍しいこっちゃない。おれはオフィスの遺失物用クロゼットに持ってった。ところが部屋のドアに鍵《かぎ》がかかってたんだよ。誰かが間違えたんだ。おれのせいじゃない。だけどこっちはいい迷惑さ。おれが運転してたバスは駐車場のはるか向こうにある。オフィスのドアは鍵がかかってる。一方、自分の車はすぐそこにある。おれはまっすぐ家に帰るつもりだった。そしたら考えられることはただひとつだろ？　おれはバックパックを自分の車に放りこんだんだ。

だけどさ、あの子の友だちが警察になにをいったかは知ってるけど、学校に着いて全員がバスを降りたあとで、彼女は戻ってこなかった。おれのスクールバスから一歩足を踏みだしてからってもの、おれはサラ・パーセルの姿を一度も見てないんだ。

デイヴ・パーセル（父親）

あの日の午前中、わたしは五分ごとに腕時計に目をやり、携帯をチェックしてた。いつものクソ退屈な〈ギアリー・ホーム&ガーデン〉の一日だったわけだ。

ジャネット・パーセル（母親）

デイヴはわたしの父の下で働いていたんです。父が経営してるホームセンターで。あの事件があったのは、デイヴの屋根葺《ふ》き会社が倒産してから数年経った頃でした。夫はいつだって必死に働いてましたが、経営の才覚ってものがないんです。わたしはもうあきらめるべきだって説得し、父に援助を頼みました。ホームセンターが理想的な勤務先じゃないのはわかってたんですけどね。でも、定期的な収入が必要だったんです。

デイヴ・パーセル（父親）

本気で訊《き》いてるのかい？　わたしがどう感じてたか？　聞かなくたってわかるはずだ。自分は家族の面倒も見られないような負け犬だってことを、毎日まいにち思い知らされるんだ。しかもボーナスとして、二十キロもある肥料の袋を運んでまわらなきゃならない。愛さずにいられるかい？

トミー・オブライエン（ギアリー・ホーム＆ガーデンの従業員）

ぼくはいつだってデイヴが好きでした。金曜日にはときどきビールをおごってくれてね。ぼくが偽のIDカードをなくしちゃってからは。ええ、義理のお父さんのことじゃよくぼやいてましたよ。でも、職場としちゃ、そう悪いとこでもなかったんです。ミスター・ギアリーはいいボスだし。でも、デイヴは納得してなかった。あそこで働いてるってだけで腹が立ったんでしょうね。この世界に対して腹を立ててるっていうのかな。あるときデイヴがいったことをいまも覚えてます。人間ってもんは、ときにはハンマーにもなるし、ときには釘《くぎ》にもなる……でもな、おれみたいにいつも釘でいるのはもううんざりだ、って。

娘さんになにかあって知らせが入ったのは、ぼくたちがいっしょに仕事をしてるときでした。オフィスパークに自動のスプリンクラー・システムを設置してたんですよ。

デイヴ・パーセル（父親）

わたしが店を出たのは正午過ぎだ。まだ若い店員といっしょだった、名前はなんていったかな……ああそうそう、トミーだ。わたしたちはどこかの家の裏庭にカエデの木を植えに行くことになっていた。まずは作業用トラックを用意して、荷台に木を縛りつけたんだ。ガソリンを入れるためにガソリンスタンドに寄った。店にはマニーがいた。わたしたちはほんのちらっと顔を見合わせた。それだけだ。

イヴリン・クローフォード（ガソリンスタンドの修理工マニー・クローフォードの妻）

デイヴ・パーセルに会ったことはありませんね。きょうに至るまで一度たりとも。正直な話、事件が起こるまでは名前さえ聞いたことがなかったくらい。

ガソリンスタンドにはたくさん常連さんがいて、マニーはその全員と仲よくしてましたよ。当人は国道15号線の市長を自称しててね。ここからポトマックまでのあいだに住んでる人だったら誰でもいいから訊いてみてちょうだい。うちの人を悪くいう人はひとりもいないはずよ。あの人に問題があるとしたら、車を修理しておきながら代金を請求しなかったことだけ。ええ、それがあの人のビジネス戦略だったの——常連客をしっかりつかめっていうのが。だけど誰も払わないのよ。

ごめんなさいね、ちょっと待ってちょうだい。マニーは……とてもいい人だった。

心が広くて、思慮深くて、灯台の霧笛みたいな声で笑ってね。骨から肉をあっさりはがせるスペアリブの燻製《くんせい》をつくったりとか。友だちの車をただで修理したことであたしが大声で抗議したなんて、いま考えると頭がどうかしてたのね。あんなことして、後悔してるわ。

ええ、そう、あたしたちは裕福じゃなかった。いつだってお金が足りなかった。でも、だからってそれで説明がつくわけじゃないでしょ。あの人がなぜあんなバカげたアイディアに手を貸したのか、あたしにはぜんぜんわかりませんね。

トミー・オブライエン（ギアリー・ホーム&ガーデンの従業員）

ぼくたちはガソリンスタンドを出ると、オフィスパークに行って仕事をしました。で、一時間くらい経ったところでデイヴの携帯が鳴ったんです。お子さんに関する件だってことはぼくにもわかりました。学校関係の話らしいってね。デイヴは最初、たんにちょっと驚いているだけみたいでしたけど、そのうちに動揺しはじめたんです。ぼくはそんなに注意を払ってたわけじゃありません。でも、デイヴが通話を切ると急いでトラックに戻り、走り去ったのは覚えてます。

ミリアム・ローゼン（フレデリック高校の音楽教師）

サラがリハーサルに姿を見せなかったので、わたしは驚きました。春のコンサートが二日後に迫っていて、サラは重要なソロを受け持つことになっていたからです。あの子はスター的な存在で、正直なところ、あのコンサートにはほかには見るべきところなどありませんでした。技術的な点でいえば、あの時点でわたしに教えられることはほとんどなかったくらいです。才能をさらに伸ばすための課題をあたえ、やる気を引きだしていただけです。あの年齢であれだけの能力があるなんて――ちょっと怖いくらいでした。

十六歳の女の子のなかには、注目を浴びたがらない子もいます。比喩《ひゆ》的な意味ではなく、文字どおり自分の身体を他人に見つめられたくないんです。すぐれていることを期待されると、どうしていいかわからなくなってしまうんですね。サラもプレッシャーは感じていたようですが、それでもうまく対処していました。

生徒が欠席することはめずらしくありません。でもわたしは、職員室に戻ると、サラが登校しているかを確認しました。リハーサルをサボるなんて、彼女らしくなかったからです。もちろんその時点では、心配だったのは彼女がコンサートに参加しないんじゃないかってことだけで……

ヴェロニカ・ヤン（フレデリック高校の校長）

生徒が三時限目までの授業を無断欠席した場合、当校ではご両親に連絡をとることにしています。わたしが自分で電話をしたわけではありません、職員室にいた誰かがお父さまに連絡したのだと思います。

ジャネット・パーセル（母親）

わたしは当時、宴会場で簿記の仕事をしていました。ちょうどミーティング中だったので、サラが登校していないという学校からの電話に気づいてなかったんです。

デイヴ・パーセル（父親）

ああ、連絡は携帯で受けた。生徒の出欠をチェックしてる補導員が、サラがきていないっていうんだ。わたしはすぐ、ジャネットに電話した。

ジャネット・パーセル（母親）

デイヴからの連絡をうけて、わたしはいきなり心配になりました。あの朝、サラは間違いなくバス停に向かいましたから。それに、サラは学校をサボったりするような子じゃありません。わたしは上司に緊急の用件だからと断わり、家に帰ってデイヴと合流しました。

デイヴ・パーセル（父親）

サラのスマホに何度も電話をかけてみた。だってほら、あのバカげたスマホを子供たちに持たせてるのはこういう場合のためだろう？　すくなくともわたしはそう聞かされてた。だけどあの子はいっこうに出ないんだ。わたしは木を植える作業をトミーにまかせ、車でまっすぐ自宅に戻った。

ジャネット・パーセル（母親）

サラほど責任感の強い子はいないはずでしょ――わたしはそう考えて自分を落ちつかせようとしました。自分の部屋はきちんと掃除するし、宿題も自発的にやる。アルバイトもしている。自分から危険なことなんかするはずありません。だから心の底ではわかっていたんです。あの子が返事を寄こさないってことは、悪いことが起こったのにちがいないって。

デイヴ・パーセル（父親）

ジャネットはすぐに自制心を失ってしまってね。わたしはなんとか落ちつかせようとした。

ジャネット・パーセル（母親）　自分の身体がパニック・モードになるのがわかりました。胃も、皮膚も、心拍数も、口のなかの味も……すべてが普通じゃなくなってしまったんです。

デイヴ・パーセル（父親）　三時頃、ジャックが学校から帰ってきた。あの子を動揺させないように、わたしたちはサラに連絡を取る必要があるんだと嘘《うそ》をつき、どこにいるか知らないかと訊いた。しかしジャックはなにも知らなかった。あの子が最後に見たとき、サラは高校のスクールバスがくるのを待っていたそうだ。ほかにはなにも知らないというんで、ジャネットが自分の友だちに電話して、その日の午後はジャックを預かってもらうことにした。あの子を家にいさせたくなかったんだ。

ジャネット・パーセル（母親）　高校の授業時間は終わったのに、なんの連絡もありませんでした。そこでわたしは、サラの友だちに片っぱしから連絡を入れたんです。

オリヴィア・ウェストン（友人）
サラのママが電話をくれました。なんだか怖くなってきたのはそのときです。サラを最後に見たのはスクールバスにバックパックを取りに戻ったときだって伝えました。ほかには話すことなんかなにもなかったんです。わたしも一日じゅう、サラはどこに行ったんだろうって思ってましたから。いくらメッセージを送っても返事をくれないし、なにかよくないことがあったのかなとは思ってました。

ネリー・スペンサー（友人）
サラのママは電話口で泣いてたな。面倒ごとに巻きこむようなことはぜったいにしないから、なんでも話してくれって。でもほら、そのときのあたしはそれどころじゃなかったから。最初に考えたのは、土曜日のパーティでなにかあったんじゃないかってこと。あたしは早めに抜けだしたから、そのあとでね。なんかあのパーティに関係があるんじゃないかって思ったの。でも、そんなこと話したりしなかった。最初のうちは、そんなに大ごとになるなんて思ってなかったし。

デイヴ・パーセル（父親）

もうこうなったら選択肢はひとつしかないってところまできていた。警察に電話するしかないとね。

ジャネット・パーセル（母親）

なにがどうなったかは覚えていません。デイヴが電話したんです。

デイヴ・パーセル（父親）

電話をする気力をかき集めるのは簡単じゃなかった。いったん警察に通報したら、すべてが現実になり、サラは公式に〝行方不明者〟になる。しかし、わたしは無理やり自分を奮い立たせ、電話をかけて状況を説明した。

電話を切るとすぐに、胃の底から不安が湧《わ》きあがってきた。携帯をテーブルにおいたときには、文字どおり震えていたよ。

つぎになにが起こるかを予言できたわけじゃない。しかし、自分が家族全員の人生を破滅に追いやったことはわかってた。

第2章　だとしたら、大急ぎで探しだすべきだ

フェリックス・カルデロン（フレデリック警察署刑事）

あの晩、警部から電話が入ったとき、おれはすでにタイムカードを押して署を出たあとだったんだ。フレデリック署には経験豊富な刑事が大勢そろってるわけじゃない。そもそも刑事の数がすくないしな。警部はおれに事件を担当させたがった。おれはその事件にうってつけの人材だったうえに、そのとき身体が空いてる唯一の人材でもあった。

おれは自宅を出て、パーセル家に向かった。到着したのはサラ・パーセルが失踪《しっそう》した月曜日の午後八時四十七分だ。サラの両親が電話で伝えてきた話は、すでに通信指令係から聞いていた。署ではすでに全部署緊急連絡を発令してた。最初の訪問の目的は、サラを見つけだすのに役立ちそうな情報を収集すること――もし彼女の失踪に事件性があると判明した場合に備えてね。

デイヴ・パーセル（父親）

最初に電話したとき、警察はたいして心配してないみたいだった。誰が出たかは覚えていない。サラの年齢や特徴といった基本情報を訊かれたよ。失踪届けを出すのは、夜遅くまで待ったほうがいいともいわれた。

ジャネット・パーセル（母親）

なに悠長なこといってるのよと思いましたね。娘のことならよくわかっています。なにか悪いことが起きたのにちがいありません。わたしたちは一時間ほど待ってから電話をかけ直しました。このときはわたしがかけました。怒り狂った母親グマのモードでね。そしていってやったんです。うちの娘が行方不明なの、尻《しり》にエンジンをかけて仕事をしろって。

一時間後、カルデロン刑事がきました。正直いって、やる気満々には見えませんでした。

フェリックス・カルデロン（刑事）

あの当時、おれは刑事になって十五年だった。勤務の大部分を過ごしたのはヒューストンだ。フレデリックに配属されてからは二年。人口七万の小さな街で、転勤を願い出たときに期待してたとおり静かなところだった。おれは直感的に、こいつは誘拐事件じゃないと判断した。

ジャネット・パーセル（母親）

あの刑事からは不愉快な質問をたくさんされました。サラにはボーイフレンドがいるかとか、ドラッグをやっていなかったかとか。そのうえよりにもよって、ご両親のどちらかが体罰をあたえたことはないかなんて訊くんです。あの子の社交生活についても訊いてきました。パーティにはよく出かけたか？　門限は何時か？　門限をやぶったことはないか？　そのときわたしは思ったんです。そういえば週末にパーティに行ったなって。帰ってきたのはだいぶ遅くなってからでした。でも、はっきりした門限は決めてなかったんです。さっきもいいましたけど、すごく責任感の強い子でしたから。

フェリックス・カルデロン（刑事）

二日前に夜遅くまで出かけていた件はメモした。正直なところ、ちょっとでも疑わしい点があるとしたら、それくらいだったね。

ジャネット・パーセル（母親）
　捜索はすぐにはじめるが、たぶんサラはあと何時間かしたら帰宅するだろうっていわれました。カルデロンっていうあの刑事は、自分じゃすごく頭が切れると思ってたんでしょう。でも、ほんとのところは？　いまとなっては明らかですが、なにもわかっちゃいなかったんです。

デイヴ・パーセル（父親）
　あの刑事は自分の仕事をしっかりこなしてた。不満を感じたことはなかったね。

フェリックス・カルデロン（刑事）
　登校日にティーンエイジャーの子供が姿を消し、いくら電話をかけても返事がない。それだけじゃ危険信号ってわけじゃないからな。友だちとドライブしてるのかもしれないし、酒を飲んで遊んでるのかもしれないし、秘密の恋人がいるのかもしれないし、時間の感覚をなくしていまが何時なのかわかってないのかもしれない。正直な話、こういう事件でいちばんありがちなのは、ビールを持参で森に行ったはいいが、暗くなりすぎて乗ってきた車が見つからないってパターンだ。すると親が過剰反応して、連続殺人鬼があたりを徘徊《はいかい》してるんじゃないかって想像しだす。テレビの見すぎなんだよ。しかし、パーセル夫妻からサラの説明を聞くと、ふたりが不安に思う気持ちもよくわかった。いまこの瞬間にも帰ってくるんじゃないかと思いつつ、おれは事態を真剣に考えた。

事情聴取が終わると、デイヴはおれを車のところまで送ってきた。男同士で率直なところを話し合いたがってるのは明らかだった。そんなに心配する必要はないと思いますよ、とおれはいった。こういった場合の百件に九十九件は、子供が外出禁止を言い渡されて終わるんです、とね。

デイヴは、残る一件はどうなるかを知りたがった。およそありえないような例外中の例外をだ。そんなことは考えないほうがいいとおれはいった。精神衛生上よくないし、なんの役にも立たないからな。しかし、あの男はおれを見つめたまま、答えを待ってるんだ。だから正直に答えたよ。もしその例外中の例外だとしたら、大急ぎで探しだすべきだとね。

あの男ときたら、たんにうなずいただけだった。とんだクソ野郎さ。

デイヴ・パーセル（父親）

その会話は覚えてる。あの刑事は謝罪でも求めてるのか？ そいつは勘弁してほしいね。しなければよかったと思うことは山ほどあるが、自宅前でのあのちょっとした会話はリストのトップからはずっと下に位置してるよ。

ジャネット・パーセル（母親）

あの晩はほんとうに苦しかった。あとになってから考えてみれば最悪とはほど遠かったわけですけど、それでもすごくつらかったです。あの子はきっと帰ってくると思っていましたから、もちろん眠ったりはしませんでした。家のなかを歩きまわっていたんです。ジャックはわたしの友だちの家に泊めてもらったので、あの子の目を気にすることもありませんでしたから。意味もなくサラの部屋に何度も行ったりして。ヘッドライトが近づいてくると、そのたびに窓へ駆け寄りました。デイヴはとても優しくしてくれましたね。サラが帰ってきたんじゃないんだとわかるたびに、わたしのところにきて抱きしめてくれました。

フェリックス・カルデロン（刑事）

翌日は朝早く起きた。デイヴとジャネットに連絡を入れたが、サラからはなんの連絡もないとのことだった。さすがにおれも不安になってきてね。状況はすでに危険領域に入っていた。たいていの場合、この手の事件が解決するかどうかは最初の四十八時間で決まる。すでにその半分が過ぎているのに、手がかりはひとつもない。署には顔も出さずに自宅から直接高校へ行き、事情聴取をはじめた。

オリヴィア・ウェストン（友人）

警官が何人も教室に入ってきて、サラの友だちの全員から話を訊いたんです。すごく緊張しました。なにも悪いことはしてないのに、なんだか犯罪者みたいな気持ちになっちゃって。

ネリー・スペンサー（友人）

事情聴取を仕切ってた刑事が、スマホを見ていいかっていうの。ダメっていってやったわ。そりゃ、サラの助けにはなりたかった。でも、彼女の身になにが起こったにしろ、あたしとはぜんぜん無関係なのはわかってたから。警官に中身を見られるくらいなら、崖《がけ》から投げ捨ててた。

フェリックス・カルデロン（刑事）

ちょっと話を聞いただけで、サラがなにかヤバい事情をかかえてたわけじゃないのはわかった。仲のいい友人たちからうけた印象は、サラは幸せで、みんなに好かれているらしいってことだった。しかし、友人たちのほうは明らかに、誰もがなにか不安をかかえていたね。おれはどんな可能性も排除しなかった。子供ってやつは隠しごとをするもんだからな。しかも、見当違いの忠誠心から友だちを守ったりもする。なにが起こっているのか、あのとき話してくれてたらと思わずにはいられないね。

オリヴィア・ウェストン（友人）

野外パーティのことをしつこく訊かれたのを覚えてます。だから、あの夜あったことをざっと説明したんです。サラはアイスクリームショップの仕事があったから、待ち合わせは彼女の仕事が終わる九時にしました。すこし街をぶらぶらして、バーガーキングで食べるものを買って。それからほかの子たちと車で会場に行ったんです。正確な場所とかはよくわからなかったけど、それってどうでもいいですよね？　サラはあそこで誘拐されたわけじゃないんですから。あの夜、わたしたちは彼女を自宅まで送っていきました。刑事さんにパーティに誰がきてたかも教えたかったんですけど、ほんとに何百人ってきてましたから。

ネリー・スペンサー（友人）

ウォーカー・コーチのことはなにも話さなかった。あいつにはクソ感謝してもらわなくっちゃ。

ブランドン・グラスリー（近所に住むクラスメート）

できるだけ協力しようと思ったのを覚えてる。あの刑事には、失踪した日の朝にサラがどんな服を着てたかも教えてやったよ。黒のジーンズ、チェッカーボード柄のヴァンズのシューズ、ジッパーのついたパープルのパーカー。ぼくは通りの向かいに住んでる。だから、最近なにかおかしなものを目にしたことはないか思い返してみた。怪しげなヴァンとか、不審な人物とかね。事件を解決に導いた人間になりたかったたってことだろうな。でも、証言できるようなことなんてなにもなかった。

ヴェロニカ・ヤン（校長）

事情聴取は生徒たちにとって大きな精神的苦痛でした。理由はさまざまですが、なかには警察を怖れている生徒もいました。なんといっても、サラはまだ行方不明のままでしたので。わたしたちはすこしでも気持ちをほぐそうと努力しましたが、生徒たちは全員が怯《おび》えていました。当校ではあらゆる事態を想定して対応計画を立てています――火災、トルネード、狙撃《そげき》犯――しかし、生徒の失踪は想定していなかったんです。それは未知の領域でした、

生徒たちのアンテナの感度のよさにはいつも驚かされます――生徒たちはいくらで

も向こう見ずになれて、大人のような態度をとっていますが、本物の危険を察知すると一気に怯えた子供に戻るんです。生徒たちはみんなサラを知っていました。彼女が家出をしてサーカスに入ったわけでないことも、事態が深刻であることも。ですから、あのとき当校に広く浸透していたのは――純粋な恐怖だったんです。

フェリックス・カルデロン（刑事）

事情聴取をすべて終えたところで、これはという手がかりがひとつ手に入った――何人かの友だちの証言から、サラがバスにバックパックを取りに戻ったことがわかったんだ。

おれはすぐさまバスの車庫へ行き、サラが使っている路線の担当運転手の名前を聞きだした。車庫には遺失物を保管しておくためのクロゼットがあった――おれはなかをチェックしたが、サラのバックパックはなかった。そこで、トラヴィス・ヘインズを探しに出かけたんだ。

トラヴィス・ヘインズ（バス運転手）

あのクソ野郎は、おれのアパートの駐車場で詰め寄ってきやがったんだ。おれは午後の仕事に戻るために、自分の車に乗ろうとしてるとこだった。

あいつは質問しはじめた。ああ、おれがトラヴィスだ。ああ、毎朝イーストメドウをまわってるのはおれだ。免許証、職場のID番号、とにかく根掘り葉掘り訊かれたよ。それからやつは、トロールのキーチェーンがついた緑のバックパックを見かけなかったかって訊いたんだ。

まさかそんなことってあるかよ、とおれは思った。その瞬間、ようやく気づいたんだ――おれはぬれぎぬで逮捕されるんだってな！　もちろんおれは、自分の車のなかに目を向けずにはいられなかった。バックパックはそこにあった。マヌケなトロールが助手席からおれたちを見返してた。

三秒後、おれは手錠をかけられてた。

フェリックス・カルデロン（刑事）

その瞬間、喜びと苦痛が同時に湧きあがってきた。被害者が見つかりそうだと興奮する一方で、なにか底抜けに悪いもんが絡んでるって確信があった。あの時点で最悪の状況を覚悟しはじめたね。とにかく彼女が生きていればそれでいいと思うようになったんだ。

おれはヘインズの車とアパートをざっと捜索した。いろんなもんが乱雑に投げだしてあって、とんでもなく汚かったよ。ビールの缶がそこらじゅうに転がってるし、あちこちにバイクのポスターが貼《は》ってあってね。しかしこれといったものはなにも見つからなかった。そこで、尋問のためにあいつを署に連行したんだ。

トラヴィス・ヘインズ（バス運転手）

マヌケな取調室にすわらされてさ、やいのやいのと怒鳴りつけられたんだけど、こっちはおんなじことを何度もくりかえすだけだった。バックパックを見つけたんで、オフィスに持ち帰った。ところがオフィスに鍵がかかってたんで、自分の車に放りこんだ。誰のバックパックかさえ知らなかった。開けもしなかった。

誰かが失踪したなんて話、知りさえしなかったんだ。

フェリックス・カルデロン（刑事）

車庫の遺失物保管クロゼットがある部屋は、ドアに鍵なんかついてなかった。その日の早い時間に行って、おれが自分で確認してあった。トラヴィスの話はでたらめだってことだ。

トラヴィス・ヘインズ（バス運転手）

しまいにはイヤになっちまって、どっちにするのかはっきりしてくれといったんだ。

それでようやく解放されたのさ。スクールバスの運転手にはイヤな感じの偏見があんだよ。あいつらはみんな変態なんだ、みたいなさ。でもおれはちがうよ。

フェリックス・カルデロン（刑事）

トラヴィス・ヘインズは低能な犯罪者だ。子供でいっぱいのスクールバスなんか運転すべきじゃないんだ。

トラヴィス・ヘインズ（バス運転手）

おれは署の前で友だちの車に拾ってもらった。そのときからずっと尾行がついてるのはわかってたよ。おれのことなんか、ただの低能だと思ってたんだろ。

マイク・スナイダー（地元テレビ局〈フレデリックＡＢＣ－７〉のニュースレポーター）

若い女性が失踪したという情報が入ったのは、その日の午後だった。行方がわからなくなってからすでに二十四時間すぎていたわけで、誰もが心配してた。ただし、警察はすでに容疑者を挙げていた。ぼくが最初にレポートしたのは警察署の前だ。容疑者の名前は出さなかったけど、失踪した少女がサラ・パーセルだってことははっきり伝えたよ。ぼくの記憶違いでなければ、家族が許可をくれたんだったと思う。

デイヴ・パーセル（父親）

誰が許可したのかは知らない。ただし、わたしじゃないのはたしかだ。

フェリックス・カルデロン（刑事）

おれは地元のニュース局の知り合いに情報を流した——マイク・スナイダーって名前のかなり有能な男だ。おれはサラの写真をテレビで流してほしかった。あのバス運転手にプレッシャーをかけたかったんだよ。すぐに釈放したのは、あいつがパニックを起こしてサラの監禁場所に向かうのを期待したからだ。当然、あいつには監視をつけてあった。

そうやってボタンをいろいろ押したことで——サラの名前を公開し、トラヴィス・ヘインズを泳がせたことで——騒ぎが一気に大きくなった。家族にとっては喜ぶような展開じゃなかった、それはわかってる。地元にも動揺が走った。しかし、捜査の観点からすると役に立った。家族は娘が戻ってくることを望んでた。だからおれはその決断を支持したんだ。

ジャネット・パーセル（母親）

日が暮れるころには、うちの前庭には中継用のヴァンが四台駐《と》まっていました。地元のニュースに間に合うように。なんだか侵略されてるような感じでしたね。彼らはすでにジャックの学校に張りこんでいて、あの子が下校するところを撮影したんです。

ジャック・パーセル（弟）

あの日、ぼくは学校に行かなかった。家にいて、テレビ局のヴァンが中継の準備をしているのを窓から見てたんだ。サラの部屋の窓からね……ぼくはそこでぶらぶらしてたんだ。

マイク・スナイダー（地元テレビ局のニュースレポーター）

あの家に行ったのは、この事件が自分たちのコミュニティで起きてるんだということを視聴者に肌で感じてもらいたかったからだ。家族から話を引きだせればもちろんいちばんだった。しかし、彼らには拒否する権利がある。それはきちんとわきまえていたよ。誰かを不快にするようなことは、ぼくらは絶対にしない。しかし、若い娘の失踪事件となればニュース価値がある。それに、ニュースがある場所に行くのがぼくらの仕事だからね。

デイヴ・パーセル（父親）
心の準備はできていたよ。あんなにすぐくるとは思っていなかったが、ニュース番組のスタッフが押しかけてくるのは予想していたから、どんなふうにさばけばいいか考えてあったんだ。

ジャネット・パーセル（母親）
デイヴがなにをするつもりなのか、わたしにはぜんぜんわかっていませんでした。

マイク・スナイダー（地元テレビ局のニュースレポーター）
パーセル家の玄関前に立った瞬間は、テレビのマジックだった。あのことは一生忘れないだろう。母親と父親が出てきて、こっちにくるようにとカメラに向かって手招きしたんだ。沈みかけた太陽が完璧《かんぺき》なライティングを提供してくれた。映画の世界でいうマジックアワーってやつだ。デイヴがなんていったか、いまでもそっくり覚えているよ。「サラ、わたしたちはおまえを愛してる。おまえがいなくてどんなに淋《さび》しいか……」

デイヴ・パーセル（父親）

「サラ、聞いているかい？　わたしたちはおまえを愛してる。おまえがいなくてどんなに淋しいかわからない。おまえが家に帰ってこれるように、わたしたちはあらゆる手をつくしてる。おまえの友だちやご家族も、みんなおまえの無事を祈ってる。いつだってわたしたちがついてることを忘れるんじゃない。弱気になっちゃだめだぞ、サラ・ベア」

マイク・スナイダー（地元テレビ局のニュースレポーター）

それから彼は、ズボンの後ろポケットから書類を引っぱりだした。銀行から送られてきた口座通知書をね！　彼はそれをカメラに向かって掲げて言ったんだ。「わたしたちの名義で、千七百六十二ドルの預金がある……うちの財産はこれがすべてだ。うちの娘の発見に寄与してくれた方に、お礼としてこれをすべてお支払いする。なにも質問したりしない。わたしたちはただ、あの子を取り戻したいだけなんだ」いやもうすごいインパクトだった。十分後には、うちのエリアのテレビ局はどこもこの映像を流してた。

フェリックス・カルデロン（刑事）

おれにとってはなんの問題もなかった。地元住人の注意を喚起し、協力してもらうことが、こっちの唯一の望みだったからな。あれは賞賛すべき行動だったと思う。

イヴリン・クローフォード（マニーの妻）

夕食のとき、マニーはニュースを見たがるの。あたしは〈ジェパディ〉が好きなのに！ でも、いわなくてもわかると思うけど、あの晩は〈ジェパディ〉なんかチラッとも見れなかった。うちの人ときたら、穴が開くんじゃないかって思うくらい真剣にテレビを見つめてたわ。

ミリアム・ローゼン（音楽教師）

テレビを見たときは、ご家族の心中を思って心が張り裂けそうでした。助けになりたいと思った人はすごく多かったはずです。わたしもできることがあればなんでもするつもりでした。

トミー・オブライエン（ギアリー・ホーム＆ガーデンの従業員）

ぼくはトラックに乗りこむと、町のあちこちを流してサラを探しました。橋とか排水路とか、思いつくところを片っ端から見てまわったんです。報賞金につられたとかってわけじゃない。デイヴがすっかり落ちこんでいるのを見たら、なにかせずにはいられなかったんですよ。トラックに投光照明器をつけたり、警察の無線を傍受したり、できることはすべてやりました。

イヴリン・クローフォード（マニーの妻）
テレビのニュースはパーセル家の人たちにすごく同情的だったでしょ？　いまの心境は想像してあまりある、って感じ。あの男にしてみりゃしてやったりってとこよね。まったく、恥知らずもいいとこ。

ジャネット・パーセル（母親）
デイヴがカメラに向かってあの宣言をしたとき、わたしはショックをうけました。こんなことというと薄情だと思われるでしょうけど、お金のことが心配だったんです。もちろん、お金が惜しいと本気で思ったわけじゃありません。でも、最初のリアクションはそれでした。報賞金を提供する余裕なんか、うちにはなかったんです！　でもすぐに、あの宣言をした主人にすごく感謝して、わたしも心からサポートしました。サラを取り戻すためなら、なんだって差しだしていたでしょう。
わたしたちは家のなかに戻りました。ようやく息がつける思いでした。外では平静を装っていましたけど、突然、すべてに打ちのめされてしまったんです——サラはほんとうに姿を消してしまったし、わたしたちはとんでもない混乱状態に投げこまれていたわけですから。怖ろしい現実が意識されて、全身から力が抜けてしまいました。わたしはデイヴにがっくりもたれかかり、ヒステリックに泣きじゃくったんです。彼はわたしを抱きしめ、目を見つめました。あの人がなんていったか、はっきり覚えています。「サラは強い子だし、頭もいいし、タフだ。あの子ならきっと切り抜けられる。わたしたちはあの子を取り戻す。しばらくしたら、あの子はまた二階でヴァイオリンを弾いてるはずさ。約束するよ」

デイヴ・パーセル（父親）

あれは精神的にきつかった。わたしは闇《やみ》の底に落ちかかった妻を引き戻そうとした。彼女はひどく苦しんでいた。わたしとしては、あの時点でできるかぎりのことをするしかなかった。

ジャネット・パーセル（母親）

「わたしたちはあの子を取り戻す」あの人は約束してくれました。言葉に確信がこもっていました。その瞬間、わたしはあの人を信じたんです。いまでもはっきり覚えてます。わたしは彼を抱きしめ、涙を流しながら微笑《ほほえ》み返しました。そして、いつまでもそこに立ちつくしていたんです。おたがいの腕のなかで。

自分たちの姿が撮影されているなんて、わたしもあの人も、もちろんまったく思ってもいませんでした。

ジャック・パーセル（弟）

ああ、ふたりは気づいてなかったけど、家に入ってきたところからずっと撮影してたんだ。あれは事故みたいなものだったんだよ。ぼくは二階にいて、外の混乱ぶりを窓から撮影してた。わかってほしいんだけど、このフレデリックって町はほんとに退屈なとこなんだ――ぼくにとって、あの事件は生まれてから経験したなかでいちばんすごい出来事だった。サラがいなくなったことをいってるんじゃない。うちの家の前に大勢の人がやってきて叫んだり押したりとか、照明のライトとか、何台ものカメラとか。

だから、父さんと母さんが家に入ってくる音がしたときにスマホを持ったまま部屋を出たんだ。ぼくは階段のてっぺんに立って玄関を見下ろしてた。カメラの前で話をした緊張がまだ抜けてなくて、ふたりはささやくような声で話してた。ぼくはそこで、なんか硬直しちゃったんだ。ほら、なんていうか、自分が目にしてるものに怯えて、混乱しちゃったんだよ。まだ幼い子供にとって、あんなふうに無防備で弱々しい両親の姿を見るのはすごく怖いもんだ。ぼくは邪魔したくなかったし、自分が見てることに気づかれたくなかった。なのに、撮影はそのままつづけてた。なんでかは自分でもほんとにわからない。

ジャネット・パーセル（母親）

ジャックはあの子なりにいいところがあるんです。あのあと起きたことで、あの子を責めるつもりはありません。誰だって過去を振り返れば、自分のやったなにかがドミノの最初の一枚を倒してしまったという記憶があるんじゃないでしょうか。小さな岐路が無数にあるんです――もしそのうちのどこかでべつの道を選んでいたら、サラはいまも生きていたかもしれません。

ジャックの決断に悪意はありませんでした。胸を張ってそういえない人たちだっているわけでしょう？

ジャック・パーセル（弟）

その夜遅く、ぼくは寝るときにスマホを自分の部屋にこっそり持っていったんだ。部屋には持ちこんじゃいけないことになってたんだけど、なにかもっと大きなことが起こってるんじゃないかと思ったんだよ。ベッドに横になって、父さんと母さんの動画を何度もくりかえし見つづけた。止めることができなかった。さっきもいったけど、見てるとなんだか居心地が悪かった。でも、一方で安心感もあたえてくれた。希望が湧いてくるっていうのかな。ぼくがあの動画をユーチューブにアップしたのは、サラを見つける助けになるんじゃないかと思ったからだ。

サラが死んだのは、ぼくがあの動画をアップしたせいだ。ぼくの手首の傷も、あのビデオが原因だ。あれはぼくの人生を破滅に追いこんだ。ぼくら全員の人生をめちゃくちゃにしてしまったんだ。

デイヴ・パーセル（父親）

間違いなく、ジャックの動画はすべてを変えた。最初のうち、あれは天が授けてくれた幸運だった。わたしがどんなに知恵を絞ろうが、あんなふうに仕組むことはできなかっただろう。

ところがそれから……そう、ふと気づいたときには、なにがなんだかわからなくなっていた——ハリウッドのサーカスが町にやってきたんだ。

第3章　ハリウッドはバイラル・ビデオを愛してる

ケイシー・ホーソーン（TNNネットワークのプロデューサー）

まずは当時のあたしがなにをしてたかを思い出してもらわなきゃ。〈セレブに抱かれて〉ってリアリティ番組をプロデュースしてたのよ！

あの週に撮影してたエピソードのストーリーを知ってる？　いいわ、ポップコーンの用意はできた？　アンバーのボーイフレンドが全員に一杯おごる。注文したのはテキーラ。アンバーはテキーラが嫌いで、ボーイフレンドはそのことを知ってる。でも、アンバーのルームメイトのリンジーはテキーラが大好き。ドッカーン！　テキーラ事件勃発《ぼっぱつ》！　ってわけ。ええ、そういっていいと思う。あのときのあたしはなにか変化を探してた。

あの当時、あたしはロサンゼルスにきて十年目だった。映画学校のAFIに入学するために出てきて、そのあとは貧乏映画作家にお定まりの生活を送ってたの。ウェイトレスとして働いて、週末に仲間と短篇を撮影して、小さな映画祭でたまに上映してもらって――しばらくはそれも楽しかったけど、あとは最悪。請求書はたまってくるし、学生ローンの返済もあるし。そこでリアリティ番組のADの仕事をはじめたら、それがカスみたいなプロデュースの仕事につながって、こんどはそれが本物のプロデュースの仕事になって……突然、ノーとはいえないくらい莫大《ばくだい》なお金を稼ぐようになってたの。

自分じゃ将来の展望なんかなかったのに、いつしかキャリアを築いてたわけ。リアリティ番組のプロデューサー。最初のうちは、大きな声で口にするのは恥ずかしかったわ。でもいまのあたしを見てよ……たいしたもんじゃない？

マーカス・マクスウェル（TNNネットワークの社長兼番組編成エグゼクティブ）

当時のケイシーが内心自分の仕事を嫌ってるのは知ってた。もともとはアーティスト・タイプだったからな。映画学校で育んだ彼女の高尚な感性に、〈セレブに抱かれて〉は低俗すぎた。しかしだね、すべてのアーティストがこの街でキャリアを築けるわけじゃない。この街はすごく才能のあるウェイターにあふれてる。こっちがテレビ局のエグゼクティブだなんて知られようもんなら……本日のスペシャルを注文したとたん、シェイクスピア劇の独白がはじまっちまう。まさに悪夢だね。家にいたほうがましだ。

とにかく、ケイシーは仕事ができたが、あの当時から手を焼かされたよ。有名になるまえからね。いつだって、その場でいちばん頭が切れるのは自分だと思ってる。たしかにそうかもしれん。しかし、それを主張せずにはいられないんだ。

ケイシー・ホーソーン（プロデューサー）

ええ、あたしはアーティストだった。でも、バカじゃなかったわ。ネットワークがなにを求めてるかはわかってた。要するにほしいのはお金。お金は広告から入る。広告料は視聴者の数で決まる。視聴者が惹《ひ》きつけられるものは……じつのところ、なに？　自分では絶対に認めないでしょうけど、あたしたちにはとっくにわかってた──視聴者は水着を着たホットな有名人たちが飲み物をかけあう姿に惹かれるのよ。そういうエピソードをせっせとつくりつづけてると、しまいには頭がおかしくなっちゃう。当時のあたしたちが制作してたのはシーズン5だった。

アンソニー・ペナ（TNNのビデオ編集者）

深夜の編集作業のとき、ケイシーはちょっとイカれたことをすることがあった。グミとコーヒーをたっぷり用意して作業にかかると、NGカットを集めて一本に編集しろって指示するんだよ。その番組がいかにバカバカしいかを視聴者にさらしちゃうよるようなカットをね。カメラに映ってない場所からケイシーが喧嘩をエスカレートさせるような指示をささやいてるのが聞こえるカットとか、ケイシーのＯＫが出るまで出演者のひとりがおなじことを何度もくりかえしてるカットとか。ぼくたちはそういうマヌケなＮＧカット集をつくることで、自分たちのほうが番組自体よりレベルが上だってことを思い出そうとしてたのかもしれない。自分たちは本気でやってるわけじゃないんだってね。いうまでもないけど、そうしたカットを完成版に残すつもりはなかった。でも、間違いなくケイシーは我慢の限界にきてたよ。

ケイシー・ホーソーン（プロデューサー）
　グミなんか、あたしは生まれてから一度もさわったことがないわ。でも、たしかにそうね、あの頃のあたしはゆっくりと正気を失いつつあった。あたしは物語を語るためにロサンゼルスにきたの。目標と見定めた北極星はいつだって、エンドクレジットが上がってきてあたしの名前が映しだされたとき、観客が涙ぐんでることだった。観客を感動させたかったのよ。自動車保険を売ったりするんじゃなくて。

アンソニー・ペナ（ビデオ編集者）
　最初の数シーズンが終わると、ケイシーはいつだってなにか新しいことをやりたいといいだす。どういう意味だいって訊いても、「見ればこれだってわかるはず」としかいわない。たぶん、シリアスな映画をつくるって夢はあきらめてたんじゃないかな。でも、その裏にある野心はいまだに燃え盛ってたね。

ケイシー・ホーソーン（プロデューサー）

ジャックがユーチューブにアップした映像を見たのは、車を運転してるときだった。ウィルシャーとサンタモニカの交差点で信号につかまっちゃったのよ。スマホをスクロールするにはうってつけのロケーションだったんで、リンクをクリックしたわけ。あれはすごく生々しくて、優しさに溢《あふ》れてた。でも、自分がなにを見てるのか、完全にはわかってなかった。誰かがクラクションを鳴らしたんで、あたしはまた車を走らせたわ。つぎの信号でサラに関するニュースを見たの。それから、デイヴとジャネットが自宅のドライブウェイでちょっとしたスピーチをする動画。いえ、〝ちょっとした〟なんていうべきじゃないわね——ドライブウェイで力強い宣言をするとこを。サンタモニカでUターンをしたときには、もうどんな番組をつくるか、すべてアイディアが固まってたわ。

マーカス・マクスウェル（TNNネットワーク社長）

ケイシーはわたしのオフィスにつかつかと入ってくると、こっちの顔にスマホを突きつけ、動画を二本見せたんだ。一本目は両親が家の外で銀行の口座通知書を見せている動画、もう一本は家のなかで抱き合っている動画。ケイシー自身もたった十分前に見たばかりだったが、その場でとうとう企画を売りこみはじめた。

ケイシー・ホーソーン（プロデューサー）

自分が探してたのはこれだってわかってた。率直にいって、あれこそこの国が探し求めてるものだった。あの家族はキャスティング部門が選び抜いた俳優そのものだった。フランネルのシャツ、ダサい髪型、ピックアップトラック、散らかり放題の家。しかもあのふたりは、とんでもない悪夢に直面してた。なのに、負けずに強く立っている。手をとりあい、すべてをさらけだし、助けを求めてる。文字どおりの意味でも、比喩的な意味でも、自分たちの試練に力を貸してほしいと頼んでる。するとこんどは、ふたりきりになったときの映像。夫と妻が抱き合い、涙を流しながらおたがいを支え合う――これに心を持ってかれない人がいる？

しかも――信じてくれなくてもぜんぜんかまわないけど――あたしは自分なら彼らの娘を見つけだす手助けができると本気で思ったの。

マーカス・マクスウェル（プロデューサー）

わたしはビデオから顔を上げると、彼女を見つめた。ケイシーはただうなずいていた。ものすごく自信をこめてね。話し合いなんてなかったよ。わたしはOKを出した……メリーランド行きの便を予約しろといった。ほかになにがいえる？　ハリウッドはバイラル・ビデオ（インターネット上で爆発的に拡散した動画）を愛してる――すでに大勢のファンがついてるってことだからな！

ケイシー・ホーソーン（プロデューサー）

大急ぎで家に帰ってバッグに荷物を詰め、空港を目指したわ。太平洋に向かって飛び立った飛行機は、カーブを描いて東に針路をとった。あたしは窮屈な真ん中の座席にすわってた。でも、首を伸ばして海岸線を見下ろすと、美しいブロンドシルバーの砂浜がどこまでも伸びてるのが見えたわ。〈セレブに抱かれて〉のつぎのロケ地はマリブの予定だった。撮影スタッフはあたし抜きでまだ撮影をしてるんだなって思った。アンバー、リンジー、チームの全員、みんな飛行機の真下にいる。でも、もしあの日のあたしを〈セレブに抱かれて〉のセットに連れてこうとしても、車で崖から海に突っこんでたでしょうね。カリフォルニアなんかクソくらえ――メリーランド州フレデリックがあたしの新しいパラダイス。そこにはなにか意義のあることが待ってるから。大衆の心を揺さぶる物語が。ウィルシャーで信号につかまった瞬間、あたしはこの番組をつくることに心を奪われちゃったの。

マーカス・マクスウェル（TNNネットワーク社長）

もちろんあんな番組は制作すべきじゃなかった。しかし、これは公共奉仕だとケイシーに説得されてね。それに、自分はパイオニアになるんだと思うと興奮しちまったんだな。あれは二〇一三年だろ？　あの時点でも犯罪実話物《トゥルー・クライム》はめずらしくなかった。しかし、現在から過去を振り返るというセイフティネットもなしに、現実の犯罪事件をリアルタイムで放送するなんてのははじめてだったんだ。

結果論になるが、ああいう番組がつくられてなかったのにはわけがあったのさ。うちのネットワークではもう制作してないのにもね——まあ、ケイシーはいまだにつくってるわけだが。ああいう番組は、まずストーリーから距離をおくのがすごくむずかしい。どう展開するか予測もぜんぜんつかない。その犯罪事件が危険なものだと——視聴率を考えればそのほうがいいわけだが——とんでもない事態が起こるリスクはかならずある。すると、それを放送することを強要される。このビジネスにかかわってる者はみんなショーマンだ。すごい場面を撮っておきながらそれを使わないような意志の強さは誰も持ってない。その映像が、たとえどんなに不穏当なものであってもな。しかし正直にいおう――フレデリックであんなことが起きてから、わたしは度胸を失ってしまったんだ。

ケイシー・ホーソーン（プロデューサー）

だって、マーカスは心の優しい人だったから。いまだってそうよ。頭は切れるしクソッタレじゃないし、休日のパーティであたしのお尻をつかんだりもしない。いつでも安心して頼れる男、あの人に表彰状を！　でも、ちょっと軟弱なのよね。ごめんなさい、でもほんとのことだから。だからあの人はいまだにTNNでくすぶってるわけよ。あたしはちがうわ。

マーカス・マクスウェル（TNNネットワーク社長）

おかしな話なんだがね、わたしたちが〈サラを探して〉を制作したあとで、うちの娘が五歳か六歳だったときのことをふと思い出したんだ。妻とわたしがテレビを見ているとき、娘が二階から降りてくることがあった。ときどきわたしたちは、あわててテレビを消したりチャンネルを変えたりした。どうして、と娘は訊いた。子供が見るにはふさわしくない番組なんだよ、とわたしたちは答えた。しかし娘は、子供には暴力的すぎる番組に自分で名前をつけた。よく、「それって殺す番組《キル・ショー》？」と訊かれたよ。あの子はそう名前をつけたんだ。「いくつになったら殺す番組を見られるようになるの？」わたしたちは子供たちからああいう番組をシャットアウトしてると思ってる。しかし、子供たちはなにが映っているのか知ってるんだ。〈サラを探して〉の最終回のあとで、わたしはそのことを思い出していた。わたしたちは〝殺す番組〟をつくろうとしたわけじゃない。しかし、考えが甘かったんだ。

エズラ・フィリップス〈オンラインマガジン〈スレート〉のポップカルチャー評論家〉

〈サラを探して〉はドキュメンタリーではなく作り話に近いし、ケイシー・ホーソーンは犯罪実話《トゥルー・クライム》産業の最悪の見本みたいな人間だ。

もちろん、彼らは新しい形式を発明したわけじゃない。多くのものをデュマやドストエフスキーやコナン・ドイルやカポーティといった作家によっている。それに、ハリウッドはそもそもの最初から犯罪実話《トゥルー・クライム》に頼り、やがては神格化するようになった――『民衆の敵』『俺たちに明日はない』『グッドフェローズ』などといった作品だけじゃない。ずっと最近の『ソーシャル・ネットワーク』や『マネー・ショート 華麗なる大逆転』といった企業犯罪物もそこに含めることができる。

しかし、同時代の犯罪事件と、それをエンターテインメント化したさまざまな商品

——本や映画、テレビシリーズ、ポッドキャストなど——の関係が常軌を逸したものとなり、ついには共生関係を持つに至ったのは、ごく最近のことだ。ぼくが〝常軌を逸した〟というのは、若くて魅力的な女性が殺されたとたんにジャーナリストやプロデューサーたちがストーリーの権利を手に入れようと争奪戦を繰り広げるからだし、〝共生〟というのは、正義が履行されていないときにそれを世間に訴えてくれるのは、えてしてこうしたエンターテインメント商品だからだ。人気ポッドキャストに味方してもらうことなく不当な有罪判決を覆すのは、そう簡単なことじゃない。

しかし、ケイシーはこのグロテスクな関係をさらに一歩押し進めた。失踪した少女の捜索をリアルタイムで追うリアリティ番組、すべては被害者の家族の視点から語られる。忘れないでほしいんだが、ケイシーは事件がどんなふうに解決するかを事前に知ることはできなかったんだ！　そんな番組、それまでは一度もつくられたことがなかった。そりゃ当然だよ。モラルハザードが起きるのはきわめて明らかなんだから。

モリー・ロウ（カリフォルニア大学バークレー校社会学教授）

犯罪実話《トゥルー・クライム》への執着は新しいことではありません。社会学的な見地からは比較的簡単に説明することができます。わたしたちは暴力が刺激的なことを知っています。真実という言い訳を用意すれば、さらに刺激は増します。犯罪実話《トゥルー・クライム》というものはどれも、フィクションよりも怖ろしいという含意があります。「気をつけて！　これは決して人ごとではありませんよ！」というわけです。しかし実際には、そうしたことがあなたの身に降りかかることはありません。なぜなら、あなたはもっと幸運で、もっと頭がよく、もっと大切にされるべき人間だからです。おめでとう。

しかし、最高の犯罪実話《トゥルー・クライム》にはそれとはべつのドーパミン促進要素も埋めこまれています。そこには、人間がスリルよりも渇望するものが含まれている。それは帰属意識と目的意識です。家族、友愛会、政党など――わたしたちはなんらかのグループに所属していると幸福感が増大します。目的が明確なグループは、この絆《きずな》をさらに強固なものにします。では、その目的が高潔なものであれば？　これには気をつけなければなりません。個人はその目的を追求するために、全人生をなげうってしまうのです。

では、純粋無垢《むく》な若い女性の命を救うことよりも高潔な目的があるでしょうか？　若い女性の救出は、文字どおり叙事詩的物語の原型です。どこかで助けを必要としている少女。困難な状況に陥っている乙女。それこそ、ケイシー・ホーソーンが〈サラを探して〉に利用したものです。そこがケイシーの天才的なところでした――彼女は視聴者に、自分たちは救出隊に参加しているのだと思わせたのです。だからこそ何百万もの視聴者が心を奪われたのです。だからこそわたしは、それについての論文を書いたのです。

ケイシー・ホーソーン（プロデューサー）

番組を成立させるには、なによりもまず家族の協力をとりつける必要があった。だから、飛行機に乗っているあいだはずっと事件の経緯を詳しく調べてたわ。どう話を持ちかけるかを考えながらね。

あたしはあの家族がどんな人たちかをすでに知っているような気分になってた。あたしもおなじような町で育ったから――〝いかにもアメリカ的〟〝ハートランド（米国の保守的で伝統的な価値観が支配的な地域）〟って呼ばれるような町ね。ああいう町の人たちは、フットボールの試合やクリスマス・ページェントや収穫祭にこぞって参加するでしょ？ あたしの育った町もおなじ。個人的には、ああいうのは退屈で、陳腐で、息が詰まるようで、すごく同質社会的だと思ってた。お願いだから、食べものの話は勘弁して。でも、ああいうタイプの町はいまだにあたしの血のなかに流れてるの。

ああいう町の人たちが、あたしの提案を受け入れるはずがないのはわかってた。こっちには、一マイル手前からでもキャセロール料理の匂《にお》いが嗅《か》ぎとれる。だとしたら向こうだって、あたしが心のなかで彼らを見下してるのを見抜くはずよ。あたしみたいに故郷の町を出て成功してそれを自慢に思っているような人間に、ああいう町の住人は軽蔑《けいべつ》感を抱いてるの。そうした軽蔑は、もちろん嫉妬《しっと》や恐怖や欲求不満や自己嫌悪に根ざしているわけだけど。でも、これだけはいわせてもらうわ。ああいう町の人たちはなにひとつわかってない。だって、サイコセラピーを受けてる人なんか、あの町にはひとりもいないわけでしょ？

だから、パーセル家の人たちが大喜びで歓迎してくれるはずがないのはわかってた。あの人たちは娘を取り戻したいだけ。だとしたら、失踪した娘の捜索に有用な人材として自分を売りこむにはどうすればいいか？　それを考える必要があったわけ。

マーカス・マクスウェル（ＴＮＮネットワーク社長）

ケイシーはオオカミの毛皮をかぶったオオカミだ。まっすぐにこっちへ向かってくる。偽りの愛想をふりまいて取り入ろうなんてしない。彼女のやり方は、つねに人の上に立ちたがる男が相手だとうまくいかない。そういう男は普通、あからさまな攻撃にうんざりするからだ。しかし人は、大胆で自信に満ちた態度の女性を見ると、この地位まで登りつめるにはさぞかし苦労もしたんだろうって思うもんだ……もしそんな女性が、チームの一員にならないかと声をかけてきたら？　大胆で自信に満ちたその態度を、自分のために振るってくれるとしたら？　誰だって信用したくなる。ケイシーならパーセル夫妻を説得すると、わたしは信じて疑わなかったね。

ケイシー・ホーソーン（プロデューサー）
ボルティモア空港で車をレンタルして西に向かったんだけど、いきなりスピード違反のチケットを切られたわ。でもそれがなに？　制作費ってもんは、そのためにあるわけでしょ？
フレデリックの町に着いたときにはもうだいぶ遅かったので、〈ハンプトン・イン〉に部屋をとったの。あそこのダウンタウンはちっちゃくてかわいいのよ——なんか古風な感じなんだけど、いかにも観光客向けの安っぽさもあるの。並木に電飾がしてあったりとか、東屋《あずまや》があったりとか。南北戦争の町ね。たしかあのあたりは激戦地だったんじゃない？
メインストリートを見てまわって、まだバーで食事を出しているレストランを見つけたの。マティーニとバーガーを注文したわ。店にいた客はもうひとりだけだった。それがあなた、思わず声をあげちゃうくらいイケてる男だったよ。

フェリックス・カルデロン（刑事）
ケイシーと寝たことはもちろん後悔してるさ。プロにあるまじき行為だったからな。しかも、十年たったいまでもおれのキャリアに影を落としてる。しかし思い出してほしいんだがね、最初の晩、あいつは自分が誰なのかを話さなかったんだ。〝医療用品販売〟の仕事をしてるといってたよ。声をかけられるのを待ってるのが見え見えだったんで、おれは一杯おごってやった。それから会話を楽しんだ。
それ以上くわしい話は遠慮しとくよ。

ケイシー・ホーソーン（プロデューサー）
あたしはひとりでバーにすわって、ごくノーマルな人間のふりしてスマホを見つめてた。彼は隣のスツールにドサッと腰を下ろすと、「ここにはよく？」って訊いたの。あたしは退屈で淋しかったから、彼の頭を食いちぎったりはしなかった。
いいこと、三十を越えても独身で、休む間もなくがむしゃらに働いてて、ロサンゼルスで成功してる……それって感情的に複雑なのよ。自分は勝ち組だって感じてもいるんだけど、その一方で、子供を何人か産み、背の高い夫とカントリークラブに入り、キッチンで突然死するまでヴィーガン・クッキーを焼いたりする人生はどうだったんだろうとか考えちゃうわけ。ホントかよって思うかもしれないけど、嘘じゃない、そういったものに惹かれたりもするのよ。しかも、当時の年齢なら、まだそういう生活を送ることだって可能だったわけでしょ？　だから、そっちの道に足を踏みださないでいると、これは自分自身の意志なんだ、自分がそう決断したんだって思えてくるの。

するとストレスがたまるから、どうしたって解消したくなる。あたしのストレス解消法のひとつは、自分の人生はすっごく楽しくて自由気ままだと、自分に確信させることなの。だからバーでイケてる男がアプローチしてきたら、よっしゃってわけ。

フェリックス・カルデロン（刑事）

おれは嘘ってやつが嫌いなんだ。最近のやつらがケイシーのことをペテン師って呼んでることに関しては、弁護してやりたい気持ちもある。話はそんなに単純じゃないとわかってるからな。彼女はやさしくて思いやりがあるって信じたいとも思うよ。でも、最初の出会いのことを思い出すとね。あいつはそもそもの最初っから嘘をついてたんだ。

ケイシー・ホーソーン（プロデューサー）

ええ、あの最初の晩、あたしは自分がなぜあの町にきたのかに関して嘘をついた。それはほんとよ。でも、あの人だって最終的には真実を知ったわけでしょ？　そのときには、だったら終わりにしようって話にはならなかったじゃない！

ふたりのちょっとした関係について、彼がなぜ清教徒みたいな態度をとるのかわからないわ。半径五十マイル以内で唯一そこそこルックスのいい大人の男女がバーで会った。そしたら当然、いっしょに家に帰るでしょ？

フェリックス・カルデロン（刑事）

彼女が自分の番組のためにおれを利用したと思うかって？　ああ、思うね。

ケイシー・ホーソーン（プロデューサー）

最初の晩にあたしが知ってたことは、彼が地元の警官だってことだけ。よく覚えてないけど、たぶん刑事じゃないかと思った気はする。でも、サラの事件の担当刑事だとは知らなかった。すくなくともはっきりとはね。その可能性はあるとは思ったかもしれないけど。

彼はあたしの隣に腰を下ろし、あたしたちはどちらもマティーニをもう一杯頼んだ。あたしはレモンを搾るのが好きだけど、彼はオリーブをちょっと搾ってた。あたしがオリーブは嫌いだって打ち明けたら、すっごくキュートに反論してきたのよね。家族の何人かがスペインでオリーブ農園を経営してるんだと話してくれたわ。子供の頃、アンダルシアで夏休みを過ごしたことがあるともいってた。それからの三十分、バーのスツールにすわったまま、オリーブの話を得々と披露《ひろう》したのよ。まるでフォレスト・ガンプみたいに。それだけ聞くと、さぞ退屈だったろうと思うでしょ？　実際、自分が口に出してそういう声が聞こえるくらい。でも、そうじゃなかった。すごくセクシーだった。オリーブの木立に靄《もや》が漂ってる光景とか、太陽の光の筋が肌にそっとキスする感じとか、夕暮れにひんやりした風がそっと吹いてくる様子なんかを説明するときの口ぶりなんて……思わず鳥肌が立っちゃったくらい。

これだけは断言する、あたしがフェリックスと寝たのは、戦略的な遊びだったわけじゃない。だってあたしは、ロサンゼルスの映画学校を出てからのほぼ一カ月間、ずっとそれを試してたのよ——あんなこと、二度とごめんだわ。あたしがフェリックスと寝たのは……彼に心を奪われたから。すっかり夢中になっちゃったのよ。

それからの数日間で、自分たちがいわば敵同士だとわかったわけだけど、あたしはたいして気にならなかった。ええ、厄介だなとは思ったけど、あたしは厄介な状況が好きだし、厄介ごとを糧《かて》に生きてるようなもんだから。人間は誰だって、自分が得意なものに向かって走るもんでしょ？

彼が刑事だとわかったあとも関係をつづけたことを非難する人がいるけど、あたしはこう考えてる——もしフェリックスとあたしが寝なかったら、あたしたちは絶対にサラを見つけられなかったはずだって。

フェリックス・カルデロン（刑事）

あれはとんでもない失敗だったね。しかも、あの家族に迷惑をかけた。ケイシーのクモの巣にからめとられてなければ、もっと早く見つけられていたはずなんだ。忘れないでほしいんだが、あと数時間見つかるのが早ければ、事件の結末は大きく違ってたかもしれないんだ。

アンソニー・ペナ（ビデオ編集者）

あの男は大嫌いだよ。あいつがケイシーにまとわりついてなきゃ、撮影はもっとスムーズにいってたはずなんだ。

マーカス・マクスウェル（TNNネットワーク社長）

いや、ケイシーが事件担当の刑事と寝てたことは知らなかった。わたしが知ったのはスキャンダルが明るみに出たあとだ。その後、訴訟沙汰《ざた》になってからいやというほど知ったがね。TNN的には好印象じゃなかったことはたしかだな。ああいったことがもう二度と起こらないよう、会社として対策を講じたよ。

エズラ・フィリップス（ポップカルチャー評論家）

ふたりの関係が公になったとき、あの番組はすでに人気を集めていたし、ケイシーには悪評が立っていた……あの女性は警察の捜査を妨害し、有害な影響をあたえていただけでなく、担当刑事と寝てもいたというわけだ。にわかには信じられなかったね！　あの刑事が職を失ったのも当然だろう。しかしケイシーは？　なにかおとがめがあっただろうか？　たとえば……リアリティ番組制作者組合からの倫理的譴責《けんせき》とか？　誰だって、それくらいはあっても当然だと思うじゃないか。ところがなにもなかった。実際はその逆だったといっていい――彼女はさらに何シーズンも雇われ、冷や汗ひとつ流さなかった。

ここですこしだけ真面目に考えるなら、この件は重要な問題を提起する。プロデューサーやポッドキャスターやエグゼクティブといったコンテンツのクリエイターたちは、いったい誰に対して責任を負っているのか？　法の執行機関ではない。ジャーナリストでもない。彼らは有権者にも、官公庁にも、自主規制制度にも責任を課されていない。

なんとも気の滅入る話だが、彼らが責任を負っているのは、株主と取締役会のメンバー……巨大な多国籍エンターテインメントコングロマリットの、金を稼ぐことしか頭にない株主や取締役だ。なら、搾取される下層階級の一般市民は、自分たちのわびしい生活がエンターテインメント産業に食いものにされても、ただ黙って見ているしかないのか？　実際のところ、ごく単純な話でしかない――それが資本主義というものなんだ。

ケイシー・ホーソーン（プロデューサー）

あたしにはやるべき仕事があった。だから、朝になって太陽が顔を出すと同時にホテルの部屋からフェリックスを蹴りだしたの。重要な商談があるからといってね――嘘じゃないでしょ！　彼にだって仕事があるはずだと思ったし。たしかに、あたしたちはそのあとでまたセックスをした。それは認めるわ。でもあのときは、一日をはじめなきゃならなかった。ことが終わったあとで横になったまま天井を見つめてるってわけにはいかないわけよ。

ホテルを出て大急ぎでコーヒーを買って、地元の新聞を読んで、自分のメモを見直した。そこでもう時間。すぐにパーセル家へ車を走らせたわ。

デイヴ・パーセル（父親）

あの朝はずっと、ただ待っている状態だった。ジャックには学校を休ませた。ジャネットとわたしは、ビデオの件であの子から話を聞こうと思っていた。前日、あのビデオは爆発的に拡散し、わたしたちはみんなちょっと当惑していたんだ。だってそうだろう？　いまや世間の注目は十一歳の子供がユーチューブにアップした画像に集中していたんだから。

ジャネット・パーセル（母親）

知り合いがみんな連絡してきました。みんなあれを見てて、自分たちの知り合いもみんな見てるっていうんです。ユーチューブの再生回数がどんどん上がっていて、ジャックは自分がしでかしたことに怯えきっていました。最初にあのビデオを見たときは、あの瞬間を撮ってくれたなんて、やさしい子だなって思ったんですけど。わたしもデイヴも怒ったりしませんでした。あの子がどんなに怯えてるかわかっていましたから。でも、スマホでシェアするのは適切じゃないものもあるんだとは言い聞かせましたよ。あの子はわかってくれました。そのとき、玄関でノックの音がしたんです。

フェリックス・カルデロン（刑事）

彼女をなかに通しちゃいけなかったんだ。警備に当たっていた警官たちは、家のまわりにめぐらせた立入禁止区域を厳密に守れと指示されていた。あの現場には巡査を四人配置してあった。

ケイシー・ホーソーン（プロデューサー）

通りにはニュース中継のヴァンがぎっしり並んでた。だから二ブロックほど離れたところに車を駐めたの。控えめな家と狭い芝生が並ぶ、どことといって個性のない平凡な町だった。

パーセル家のドライブウェイの前には制服警官が何人かうろついてたけど、デタラメを並べて騙《だま》す必要もなかったわ。みんなドーナツの箱を囲んでたの。だから警察の立入禁止テープをくぐって彼らの横を通りすぎ、まっすぐ玄関に歩いていったわけ。

ドミトリー・ルッソ（フレデリック警察署巡査）

勘弁してくださいよ、ぼくたちはまるく輪になってドーナツをがっついてたわけじゃない。あの女はショービジネスの人でしょ？　視聴者が聞きたがってると思えばなんだって言うんですよ。

ケイシー・ホーソーン（プロデューサー）

芝生を横切ってるとき、誰かが大声で怒鳴りつけてきたわ。でもあたしは振り返ったりせず、ここにいるのが当然の人間みたいにふるまった。で、ドアの前まで行くとすばやく三回ノックしたの。

ジャネット・パーセル（母親）

ドアを開けると、見も知らない美人が立っていました。どうして通してもらえたのかはわかりません。すでに警官たちが歩道からこっちへ走ってくるところでした。

ケイシー・ホーソーン（プロデューサー）

彼らが怒鳴ってるのが聞こえたわ。自分に許されてるのが最大でも二十秒なのはわかってた。ジャネットがドアを開け、そこにデイヴがやってきた。あたしは午前中ずっと練習していたとおり、ポイントを三つ挙げて説明したの。できるだけわかりやすいように。

わたしはあなたがたご家族が娘さんを探すリアリティ番組を制作したいと考えています――

娘さんを探しだすためにこれ以上の方法はありません――

それにもちろん、謝礼はお支払いします――

最後のひとことを言い終えると同時にあたしは名刺を差しだした。ジャネットが受けとったわ。ほとんどロボットみたいに。そこへ警官たちがやってきて、あたしを引きずっていってパトロールカーに放りこんだの。振り返ってみると、デイヴとジャネットはドア口に立ちつくしてた。
　ふたりがなにを考えているかは顔に出ていたわ。頭をフル回転させて、たったいまあたしがいったことを処理してた。ドアを開けたときのふたりは絶望の淵《ふち》にいた。ところがいまは、べつの表情が浮かんでた。驚き……好奇心……さらには、かすかな希望の光さえも。
　そのとき思ったの。もしかしたらうまくいくかもしれないって。

デイヴ・パーセル（父親）
　正直に？　わたしがそのときなにを考えたか？　はっきり覚えているよ。わたしは名刺を見下ろして考えた。こいつは奇跡だ。これはゴールデンチケットだ……うちのかわいい娘はジュリアードに入学できるぞって思ったんだ。

ジャネット・パーセル（母親）
　あのとき自分がどう思ったかは覚えていません。ただ、つぎに起こったことは覚えています。わたしたちは魂を悪魔に売り渡したんです。あれはわたしたちの人生で最悪の決断でした。

第4章　この番組がその奇跡なんだよ

デイヴ・パーセル（父親）

すぐにでもイエスと返事をしたいところだった。しかし、気乗りしないふりをする必要があることはわかっていた。この新しいバージョン——いきなり舞いこんできた大きなチャンス——をうまく生かすには、ジャネットにもその気になってもらう必要があったからだ。

ジャネット・パーセル（母親）

うちの芝生をケイシーが歩み去っていくのを見つめていたのを覚えています。彼女はものすごく早口でしゃべったので、わたしはなにが起きたのかよくわかっていませんでした。それから、たったいま聞いたことを頭のなかで咀嚼《そしやく》しはじめました。

唯一、頭に浮かんだ言葉は……バカげてる、でした。

わたしはデイヴのほうを向きました。彼もショックを受けてるようでした。でもしばらくすると、彼はわたしなんかよりもずっとすばやく頭を回転させはじめたんです。わたしは衝動的に名刺を投げ捨てようとしました。最初はデイヴもうなずいて、「ああ、もちろんだ、狂ってる」みたいなことをいいました。だからわたしは、実際に名刺をゴミ箱に放りこんだんです。でも、しばらくするとデイヴは部屋のなかを行ったりきたりしはじめました。なにを考えてるの、と訊きました。あの人はなにもいいたがらないので、無理やり聞きださなければなりませんでした。ようやくのことで彼はわたしに目を向けていいました。「彼女のいうことに一理あるとしたら？　もしそれがほんとうに、サラを見つける役に立つとしたら？」

デイヴ・パーセル（父親）

ジャネットは名刺をキッチンテーブルの上においた。わたしはそれをまた取りあげて、もう一度眺めた。それから、すごく用心深く、このプロデューサーがなにを考えているのか聞きだすべきかもしれないといったんだ。なにも確約せずに質問をいくつかするだけなら、害にはならないとね。バカげたテレビ番組の制作をこちらが拒否しても、なにかべつの方法で力を貸してくれるかもしれない。

ジャネットはまだ拒否反応から抜けきっていなかったが、わたしがそう説明するとほんのすこしだけ態度をやわらげた。わたしは彼女に、サラが最後に目撃されてから五十四時間たっていることを思い出させた。

五十四時間だぞ、とわたしはいった。こんな名刺など投げ捨てるにやぶさかじゃないが、すべてはきみ次第だ。ジャネットはしばらく考えた。動揺してるのは明らかだった。それから彼女は、電話をしてみようといったんだ。

ケイシー・ホーソーン（プロデューサー）

しばらくはパトロールカーの後部座席に閉じこめられてたわ。でもパニックを起こしてたわけじゃない。あたしがなにもしなくても、いまや歯車は勝手にまわってることがわかってたから。ようやくのことで、警官のひとりが車から出してくれた。あたしはうまいことといって切り抜け、不法侵入で逮捕されるのをまぬがれると、レンタカーまで歩いていき、ホテルに戻り、彼らから電話がかかってくるのを待った。十分くらいスマホを見つめていると着信音が鳴ったわ。そこであたしは、デタラメな売り口上を並べたの。

デイヴは直接会いたいといってきた。もしなにか協力するとしても、そのまえに質問があるって。それはもちろん当然です、とあたしは答えた。彼は町から車で二十分ほどのところにある道路沿いのダイナーを指定した。あたしはそれで結構ですと答えた。

デイヴ・パーセル（父親）
わたしは町からすこし離れた〈マグローズ〉に車を走らせた。できるなら、誰にも見られたくなかったんだ。

ケイシー・ホーソーン（プロデューサー）
よくある、古い貨物列車を利用した店だった。すっかり気に入っちゃったわ。眉間《みけん》にしわを寄せた〈ニューヨーク・タイムズ〉の記者が有権者たちにインタビューするのに使うタイプの店、って雰囲気でね。
あたしのほうが早く着いて、あとからきたデイヴがおんぼろのブースの向かいのシートにすべりこんできた。『ヒート』って映画の有名なダイナーの場面を知ってる？　なんかあんな感じだった。パチーノとデ・ニーロが出てるやつ。すごく緊迫してて、一触即発って感じ。殺すか殺されるか、みたいな。それからあたしたちはブルーベリーパイやなんかを注文したわ。すると彼がいったの。いったいどんなことを考えているのか説明してくれって。

デイヴ・パーセル（父親）

彼女はうちの玄関で、かなり大胆な申し出をした。真面目な人間なのか頭がおかしいのかわからなかった。家を出るまえに、彼女がどんな人間なのかはネットで検索してあった。〈セレブに抱かれて〉？　あんなクズ番組は、わたしもジャネットも見たことがなかった。

ケイシー・ホーソーン（プロデューサー）

こんどの番組はぜんぜんちがうタイプだって説明したわ。最初のときより詳しく説明したけど、針小棒大に誇張する必要はなかった。だって、ぜんぶほんとのことだったから。「今回の事件を担当してるのはボンクラな警官が五人……わたしならそれを百人にしてみせます。あなたは友人や親戚を総動員して、娘さんの行方を探そうとしているでしょう……でもわたしなら、何百万もの視聴者を捜索に動員することができる。今回の騒ぎもいつかは収まるとサラに信じさせようとしてる犯人たちは、そんなことにはなりっこないと思い知ることになります」

なるべく丁重な態度を心がけたけど、すこしぶっきらぼうになってたかもね。「いいですか、小さな町にはすばらしい点がいろいろあることはわたしにもわかっています。でも、自分の子供が失踪したときに、小さな町の捜査態勢なんて誰が望みます？　大都市のスポットライトを望むはずです。人的および物的資源、専門家、世間の注目。指をパチンと鳴らすだけでそうしたものを要求できる人など、世間にはほとんどいません。でも、あなたにはそれができる——あなたが玄関の前でした宣言と、ジャックのビデオのおかげで、世間の人たちはみんなあなたたちに手を貸したいという気持ちになってるんです。でも、世間の人たちは、五分もすればあなたたちのことなんか忘れてしまう。もし世間の人たちに娘さんの捜索を手伝ってほしければ、この番組をやるしかないんです」

彼はすわったままじっくり考えてた。いまにして思えば、長すぎるくらい時間をかけてね。

デイヴ・パーセル（父親）

わたしの人生でもっとも苦しい二分間だった。まあ、すくなくとも、人生のあの時点ではね。わたしは飛びあがってテーブルを乗り越え、彼女を抱きしめたかった。しかし、その場にじっとすわってなきゃならなかった。パイをもてあそびながら、文字どおり舌を噛《か》んで。

たっぷり間をおいてから、目を上げて彼女を見返した。そして、ちょっと考えてみる必要があると答えた。ジャネットとも相談しなければならないからと。しかし、もし同意したとして、実際の撮影作業はどんなふうになるんだね？

あの晩の彼女の説明を細かい点まですべて思い出すことはできない。制作スケジュールとか、納期とか、ブロードキャストウィンドウとか、そういったあれこれはね。しかし、これだけは覚えている――一エピソードにつきわたしたち家族に支払われる謝礼は五万ドル。最低保証は十エピソード。もしくは、すくなくともサラが見つかるまで。

わたしはケイシーに時間を割いてくれた礼をいい、立ちあがり、店を出た。そして、ふらふらと漂うように駐車場へ向かった。わたしは人生ではじめて、金持ちになろうとしていたんだ。

フェリックス・カルデロン（刑事）

あの晩、おれはフレデリックの町のあちこちに車を走らせ、トラヴィス・ヘインズのことを調べてまわった。警察はあいつを釈放し、監視をつけた。おれはあのときもまだ、やつが最重要容疑者だと思ってた。

バス会社のボスからも話を聞いたし、アパートの家主からも聞いた。どちらも熱く賞賛はしなかったが、決定的な証拠もなかった。おれは町の反対側まで車を走らせ、やつが入り浸《びた》っているいかがわしいバーに行って話を聞いた。ナショナルボヘミアンのビールを十五分ほどすすり、トラヴィスが処方薬を裏で売りさばいてることを聞きだした。やつは毎月退役軍人省へ行き、アフガニスタンに派兵されたときの後遺症でいまだに頭痛がすると訴えてたんだ。医者はバイコディン、パーコセット、オキシコドンなんかを処方してた。トラヴィスはそれをバーで売ってたわけさ。一錠十ドルで。

おれは、すぐには逮捕しないことにした。すでに一回しょっぴいてたわけだしな。しかし、いざというときに脅しつける材料があるとわかってるのは悪くなかった。

トラヴィス・ヘインズ（バス運転手）

あの男がそういったのかい？　退役軍人省からおれの個人医療記録を引きだした？　それって完全なＨＩＰＡＡ法違反だぜ！　あれからもう十年たってるのに、あのクソ野郎がいまだにおれのことをペラペラしゃべってるなんて、ほんと信じらんないな。たぶんおれは、あいつの頭んなかに家賃無料で住んでるんだろうさ。

おれはあの薬を自分で服用してたんだ。いろんな医療的理由でさ。アフガニスタンに行った経験もないやつになにがわかる？　あんな刑事、おれのケツでもなめてりゃいいんだ。そりゃさ、友だちからすごく調子悪いって聞けば、こっちだって一錠か二錠は融通してやるよ。そいつが親切ってもんだろ？　しかし、麻薬を組織的に売ってたなんて冗談じゃない。あいつを名誉毀損《きそん》で訴えてやるべきだな。もし出訴期限やなんかがなければ、実際に訴えてるとこだ。

フェリックス・カルデロン（刑事）

念のためにいっておくと、軍隊でのトラヴィスは補給部隊員だった。ちゃんと調べたんだ。基地で食料品の荷下ろしをしてたのさ。

ビヴァリー・ギアリー（祖母）

あの晩、デイヴとうちの娘とのあいだでそんな話し合いがあったなんて、あたしはぜんぜん知りませんでした。知ってるのは、徹夜でキャンドルを灯しつづける祈禱《きとう》集会が町の広場であったことだけです。娘夫婦は参加しないことに決めました。自分たちにはとても耐えきれないと思ったんでしょう。でも、あたしと夫は参加しました。すごくたくさんの人がきてくれて、とても美しかった。もうあのときには、みんなジャックのビデオを見てました。誰もがキャンドルを手にして、サラの友だちがあの子の写真をコラージュしてつくってくれたボードの下にプレゼントを置いていきました。

オリヴィア・ウェストン（友人）

ほかになにをすればいいかわからなかったんです。わたしたちはみんな抱き合って泣きながら、祈ってました。わたしはサワー味のスキットルズをひと袋おいてきました。サラのお気に入りだったから。コートにピンで留める黄色いリボンを誰かが配ってました。

ネリー・スペンサー（友人）

あの祈りの会はなんか変な感じだったな。サラがもう死んじゃったみたいで。でもほんとは死んでなかったわけでしょ？　サラが行方不明になってるんだから、あんなとこに立って泣いてたってなんの助けにもならないじゃない。ちがう？

オリヴィア・ウェストン（友人）

ほんとに不安でした。よりにもよってあのサラが無断でどこかに行っておかしなことをしてるはずがないのはわかってました。彼女はわたしたちのグループのママ役だったんです――わたしたちはみんな、家に着いたら彼女にメッセージを送ってました。パーティでは、誰かが忘れたときのために、彼女はいつだって予備のタンポンを用意してたし。ビールを一杯飲むたびに水を一杯飲ませるんです。

ネリー・スペンサー（友人）

ああ、例のいまいましい〝一杯飲んだら一杯ルール〟ね！　水をやたらと飲むんでトイレが近くなっちゃうのよね。そうそう、三人でトイレにばっかり行ってたわ。でも、ああいうのって、人生最高のひとときじゃない？　トイレで押し合いへし合いしながらみんなで大笑いして、誰かがドアをノックしても無視して……いますぐにでも戻りたいくらい。

オリヴィア・ウェストン（友人）
サラは無茶するタイプじゃないし、不幸をかかえてもいなければ、衝動的でもありませんでした……誰かが誘拐したにちがいありません。徹夜の祈禱集会ではみんなそう思ってたはずです。あれから何日かは、身体の調子が悪くなっちゃって。彼女になにが起こったんだろうって、そのことばかり考えてました。

ミリアム・ローゼン（音楽教師）
この町は特別なところなんです。近所の人たちはおたがいのことをほんとうに思っています。あの祈禱集会には、町じゅうの人たちが全員集まりました。雨が降ろうが日射しが強かろうが、もしそれがすこしでもなにかの役に立つなら、たとえどんなに長いこと待つことになっても、みんなそこに立って待ったでしょう。

マイク・スナイダー（地元テレビ局のニュースレポーター）

あそこからの中継を担当したのはぼくだ。すごくいい映像が撮れたよ。当然のことだけど、あの夜のうちのニュース番組はあれがトップだった。ご想像のとおり、サラの失踪事件はずいぶん長いこと、トップニュースとして扱われていたね。

イヴリン・クローフォード（マニーの妻）

いいえ、祈禱集会とやらにマニーとあたしは参加しませんでしたよ。あの日の午後、うちの人に集会の話をしたのは覚えてますけどね。でもあの人は興味を示さなかった。

ドミトリー・ルッソ（巡査）

ぼくは祈禱集会の会場に着くと、人混みのなかを何度か突っ切って、警察学校で習ったプロファイリング・テクニックを応用してみました。ああいった集会に、犯人は驚くくらいよく顔を出すんです。たぶん楽しいんでしょうね——精神的にイカれたやつらですから。だからぼくはすごく警戒してました。でも、不審な人物は見ませんでした。

ビヴァリー・ギアリー（祖母）

あの晩の祈禱集会で唯一いやな思いをしたのは、例の銀行マンと顔を合わせたことです。ほら、グラスリーですよ。フランク・グラスリー。サラのための祈禱集会に顔を出すなんて、どれだけ神経が図太いんだか。あの場にデイヴとジャネットがいなくて、あの男にとっては幸運でしたね。

あたしはにらみつけてやるだけで我慢しましたけど、夫のほうはそれだけじゃすみませんでした。フランクのほうにつかつかと歩いていくと、説教をはじめたんです。話は変わりますけど、ハーブがこの本の企画に参加しなかったのは、だからなんですよ——サラの事件について話をすると、どうしても腹が立ってくるからって。うちの人はほんとに短気なんです。

とにかく、ハーブはフランク・グラスリーに詰め寄っていって……でも正直、ハーブを責める気にはなれません。あの男はうちの娘の家の向かいに住んでたんです。デイヴのためにローンを組んだのはあの男なんですよ……それにしたって、ご近所づきあいしている相手に、あの仕打ちはないんじゃないですかね。だって、デイヴが屋根葺き会社を失ったのはそれが原因なんですから。銀行とあのグラスリーって男が躍起になって、デイヴを追いつめたんです。なんて恥知らずな。

ブランドン・グラスリー（近所に住むクラスメート）

ああ、ふたりがなんで激しく言い合っているのか、ぼくにはさっぱりわからなかった。サラのお父さんがうちの父さんをよく思っていないことは知ってたけどね。すごくあからさまだったから。家の前で気まずい雰囲気になったりとかさ。だけどぼくは子供だったから、父さんが銀行でどのローンを承認してるかなんて知らなかったし、サラのお祖父さんがなんであんなに高ぶってるのかもわからなかった。父さんがなにか間違ったことをしたなんて考えられない。でも、サラの家族は全員が、うちの父さんを悪党だと決めつけてたんだ。

デイヴ・パーセル（父親）

わたしがダイナーから帰ってきたときには、祈禱集会は終わっていた。しかし、広場でみんながやったことは見たよ。あれはなんていうか……そう、みんながすごく心配してくれていることがわかって、感動せずにはいられなかった。そりゃ、当然心配してくれるとは思っていた。なにも感じないのは、石でできた人間だけだ。

わたしは家に帰り、ジャネットとキッチンテーブルにすわってケイシーの話を要約して聞かせた。ポーカーフェイスを装ってね。それから、ケイシーが申し出た金額を伝え、ジャネットの反応を見た。

ジャネット・パーセル（母親）

お金のことなんか関係ありませんでした。もしそうだったら、わたしが誰よりも先に認めます。うちの家計がどれだけ逼迫《ひっぱく》していて、謝礼一回分の五万ドルがあればどれだけ助かったか――それを誰より理解していたのはわたしです。でも、お金のことなんか、話に出たことさえ覚えてません、嘘じゃないんです。お金を払ってもらえるなんて、わたしには驚きでした。ショービジネスの世界の仕組みがどんなふうになっているのか、ぜんぜん知りませんでしたから。ああいうリアリティ番組に出ている人は、みんなボランティアなんだと思っていたんです。

お金のことは忘れてください、わたしにはいまでも間違っているように思えます。わたしたちがくぐり抜けた恐怖を題材にして、それをエンターテインメントに仕立てる？　そんなもの、誰が見たがるっていうんです？　自分たち家族がそんな目にあっているところを他人に見られたいなんて、思うはずがないでしょう？

でも、わたしはケイシーがデイヴにいったことを何度も考えつづけました。「何百万もの視聴者を捜索に動員することができる」そう説明されて、わたしにもわかりはじめたんです。

ジャック・パーセル（弟）
ぼくは下に降りたんだけど、キッチンにはいさせてもらえなかった。もちろん、ぼくは廊下の陰に隠れて耳をすました。すくなくとも、動画を撮らないだけの分別はあった。いったいなにを話してるのかはよくわからなかったけど、話をしてるのはおもに父さんのほうだったね。

デイヴ・パーセル（父親）
もしこの話を受けなければ、あとあと深い罪悪感を覚えるかもしれない。わたしはそこを強調した。もしサラの身に怖ろしいことが起こったとき、あの子を救うためにあらゆる手をつくしていなかったら？　なんといって弁解する？　家のなかにカメラマンがいるのが不便だったから？　撮影されるのが恥ずかしかったから？　象牙《ぞうげ》の塔に住んでる頭でっかちのスノッブからあざ笑われるから？　誰が気にするもんか！　わたしたちは娘を取り戻したかっただけだ。

エズラ・フィリップス（ポップカルチャー評論家）
両親がキッチンに腰を下ろしてこれをやると同意した瞬間のことを、ぼくはよく考えるんだ。なぜなのかはいまだに理解できない。弁明の理由はいろいろ聞いたし、合理的な解釈も聞いた。だけどいまでも……わからない。彼らは失踪した娘を探すというリアリティ番組の制作に同意した。どうしてそれがいい考えだと思えたんだろう？　とくにわからないのは母親のジャネットだ。彼女はどうして説得されたんだろう？

デイヴ・パーセル（父親）

ジャネットが同意しかけていると見てとったわたしは、彼女の身体をつかんだ。「わたしたちはこの話をうけるべきだ。いますぐに。なにか失うものがあるかい？」

ジャネット・パーセル（母親）

デイヴは強く抱きしめて、まっすぐわたしを見つめ、ほとんど揺さぶらんばかりでした。彼はケイシーが口にした言葉を何度もくりかえしていました。「あの子には奇跡が必要なんだ……この番組がその奇跡なんだよ」

そのひとことで決心がつきました。わたしは昔から奇跡を信じているんです。

ケイシー・ホーソーン（プロデューサー）

あの番組が奇跡になる？　いいえ、そんなこと絶対にいってないわ。あたしは宗教的なタイプじゃないから。でも、なかなかいい売り文句じゃない！　きっとデイヴが考えたんでしょ。あたしが考えたんなら覚えてるはずだもの。

ジャネット・パーセル（母親）
うちの娘を取り戻すためなら、文字どおりなんでもやるつもりでした。もし必要なら、地獄の業火のなかを歩むことだって。カメラが何台か追いかけてくるくらい、なんだっていうの？　もしほんのわずかでもチャンスがあるんなら、ノーなんていえませんでした。

デイヴ・パーセル（父親）
ジャネットはようやくのことでうなずいた。同意してくれたんだ。わたしは彼女を放し、ケイシーに電話した。

ケイシー・ホーソーン（プロデューサー）
その電話がかかっていたとき、どこにいたか？　もちろん覚えてるわ。ただ、電話じゃなくてボイスメッセージだったかも。ショックなことに、あたしはそれに出なかったの。ちょっと……忙しかったのよ。

フェリックス・カルデロン（刑事）
運命の皮肉？　デイヴが電話をかけてきたとき、彼女がおれの家にいたことが？　いや、そうは思わないね。バカげてる。はた迷惑。間が悪い。恥知らず。ことによったら、作為的ともいえるかもしれない。しかし、皮肉なんかじゃない。

ケイシー・ホーソーン（プロデューサー）
また会おうってフェリックスに誘われたの。彼はあの日パーセル家に行ってなかったから、あそこであたしを見てなかった。だから、あたしがあの町でなにをしてるのかも、警察に逮捕されそうになったことも知らなかった。
あの人はメッセージをくれたの。仕事で遅くなるけど、もしよければそのあとできみのために夕食をつくりたいって。もしきみがまだ町にいて、身体が空いてるなら。ポルトガル風魚料理の特別レシピがあるともいってたわ。そんな申し出に、ノーといったりできる？

フェリックス・カルデロン（刑事）
バカリャウっていう伝統料理だ。塩漬けのタラを使ったシチューさ。祖母のレシピでね、厳密にいうとポルトガル料理で、スペイン料理じゃない。すごくうまいんだけど、どんな相手にもふるまったりはしない。
ケイシーなんかに作ったりすべきじゃなかったんだ。

ケイシー・ホーソーン（プロデューサー）
小さいけどすてきな家だった。あたしはキュートなトップを着て、ワインを一本買っていったの。店の主人に無添加ワインはあるかって訊くと、彼女は三つ首の怪物でも見るような目を向けてきたわ。でも、それなりのワインが見つかった。
フェリックスの家は、嬉《うれ》しい驚きだったわね。入っていくと、ジャズが流れてた。暖炉には火が入ってて、壁にはアートが飾ってあって。ええ、ほとんどはごくありふれたモノクロの写真だった。ほら、よくあるでしょ。自分はアートに理解があるって思ってる人向けに売ってるやつ。でも、すくなくともポスターなんかじゃなかった。
あたしは蹴るようにして靴を脱ぐと、毛布をかぶってカウチでまるくなり、ふたりでワインを開けたの。キッチンではシチューがぐつぐついってて、ガーリックと白ワインの香りがあたりを漂ってた。もしあたしがあたしじゃなかったら、あそこで恋に落ちかけてたわね。

フェリックス・カルデロン（刑事）

おれはフレデリックに赴任して二年目で、ケイシーのような人間とはほとんど会ったことがなかった。おれは一度、ほんの短期間だけ結婚してたことがある。離婚したのは二十九歳のときだ。新しい相手にわくわくするようなことはめったになかった。しかし、ケイシーが家に入ってきたときの感じときたら……

まあ、あとになって考えてみれば、いろいろ思い当たることはある——あれは演技だったんだなとか、おれを操ってたんだなとか——しかし、あのときは疑う理由なんてなにもなかった。彼女は持参したワインの瓶をおれに向かってひょいと放った。文字どおり投げたんだ。キッチンを通り抜け、コンロの深鍋《ふかなべ》に人差し指をつっこんでひとなめし、驚いたような声でちょっと偉そうにいった。「あら、おいしいじゃない」それからソファの上に脚を投げだし、なんでワインを開けないのと訊いたんだ。

ケイシー・ホーソーン（プロデューサー）

シチューはおいしかった。それにもちろん、エプロン姿もすごくすてきだったわ。エプロン、スーツ、制服、ブリーフ……彼って、なにを着ていてもすてきなの。ふたりともすこし酔っぱらって、おたがいの目を見つめ合った。話もしたわ。オリーブについてさらにあれこれ聞いたし、彼が夏のスペインで過ごした話もすこし聞いた。あたしは夏に家族で国立公園に行った話をしたわ。あたしの両親はどっちも教師だったんで、学校が終わるとステーションワゴンに乗ってすぐさま出発するの。あたしはまっすぐ伸びるハイウェイに乗るといつもすぐに寝ちゃってた。

深い話もしたわ。彼はあたしを信用して、ヒューストンを離れることになった経緯を教えてくれた。すごく胸が痛んで、同情せずにはいられなかった。あたしはロサンゼルスでつくりたかった映画や、アーティストの夢の墓場について話した。ふたりとも素顔になって、自分たちが完璧だとか幸福だってふりをしたりはしなかった。

あのときのあたしたちはどちらも、なにかクールなことが起きようとしてると感じてたと思う。まるで違う人生を送ってたけど、化学反応が起きたのは筋が通ってた。彼はどんなときでも沈着冷静であることを求められてたから——誰か自分を笑わせてくれる相手を死ぬほど必要としてた。一方のあたしは、考えうるかぎりでもっとも軽薄な仕事に日々励んでたから——中身のある人間を死ぬほど欲してた。あたしがフレデリックに行った理由がそれ。それまでとは違う番組がやりたかったのよ。なにか意義のあるものを。そしてそこで、自分の人生を意義あることに捧《ささ》げている男にいきなり出会ったの。もちろんあたしは彼に惹かれた。オーヴンのなかでデザートが焦げるのもかまわずに、おたがいの服をはぎとった。

フェリックス・カルデロン（刑事）

すてきな夜だった。それは認めるよ。しかし、これだけは覚えといてくれ。そのときのおれはまだ、ケイシーは販売外交員だと思ってたんだ。ああ、映画をつくりたかったって話をしたときには、たしかにちょいと馬脚を現わしかけたし、いまは具体的になにをしてるのかと訊いても、軽く受け流しただけだった。しかし、おれも深く追求しなかった。そんなことどうでもいいでしょって感じだったんでね。それに、ふたりの関係がそのままつづくとは思ってなかったんだ。

ケイシー・ホーソーン（プロデューサー）

しばらくして、ベッドのなかにいたとき、なんだか重苦しい沈黙が流れたの――居心地が悪かったわけじゃないけど、目に見えないエネルギーが高まってきてる感じだった。ふたりとも神経を集中して、つぎになにが起こるか待ってる。それがなんだかはわからないけど、重要だってことはわかってる。そんなふうに感じる瞬間って、あるでしょ？　そしたら彼が、すっごくすてきなことをいってくれたの。「きみが行きずり相手だなんて残念だ。おれはすっかり首ったけなのに」って。彼はすっかりのぼせあがってた。かわいそうな人！　あんまり騙されやすい人なんで、からかってやろうかと思ったくらい。でも、そんなことはしなかった。正直いって、あたしのほうもすこしクラッときてたから。彼がそういってくれて、嬉しかったわね。

フェリックス・カルデロン（刑事）

ケイシーは人の発言を自分にいいように解釈するんで有名なんだ。そもそも、ほんとにそんなことがあったかだって怪しいもんさ。

ケイシー・ホーソーン（プロデューサー）

しばらくしてからいったんベッドを出て、べつの部屋に自分のスマホを探しにいったの。あんなに長いあいだスマホをチェックせずにいたのなんて、数年ぶりだった。するとデイヴのボイスメッセージが残ってたのよ。彼とジャネットが話に乗った！番組成立ってわけ！あたしは声を出さずに歓声を上げ、全裸で小躍りしたわ。心臓がドキドキしてた。有頂天だった。すべてうまくいったんだ。いまだかつてなかったような番組を、あたしはほんとうに制作できる。たった数日前に思いついたばかりだっていうのに。この番組はあたしのキャリアを変える、いや人生さえ変えるかもしれない。本気でそう信じてた。何回か大きく深呼吸すると、あたしはスマホをしまってベッドルームに戻ったわ。

それからまたフェリックスの隣に横になって、彼の身体に巻きついて心地いい姿勢をとった。そのとき、いきなりもうひとつの現実を突きつけられたの。あすになればフェリックスは、あたしが誰で、なぜフレデリックにやってきたのかを知ることになる。たぶんあたしを憎むことになるだろうと思ったし、事実そうなった。だから、その夜はなにもいえなかった。幸せな時間がパチンと弾《はじ》けてしまうのがいやだったから。あたしは現実を味わってた。もう一晩、純粋で嘘偽りのない夜をいっしょに過ごしたかった。彼はもう半分寝ていたけど、もちろんあたしは起こしたわ。

フェリックス・カルデロン（刑事）

嘘偽りのない夜をもう一晩？　ほんとにそんなことをいったのか？　信じられないな。

しかし驚きはしないね。ケイシーはそういうやつさ。

ケイシー・ホーソーン（プロデューサー）

そのあとで、ぐっすり眠ったわ。うきうきするような夜だった。ハイウェイをひた走る両親の車のバックシートに響くかすかなタイヤの音が最高の子守り歌ですって？　バカいわないでよ……すっかり成熟した大人の女にとって、番組制作へのゴーサインとオルガズムほど安眠につながるものはないんだから。

第5章　カメラをまわして

マーカス・マクスウェル（TNNネットワーク社長）

家族のOKをとったとケイシーが電話で伝えてきた。いうまでもないが、驚きはしなかったね。あすから撮影に入りたいというんで、やる必要があることはぜんぶやれといってやったよ。その瞬間から、ケイシーの番組はうちのネットワークの最優先事項になった。こっちからの質問はただひとつ。

もうタイトルは決めたのか？

ケイシー・ホーソーン（プロデューサー）

〈サラを探して〉よ。それがどんな番組なのか、タイトルやポスターを見てすぐにわかることが大切なの。〈サバイバー〉〈バチェラー〉〈セレブに抱かれて〉……なにもロケット工学じゃないんだから、簡単な話でしょ。

マーカス・マクスウェル（TNNネットワーク社長）

わたしは商務チームを現地に急行させ、家族との契約を急がせた。制作スタッフの航空チケットも承認した。あの日はほんとにてんてこ舞いだったんで、きちんと自問してる暇がなかった――わたしたちはほんとにこんな番組をつくるのか？　十年後になってから、あの番組に関する本が何冊も書かれるとはまったく思っちゃいなかった。わたしは単純にケイシーを信頼してただけだ。プロデューサーとしての才能は抜群だからな。彼女はあの番組のアイディアに本気で熱くなってた。才能のある人間に情熱を持てる仕事をさせてやる――それが成功の秘訣《ひけつ》なんだ。わたしの仕事は小切手にサインをし、わきにどいて邪魔をしないことだけさ。

ゼイン・ケリー（カメラマン）

電話をもらったとき、おれはクライミングのジムにいた。局のボスからで、荷物をまとめて四時間後に空港へ行けって話だった。犬を友人に預けて、指先にチョークをつけたまま飛行機に乗りこんだんだ。詳細は現地でケイシーに聞けってことだった。

アレクシス・リー（アソシエイト・プロデューサー）

わたしはそれまで、ケイシーと仕事をしたことがありませんでした。彼女のいつものスタッフは、〈セレブに抱かれて〉の撮影の真っ最中だったんです。でも、評判は聞いていました――頭が切れて、要求が苛酷《かこく》で、やたら偉そうだけど、ビッチじゃないって。すごく興奮しましたね。実際にフレデリックに着くまでは。うちの番組はどれも、ハリウッドかマリブかオレンジ郡で制作してたんです。ところが、フレデリックはアメリカ東部の田舎町じゃないですか。普通なら飛行機で上空を飛ぶことしかない町に、今回は実際に降り立ったってわけです。

アンソニー・ペナ（ビデオ編集者）

ケイシーが電話してきて、どうしてもきてくれっていうんだ。これまでの番組とはまったく違うものになるって話でさ。「編集者の夢よ」と彼女はいった。もちろん、プロデューサーがそんなことをいうときは、たいてい編集者にとっての悪夢なんだけどね。

ケイシーは〝早撮り即放送〟方式を望んでた。一日じゅう撮影をして、夜になったら編集をはじめ、数日ごとに一エピソード放送する。ほぼリアルタイムで番組を進行させようってわけだ。マーカス・マクスウェルは彼女が望むとおりの放送時間を提供する気だった。撮影が速く進めば一週間に二、三エピソードでもかまわない。ぼくはイエスと答えたよ。いかにもエキサイティングな感じだったからさ。そこでホテル宛《あ》てに機材をどっさり発送し、飛行機に乗った。そして、ホテルに取ったスイートのひとつに編集室をつくった。基本的に、ぼくは一カ月間、一歩もスイートを出なかった。

アレクシス・リー（アソシエイト・プロデューサー）
いちばんストレスがたまったのは食料の調達でした。完熟のアボカドを探すなんてムリもいいとこなんです。なにか料理を注文すれば、得体のしれないグレービーソースがかならずかかってるし。ホテルの隣にあった〈ショーニーズ〉ってビュッフェ式の店？　あそこは椅子《いす》がすごく頑丈なんですが、理由は推して知るべしでした。

ゼイン・ケリー（カメラマン）
おれは〈ショーニーズ〉を断固支持するね！　ステディカムを背負って一日じゅう歩きまわってみろよ。ビュッフェの食事をバカになんかできないって。

アンソニー・ペナ（ビデオ編集者）
地元の食べものは感心しなかった。普通、ケイシーは制作に入ると「さあさあ頑張っていきましょ」って士気を高めてくタイプなんだけど、さすがにあそこの食事には不平を鳴らしてたね。ぼくは彼女の指示で、飛行機に乗りこむまえに健康食品を買いに行かされたよ。ロサンゼルスの彼女の家の近くにムーン・ジュースとかいう専門店があるんだ。飛行機に乗りこんだときのぼくはストロベリー・ローズ・ゼラニウム・スナックバーを五十個も背負ってた。運搬用のラバみたいにさ。編集作業中、ケイシーはそればっかり食べてた。一度試しに食べてみたけど、これがひどい味なんだ。ぼくはグミ一本槍《やり》だったね。

アレクシス・リー（アソシエイト・プロデューサー）

つぎの日の朝、制作会議が開かれました。ケイシーがここではじめて自分のヴィジョンを説明したんです。正直なところ、わたしはちょっとどうかなって思いました。撮影にいろいろ障害が予想されるとかではなくて、ちょっと危険すぎるんじゃないかと思ったんです。だって、その女の子はほんとに失踪しているわけでしょう？　町じゅうの木に黄色いリボンが結んであって、住人は全員がピリピリしていました。いまはもうみんな忘れかけてますけど、あのときは凶暴な動物が逃げだしたみたいな感じでしたね。だから、ええ、わたしはちょっと怖くなっていました。

ケイシーは、わたしたちがこの町へ救援にきたみたいな口ぶりでした。なにか意義のある番組をつくるんだという目的意識がしっかりあったんだと思います。あそこまで毅然《きぜん》としてる彼女を見てると、こっちまで感化されましたけど、落ちつかない気持ちにもなりました。彼女が標榜《ひょうぼう》してるような人道的任務につく資格が自分たちにあるとは、わたしには思えなかったんです――だって、わたしたちは基本的にリアリティ番組のスタッフにすぎないんですから。

ケイシー・ホーソーン（プロデューサー）

マーカスとTNNはたいしたもんだった。あたしが望んだものはすべて提供してくれたわ。だから、翌日には地上軍が集結してた。ほとんどははじめていっしょに仕事をするスタッフだったけど、局が送ってくれた人材に問題はなにもなかった――もちろん、まだそのときは、ってことだけど――もういつでも撮影にとりかかれる態勢ができてたわ。あたしは自分のプランを手短に伝え、スタッフになにを求めてるかを説明してから、パーセル家に向かったの。

ゼイン・ケリー（カメラマン）

おれたちが着いたときには、家の前には警察車輛《しゃりょう》とニュース局のヴァンがぎっしり並んでた。おれたちはドライブウェイにヴァンを駐めると、機材を降ろして家のなかに搬入した。みんながこっちを見てるのがわかったよ。

アレクシス・リー（アソシエイト・プロデューサー）

車で戦場に乗りつけたみたいでした。撮影の初日にはかならず神経が高ぶるんですけど、普通ならちょっとわくわくするし、浮《うわ》ついた気分にもなるものなんです。なのに、あそこにはそれがなかった。家に近づくにつれて、理由がわかってきました。あの家は誘拐事件のグラウンドゼロだった。つい声をひそめたくなってしまうんです。それに、わたしたちがくることは誰も知らなかったみたいなんです。もちろん、両親はべつとして。わたしたちがヴァンを駐めると地元の警官が走ってきて、こっちに向かって怒鳴りはじめました。わたしはなにをしてるのか説明しようとしたんです。ちゃんと許可はとってあるって。でも、その警官は信じませんでした。

ドミトリー・ルッソ（巡査）

でっかいメルセデス・ベンツ・スプリンターのヴァンがやってきて、大勢の人間がどやどや降りてくると、機材を下ろしはじめたんですよ。そのうちのひとりが、家んなかでテレビ番組を撮影するといったんです。どう考えたってそんなはずないでしょう？　ぼくはただデイヴとジャネットを守ろうとしただけなんだ。ほら、彼らにカメラを向けようとするやつらがきても、玄関に出ないですむようにね。デイヴとジャネットはぼくがドライブウェイでやつらと口論してるのを見てたらしくて、デイヴが外に出てきました。

アレクシス・リー（アソシエイト・プロデューサー）

デイヴが警官に、彼らはいいんだっていったんです。それで解決でした。

ドミトリー・ルッソ（巡査）

彼らは毎日やってきて家に出入りするだろうが、止めないでくれとデイヴはいいました。当然、変だと思いましたよ。彼はなんか、ちょっと恥ずかしそうにしてましたね。

ゼイン・ケリー（カメラマン）

最初の二時間くらいは機材のセッティングで手いっぱいだったから、まだ撮影にはかかれなかった。ああいう番組の場合、ただカメラをまわせばいいってわけじゃない。やることがたくさんあるんだ。照明機材をいくつも組まなきゃならないし、家族の全員に小型マイクもつけなきゃならない。遠隔カメラを設置する必要もある。スタッフが家にいないときでも、遠隔カメラで家にアクセスできるようにね。

ただしいちばん重要なのは、撮影対象となる人たちと親密な関係を築くことだな。

だからおれはかならず挨拶《あいさつ》して、すこし話をし、棚に置いてあるものについて質問したりする。当然、あんまり楽しいムードじゃない。それでも努力はしてみる。水を一杯もらってお礼をいうだけでも効果がある。撮影対象の相手から三フィートも離れていないところにずっと立ってることになるわけだからな。彼らがすごく無防備になる瞬間を目にすることになるんだ——疲弊し、怒り、泣いているときに、すぐそばにいるわけさ。屁《へ》をしたりゲップをしたり鼻をほじったりするときもそばにいる。隠れる場所なんてどこにもない。だから、すこしでも仲間意識を育むことが役に立つんだよ。

ジャック・パーセル（弟）

あんなクールな撮影機材、それまで見たこともなかった。カメラマンのゼインって人はすごくいい人だった。ケースをいくつか運ばせてくれたよ。そのうえ、ステディカムも装着させてくれた。なんか、ジェットパックをつけるみたいな感じだったな。それをつけたままそこらじゅうを走ってたら、ママに見つかってはずさせられたんだ。

ゼイン・ケリー（カメラマン）

ああ、ジャックは十一歳の小《ち》っちゃなテクノロジーおたくだった。だからアシスタントみたいにあつかってやったのさ。ちゃんと価値のわかってる子供に最新機材を見せてやるのはいつだって楽しいもんだ。それに……あの子が感情的につらい状況にあるのはわかってた。最初の日の朝、あの子はおれに、姉さんを見つける手伝いをしてくれるのって訊いたんだ。あいつはいい知らせが届くのを心待ちにしてた。そうなるといいな、とおれは答えた。おれとあの子は、だいぶ仲よくなったよ。ほら、内輪ウケのジョークとか、バカげたゲームとかさ。おれは……クソッ……なんかいろいろ思い出しちまったよ……すまない。数年前、あいつがひどいことになってると知ったんだ。連絡をとったりはしなかったが、それを聞いて残念に思ったよ。手を貸すことはできないが、ふと思うんだ、ほら、わかるだろ？　もしおれたちがあの町に行って番組をつくったりしなかったら……

ケイシー・ホーソーン（プロデューサー）

機材の搬入はほとんど終わってた。唯一の問題は、近所の住人のほぼ半分くらいが家の周囲に集まっちゃったことね。いつもなら、もっと状況をコントロールできるものなの。大勢の人がいる場所で撮影するときは、ＡＤがあたりをがっちり警備してくれてるし。でもあのときは少数精鋭の撮影だった。いいかえるなら、シネマヴェリテ風って感じね。

エズラ・フィリップス（ポップカルチャー評論家）うーん、ぼくはそうは思わない。D・A・ペネベイカーはシネマヴェリテだし、フレデリック・ワイズマンもシネマヴェリテだ。でも、ケイシー・ホーソーンは違う。

ブランドン・グラスリー（近所に住むクラスメート）ビデオゲームをやってたら窓から様子が見えたんで、外に出てみたんだ。父さんも出てきたよ。そしたら、撮影スタッフがサラの家に入ってくとこだった。なんでかはわからなかった。父さんが、「あいつらは自分たちのやってることがわかってないんだ」みたいなことをいってた。それから、家のなかに戻ったんだ。

マイク・スナイダー（地元テレビ局のニュースレポーター）ぼくは気に食わなかったね。そりゃ当然だろう？　最初の晩以降、ぼくらは家族から新しい情報をなにも受けとっていなかった。なのに、どやどややってきたハリウッドの連中を家に招き入れてるんだからね。こっちは歩道から足を一歩踏みだしただけでも怒鳴りつけられてるのに。とてもじゃないが納得できなかったよ。ぼくら〈ABC-7〉は最初から現場にいたんだ。あの事件を世間に知らしめたのはうちのニュースだった。銀行の口座通知書を世間の人たちに掲げて見せるとき、デイヴとジャネットは喜んでうちのニュースを使った。ところが突然、あんたたちはお呼びじゃないってわけさ。

ケイシー・ホーソーン（プロデューサー）

スタッフが専門機材を設置しているあいだ、あたしはキッチンテーブルでデイヴとジャネットに契約書を見せたの。定型的な文言が何ページにもわたってつづいてたけど、ふたりは一語たりとも読みのがすまいとしてた。まるで、そこに書かれてることの意味がわかってるみたいに。

デイヴ・パーセル（父親）

撮影した素材の所有権は最終的に誰のものになるかを知りたかった。その件が気にかかっていたんだ。サインひとつで自分たちの人生をすべて売ってしまうような気がしてね。

ジャネット・パーセル（母親）

そんなこと、わたしはまるで気にしませんでした。問題はサラを見つけること。そのためならなんにだってサインしたでしょう。

ケイシー・ホーソーン（プロデューサー）

あのふたりに対して、あたしは冷酷なくらい正直に話した。書類をそろえながらこういったの。「いいですか、この契約をしたことで自分たちはあれこれひどい目にも遭うだろうとお考えだとしたら、たぶんそれは正しいでしょう。ビジネスにはどうしてもそういう部分がありますから。芸能関係の弁護士にこの書類を見てもらってから交渉したいというなら、たぶん数字をいくつか変えられるはずです。海外での商品化権や旅客機内での放送権などといった些末《さまつ》なあれこれを見直せば、十パーセント上乗せできるかもしれません。でも、それをすべて調整するには何週間もかかる。この番組の核心はできるだけ早く情報を流すことにあります。サラのために、でしょう？きょうあなたたちの前にある契約書は、決して悪いもんじゃありません。これがあれば、いますぐに撮影をはじめることができます。もちろん、第一エピソード分の小切手はすでに切られています。あなたたちは、この契約を泥沼に落ちこませたいですか？」

デイヴ・パーセル（父親）

彼女には長所がいくつかある。しかも、いますぐにでも換金できる小切手を手にしていた。わたしたちは契約書にサインした。するとケイシーは、スタッフに「カメラをまわして」といった。こうしてわたしたちは、非人間的なハリウッドシステムの一部になったんだ。

ジャネット・パーセル（母親）
最初のうちは、すごく気づまりでした。スタッフがいつもどこかそばにいて撮影してるんです。どう動いていいかも、どこに目を向けていいかもわかりませんでした。それに、わたしたちはとくになにかをしてたわけじゃありません。だってほら、ただ待ってるだけでしたから――電話が鳴るのを。警察が最新情報を伝えてくるんじゃないか、森を捜索に行った地元のボランティアの人たちから連絡が入るんじゃないか。こんな姿を撮影して、ケイシーはどうやって番組をつくるんだろうって思いました。わたしたちはたいして話もせず、ただそこにすわっていたんです。ハリケーン・ビヴァリーが襲来したのはそのときでした。すくなくとも、あれはちょっとしたドラマでしたね。

ビヴァリー・ギアリー（祖母）

あたしが玄関から二歩なかに入ったあたりで、知らない顔の人たちのひとりが事情を教えてくれたわ。あたしは娘を見つけて、ほんとにほんとうなのか問いただしたの。契約書にたったいまサインしたばかりみたいだったわね。すると誰かがあたしの顔にクリップボードを突きつけて、権利放棄証書にサインしてくれといったのよ。あの人たちは、たったいまあたしたちが交わした会話を撮影してたの！

ケイシー・ホーソーン（プロデューサー）

ジャネットは母親が家に入ってきて叫びはじめると、撮影を中断してくれと頼んだの。当然、こっちとしてはそんなことしたくなかった。いいショットが撮れてたんだから。でも、最初の日からそんなバトルをするのは得策じゃないでしょ？

ゼイン・ケリー（カメラマン）

ケイシーはカメラを止めろとおれに合図した。だけど、スイッチを切るにもいくつかレベルがあるんだ。おれたちがよく使う手は、カメラを床に向けてもう録画はしてないと思わせる方法だな。それを見ると、たいていの人はガードを下ろすんだ。

ケイシー・ホーソーン（プロデューサー）
でも、音声は録音してるわけよ。場合によっては、真っ暗な画面に思わせぶりな会話が重なるほうが、ずっとドラマチックになるものなの。

アレクシス・リー（アソシエイト・プロデューサー）
ケイシーはそれをグレーゾーンって呼んでいました。でもそうじゃありません。間違いなく不正行為です。

ビヴァリー・ギアリー（祖母）
ジャネットには本音をいいましたよ。おまえたちのやってることは恥知らずだって。かわいそうなサラが行方不明になってるっていうのに、テレビ番組の制作に協力してお金をもらう？　賛成するつもりなんてありませんでした。あたしにはどうしようもなかったけど、賛成だけはしませんでした。

デイヴ・パーセル（父親）
ジャネットがこのまま協力してくれるかどうか、あそこがいちばんの瀬戸際だったと思う。契約のストレスがあったうえに、撮影スタッフが家のなかをドタドタ歩きまわってる。そこにこんどはビヴァリーが金切り声で怒鳴りこんできて……ジャネットは撮影を中止にしたくなった。
わたしは彼女を脇《わき》に引っぱっていき、こういうことが起きるのはわかってたはずだと思い出させた。不快でつらい思いもするだろうし、頭が混乱もするはずだ。しかしこれは、サラを見つけるためなんだ。それだけの価値があるんだよ。わたしはサラがいかに強いかを思い出させた。あの子のためにわたしたちも強くなり、たとえ誰に批判されても耐えなきゃいけない。わたしはジャネットをなんとか説得したんだ。

ジャネット・パーセル（母親）

あのときなにを話したかはもちろん覚えています。あの男があそこでなにをしたかを考えてみてください。わたしがどんな状態にあったかも。娘がいなくなってたんですよ。あの子がどんな目にあっているのかもわからない。生きてるかどうかさえわかっていなかったんですから。あの子のことをたった一秒でも考えると、実際に身体の具合が悪くなりそうでした。なのに、それとは関係のない問題がいきなり勃発したんです。母がわたしを怒鳴りつけてきて、デイヴはなにをしたか？　檄《げき》を飛ばしたんです。ロッカールームでチームの選手に活を入れるみたいに。あのとき彼はなにを知っていたか？　その点だけをとっても地獄で朽ち果てるに値します。

ビヴァリー・ギアリー（祖母）

娘はあたしよりデイヴを選んだの。自分の子供がいつかは成長してパートナーを見つけることは、親ならいつだって意識してるものよ。そのパートナーを最優先するようになることもわかってる。それが自然なことですもの。でも、実際にそれを目《ま》の当たりにするとすごくショックなのよね。はじめて母よりもハーブの肩を持ったときのことはいまでも覚えてるわ——母の魂の安からんことを——あたしは母に、結婚するより先にいっしょに住むと宣言したの。母は泣きまくって、一カ月ほどは口もきいてくれなかった。だから、ジャネットがデイヴの意見を支持しても驚かなかった。

事件のあとで、あたしになにがいえたというの？「だからいったでしょ」とか？ ええ、あたしは実際にそういったわ。

ケイシー・ホーソーン（プロデューサー）

デイヴがジャネットを説得したの。彼女は落ちつきを取り戻し、あたしたちはふたたび軌道に乗ったわけ。時間にして十分もかからなかった。

ドミトリー・ルッソ（巡査）

テレビのスタッフが家のなかに入っていくのを見て、ぼくはカルデロン刑事に電話したんです。すごく機嫌がいいって感じじゃありませんでしたね。

ケイシー・ホーソーン（プロデューサー）

あたしたちはふたたびリズムに乗りはじめた。そこへ、ノックもせずにフェリックスがいきなり入ってきたの。ドアを蹴破るようにね。あたしは二階にいたんだけど、そこからでも、彼がいまにも爆発しそうなのがわかったわ。しかもそれって、あたしがそこにいるって彼が気づくまえだから！――ごめんなさい、笑ったりして。笑うような話じゃないのはわかってる。でも、フェリックスが怒りに駆られたり動顚《どうてん》してる姿を見ると、いつもグッときちゃうの。

フェリックス・カルデロン（刑事）

部下のひとりが署に電話をくれたんだ。ハッとしたよ。すぐにパーセルの家へ急行した。その時点でなにが起きているかはわかっていたと思う。向こうも隠そうとはしてなかった。パーセル夫妻はリアリティ番組の制作に同意したんだ。そんなことさせてたまるか、と思ったね。

家に入っていくとき、おれはすべてをやめさせるつもりだった。まず目に入ったのはデイヴとジャネットだ。それと、ふたりを追いまわしてるカメラマンだな。おれのメッセージはシンプルだった。「あんたたちは頭がおかしくなっちまったのか？　こんなことをしてもサラを見つけだす役には立たない。それどころか、ほんとに放送なんかされようもんなら、誘拐犯をいたずらに怒らせるだけだ」あの夫婦はおれや部下を信用する必要があった。こんな番組を放送しても、サラを傷つける結果にしかならない。

どんなふうに傷つけることになるのか、そのときにははっきりわかってなかった。しかし、最終的におれは正しかった。

ジャネット・パーセル（母親）

わたしはカルデロン刑事に激しく食ってかかりました。怒りをすっかりぶちまけてしまったんです。いうまでもなく、わたしは番組の最大の擁護者というわけではありませんでした。でも、よりにもよってあの刑事に批判されたりして、堰《せき》が切れてしまったんです。ただ娘を見つけだしたいだけなのに、なぜあんな男から説教されなきゃならないんです？　犯人が誰だとか、どうやって誘拐したかとか、そんなことはどうでもいいんです。あの刑事がどんな成果を上げました？　もう三日が過ぎているというのに、なんの手がかりもなし。文字どおりゼロ！　あの間抜けなバス運転手はカルデロンのまわりをくるくる走ってました。あの運転手はサラを排水溝に置き去りにしたにちがいないんです。なのにあの頭脳明晰《めいせき》な名刑事ときたら、それさえつきとめられずにいる。あの刑事は最初の晩、門限を過ぎたら帰ってきますよとか悠長なことをいってたんですよ。

いまから思えば、あのときは誰かを怒鳴りつけるのが気持ちよかったんでしょうね。わたしは怒りをたっぷり抱えてましたけど、責める相手が誰もいなかった。たぶんわたしは、あのまま怒りをぶつけつづけていたと思います。もしあそこで、ケイシーが部屋に入ってこなければ。

フェリックス・カルデロン（刑事）

ケイシーの姿を見たとき、なにを思ったかって？　そうだな、ほんの一瞬、興奮したよ。それから考えた。いやはや、仕事でこの町を通りかかった医療用品の販売外交員と一夜を共にしたら、こんなところでばったり出くわすとは。ちょっと奇妙だし、バツが悪い。そのとき、はっと気づいたんだ。おれはすべてを組み合わせて考えた。おいおいほんとか？　自分が世界でいちばんのマヌケになった気分だったね。ほかにどう思いようがある？

ケイシー・ホーソーン（プロデューサー）

あたしはハイと声をかけた。それから、ちょっと外で話ができないかしらって訊いたの。彼はひどく軽蔑したような目つきでこっちを見つめただけだった。自分を恥じてるのもわかったわ。ちょっとつらかったわね。彼を傷つけたり、恥ずかしい思いをさせたりはしたくなかったから。永遠とも思える一瞬が過ぎたところで、あの人は言葉を絞りだした。「よくこんなことができたな？」

デイヴ・パーセル（父親）

なんとも奇妙な質問だった。ケイシーに向かってそういったときの口調を聞いて……わたしが疑いをいだいたのはあのときだ。

ケイシー・ホーソーン（プロデューサー）

なぜあんなことができたか？　彼がどんな答えを期待してたのかわからない。プロとしても、個人的にも。プロに徹することが誰にとってもいちばんだとあたしは考えたの。

あたしは今回の番組の狙《ねら》いを説明した。警察の捜査とも目的は合致するし、撮影チームはあなたの邪魔はしないからって。
彼はなにも答えなかった。なにかべつの答えを期待してたのね。彼に対して、なぜあい、い、い、いんなことができたのか？　あの人はあたしを見つめたままなにもいわなかった。彼のなかでなにかが壊れるのが見えた。彼はそれを隠そうとして、あたしから離れはじめた。それから、ジャネットとデイヴのほうを振り返った。

フェリックス・カルデロン（刑事）
純粋にただ知りたくて、おれはふたりに訊いたんだ。ほんとにこんなことをしたいのかとね。ふたりはうなずいた。それ以上、おれにできることはなにもなかった。おれは絶対に反対だが、娘さんを見つけだすための努力は引き続き行なうといった。そして、そのまま家を出た。

ケイシー・ホーソーン（プロデューサー）
あたしは外まで追いかけていったわ。謝りたかったの。彼はあんな仕打ちをされるべき人じゃなかった。それに、あたしが思っていたよりもずっと深く傷ついてた。しかもあたしは、自分勝手な話だけど、ふたりの仲を修復していい関係をつづけたかった。あたしたちふたりのあいだにあったことは……あたしにとってはめったにあることじゃなかったから。でも、フェリックスは耳を貸そうとしなかった。

フェリックス・カルデロン（刑事）

いったいなにを言うつもりだったんだ？　あれだけでっかい嘘をつかれたら、もう二度と信用なんかできない。おたがいの瞳《ひとみ》を見つめ合うとか、心をさらけ出し合うとか？　あの女はおれをずっともてあそんでたんだ。

ケイシー・ホーソーン（プロデューサー）

もてあそんだことなんか一度もないわ。カードがすべてテーブルにさらけだされたとき、あたしはなんとか伝えようとしたの。重要なのはサラを見つけだすことだって。あたしたちはおなじチームなんだし、おたがいに協力し合える部分だってあるはずだって。パーセル家の人たちに、あたしたちはそれだけの借りがあるんですもの。それに、あたしはふたりの関係を終わらせたくなかった。まえの晩の感じを取り戻したかった。あたしは彼に微笑みかけた。「ねえ、すべてが悪いニュースってわけじゃないでしょ。あなたの願いがかなったんだもの。あたしはたんなる行きずりの女なんかじゃない……恋に落ちたっていいのよ」

彼は憤然とにらみ返してきたわ。

フェリックス・カルデロン（刑事）

おれのそばに近づくんじゃないといってやったよ。

ケイシー・ホーソーン（プロデューサー）

それを聞いて、すっごくいい気分になったわけじゃなかった。でも同時に、彼を信じてもいなかった。それに、くよくよ考えてるわけにはいかなかったし。あたしにとっては、いつだって情事より仕事が優先だから。仕事とプライベートを厳密に分け、自分の感情を抑える。プロデュースすべき番組があるんだから。

ゼイン・ケリー（カメラマン）

ケイシーは部屋に戻ってきた。ちょっと気まずい感じだったよね。そのときは、なにも説明しなかった。ただおれに、二階に行けと指示しただけだ。サラの部屋のＢロール（風景や建物、部屋の様子などの補足的な映像素材）がほしかったんだ。

アレクシス・リー（アソシエイト・プロデューサー）

サラのベッドルームは、事件の朝に彼女が出たときのままでした。警察があちこちつついて調べてはいましたけど、それ以外は、ごく普通の十六歳の女の子の部屋そのものでしたね。ケイシーは、サラがどんな子だったかを視聴者に伝えるための映像がほしかったんです。

ゼイン・ケリー（カメラマン）

おれたちは部屋に入った。ケイシーはおれの後ろに立って、なにを撮影するか指示した。実際には、ケイシーとジャックだな。ジャックはサラの部屋までおれたちについてきてたんだ。まず、陸上競技のトロフィーを撮った。それから譜面台。友だちの写真。スプレーでペイントしたトラッカーキャップ（後ろ半分がメッシュ素材のキャップ。スプレーペイントのものがよくある）。ジャックはサラが大事にしてたものを教えてくれた。ケイシーが満足してないのは明らかだった。

ジャック・パーセル（弟）

サラはぬいぐるみを持ってなかったかって訊かれたんだ。ぼくはよく知らなかった。もちろん、むかし持ってたのは覚えてたよ。子供なら誰だって一時期は持ってるもんだろ？　でも、サラがいまも大切にしてるとかいったことはなかった。ぼくはクロゼットを探せばなにかあるかもしれないと答えた。いらなくなったもんを詰めとく箱がクロゼットにあるのを知ってたんだ。

ケイシーはクロゼットに入っていって、古いテディベアを見つけてきた。サラはこれがすごく好きだったかと訊いた。うん、とぼくは答えた。どうしてそんなことを訊くのかはわからなかった。

アレクシス・リー（アソシエイト・プロデューサー）

ケイシーはテディベアを見つけると、サラのベッドまで持っていきました。そして、ベッドの上に置いたんです。枕《まくら》にもたせかけるようにして。それから、一瞬考えて、テディベアを押しました。ベッドの上に完璧な感じに置いてあるんじゃなくて、そこに放り投げたように見えました。ケイシーは一歩下がり、これを撮ってとゼインにいいました。

ゼイン・ケリー（カメラマン）

ぼくはカメラをゆっくりとパンさせ、ひっくり返ったテディベアにレンズを向けた。別アングルからもいくつか撮ってほしいとケイシーはいった。撮影にかかったのはほんの数分だったね。そのために局はおれに大金を払ってるわけだからな。

ジャック・パーセル（弟）
そのときぼくはいったんだよ。すくなくとも、いおうとはしたんだ。こんなの、サラはすごくいやがるはずだって。こんなのダサいとぜったい思ったはずだ。そもそもぬいぐるみの動物なんてベッドに置いといたりしない。もう十六だったんだからね。でも、ケイシーはそっけなくぼくを追い払った。「心配しないで。番組には使わないから」といってね。

アレクシス・リー（アソシエイト・プロデューサー）
わたしは鳥肌が立ちました。ケイシーが望んでいたような効果があったからじゃありません。いまにして思えば、あれは一線を越えてました。あのあとで起こったことはすべて……彼女がテディベアを持ってきた瞬間にわたしは気づくべきだったんです。ケイシーは真実を語るためにあそこにいたんじゃありません。物語をつくるためにいたんです。

第6章　フレデリックの最重要指名手配犯

ブランドン・グラスリー（近所に住むクラスメート）
いうまでもないけど、〈サラを探して〉の第一エピソードは一瞬にしてぼくの人生を変えた。あれにはほんとに驚かされたよ。ケイシーがなにをするつもりなのか、ぼくらは誰ひとりわかっちゃいなかったんだ。

ケイシー・ホーソーン（プロデューサー）
第一エピソードはできるだけ早く放送したかった。スタッフには四十八時間と言い渡してあったわ……視聴者を一気に引きこむようなエピソードを撮影開始から四十八時間以内に仕上げる。することはどっさりあった。

アレクシス・リー（アソシエイト・プロデューサー）
スタッフは本格的に動きはじめました。わたしの仕事は、サラと親しい人の全員からインタビューをとる準備をすることでした。なかには躊躇《ちゅうちょ》する人もいましたが、ほとんどの人はテレビに出ることに興奮していました。あのときはまだ、番組がサラを見つける手助けになるとみんな信じてたんです。

ケイシー・ホーソーン（プロデューサー）

あたしは視聴者に、サラを個人的に知っているような気持ちになってほしかった。だけどもっと重要なのは、ジャネットとデイヴに恋してもらうことだった。サラがいないんだから、ふたりが番組の主役ってことになる。まだ撮影がはじまるまえは、それがすごくうまくいってた。でも、いったん番組が現実になると、ふたりともすっかり自意識過剰になっちゃったのよ。あたしはふたりに、もうすこしくつろいでほしかった。撮影スタッフをあんまり意識しないでね。

まずはふたりにすわってもらって、ごく普通のインタビュー映像を撮影したわ。サラのことや自分たち家族のこと、結婚生活のことなんかを質問したの。だけどぜんぜんうまくいかなかった。ふたりともガチガチに緊張しちゃって。でも考えてみれば、わが子が失踪してるってときに、もっと自然に演技しろといっても無理な話よね。第一それは、あたしが目指してる番組にはそぐわなかった。居心地悪そうにしているふたりを見て、あたしはそのことを思い出したの。

デイヴ・パーセル（父親）

いまなら笑えるが、いざインタビューを受けることになったときには、いいシャツを着て、髪にくしをいれたよ。いったいなにを考えていたのか、自分でもわからない。十分ほど撮影したところで、ケイシーはすべてをご破算にした。

ケイシー・ホーソーン（プロデューサー）

スタッフにはその場で方針変更を伝えて、デイヴとジャネットの出演部分はすべて自然さを心がけるように指示したわ。今後もいろいろ質問をぶつけるつもりではあったけど、ふたりが日常の仕事をしているときにした――車で仕事場に向かうあいだとか、夕食の支度をしてるときなんかにね。そのほうがずっとうまくいったわ。

ジャネット・パーセル（母親）

わたしにはすべてが奇妙に感じられました――だってほら、自分のそばに浮かんでいるカメラに向かって話すわけですから。話すことなんかたいしてありません。ケイシーはサラに関する思い出話を聞きたがりました。だから、はじめて歯が抜けそうになったときのことを話したんです。その歯は何日もまえからグラグラになっていて、サラはすごく神経質になっていました。そのうちデイヴが、面白い方法を考えついてあの子にやらせたんです——家のなかを障害物レースのコースに見立てて、そこらじゅうを歩きまわったんですよ。サラは長く伸ばしたデンタルフロスの端を持って、家具をくぐり抜けたり、飛び越したり、てっぺんに上ったり。デンタルフロスのもう一方の端は、ドアのノブに縛りつけてありました。最後にサラは、手に持ったデンタルフロスの端を輪にしてぐらぐらの歯に結びつけると、ドアを叩きつけるように閉めたんです。抜けかけていた歯はすっ飛んでいきました。あの子は大喜び！　怖くもなければ、痛みもなし。笑いながら家じゅうをレースしてまわったせいで息を切らし、目をまわしてました。

すてきな思い出。いまとなっては思い出すのもつらいですが、当時はそういう楽しいことがたくさんあったんです。

撮影がはじまった当初はそんな感じでしたね。ケイシーはずっと力説してました。わたしたち夫婦に同情と共感が集まれば、サラが見つかる可能性もより高くなるって。より刺激的になればもっといいともいいました。〝刺激的〟だなんて、信じられますか？　ほんとにそういったんです。わたしはにらみつけてやりました。そんなつもりはなかったんですけど、さぞ怖い顔をしてたんでしょうね。彼女は顔を赤らめて謝りました。

ゼイン・ケリー（カメラマン）

二、三日のあいだ、おれたちは狂ったみたいに駆けずりまわってた。町じゅうをジグザグに駆け抜け、サラを知ってた人を誰かれかまわず撮影したんだ。インタビューはすべてケイシーが受け持った。撮影してるおれのすぐ後ろに立ってね。彼女はいつも最後におなじ質問をした。

ケイシー・ホーソーン（プロデューサー）

覚えてないわ。ほんとかしら？

ゼイン・ケリー（カメラマン）

「いまサラが聞いているとしたら、なんていってあげますか？」

ケイシー・ホーソーン（プロデューサー）

ああ。そうだった。いま考えるとゾッとするわね。残念なことに、そのチャンスは誰にも訪れなかった。

アレクシス・リー（アソシエイト・プロデューサー）

ある朝、町じゅうをヴァンで走りまわっていたとき、突然気がついたんです。わたしはケイシーに訊きました。失踪の理由はたんなる退屈な誤解だとわかったら……番組はどうするんですか？「もしきょうサラが姿を現わしたらどうするんですか？」ケイシーは一瞬言葉を失いました。まるで、そんな可能性は一度も思いつかなかったみたいに。

たんなるひとりの人間として、わたしは不思議に思いました。ケイシーはいったいなにを支援しようとしてるんだろうって。

アンソニー・ペナ（ビデオ編集者）

初日の撮影が終わると、ケイシーとぼくは編集スイートに戻った。あの日、ぼくがほかのスタッフと合流したとき、みんなはパーセル家にカルデロンって刑事がきたときのことを噂《うわさ》してた。あの刑事と彼女のあいだにはなにかあるんじゃないかって。

だからぼくはケイシーに訊いたんだ。それくらい仲がよかったからさ。夜遅くまでいっしょに仕事したことも何度もあったし、週末にも顔を合わせていたからね。彼女はちょっと笑って肩をすくめ、「ええ、事故は避けられないっていうでしょ」って顔をした。撮影でよその町に行くと、はめをはずしちまうもんなんだよ。だからぼくはただうなずいて笑った。でも、それから訊いたんだ。今後の撮影に支障はないのかって。彼女は「わからないけど、もしかしたら」って答えた。

ぼくはケイシーをかなりよく知ってる。彼女のこれまでの関係もすべて見てきた。ま、あれを〝関係〟と呼べればの話だけど。「わからないけど、もしかしたら」っていうのは、要するに彼女が恋に落ちてるってことなんだ。

マーカス・マクスウェル（TNNネットワーク社長）

ケイシーは撮影初日に撮影したビデオをいくつか送ってきた。正直いって、すごく期待が持てそうなわけじゃなかったね。それどころか、すごく陰鬱《いんうつ》な感じだった。パーセル夫妻は日常の仕事や雑事をやってる。町の人たちは泣いてる。事前に聞いてた画期的ドキュメンタリー番組はいったいどこに行ったんだ？　だからわたしは、ケイシーに食ってかかったんだよ。「この番組は、悲しみに暮れてる人たちがただ悲しんでいるだけなのか？」とね。

こんな話をすると時代遅れの人間だといわれそうだが、しかしね、二十世紀にはウォータークーラー・テストってもんがあったんだ。知ってるだろう？　番組放送の翌日に視聴者が職場に行ったとき、ウォータークーラーのまわりに集まってなにを話すかを考えるんだ。わたしたちが〈サラを探して〉を制作した頃には、すでに〈あれってマジヤバ〉メッセージ時代に突入してた。どんな番組をつくれば視聴者は友だちに「あれってマジでヤバいよ」とメッセージを送るか? わたしはそこんところをケイシーに訊いてみた。彼女が送ってきた映像からはそんなリアクションが得られそうにはとても思えなかったからね。ケイシーは心配するなといった。なにか見つけるからと。

実際、彼女は見つけたわけだ。

ケイシー・ホーソーン（プロデューサー）
あたしたちはインタビューをたくさん撮影した。最初の頃にやったなかには使いものにならないものもあったけど……

ヴェロニカ・ヤン（校長）
わたしはケイシーと撮影スタッフに、サラはとてもすばらしい生徒だったと話しました。それに、ヴァイオリンの才能がいかにすぐれていたかも。わたしは校内を案内してまわり、サラと親しい生徒を何人か紹介しました。
はたしてそんなことをすべきかは、ごく慎重に考えました。当然ながら、友人の失踪事件をテーマにしたリアリティ番組に生徒を参加させるべきかどうかに関する指針など、あるはずもないですから。最終的に、子供たちがトラウマを癒やすのに役立つかもしれないと考え、インタビューを許可しました。わたしは現代的な教育者で、世界をあるがままに捉《とら》えているんです。

オラフ・レクレール（アイスクリームショップのオーナー）

サラは〈ビッグ・オラフ〉で働きはじめて三年だった。一、二を争うくらい有能な子だったよ。いちばん好きな味はブラックラズベリーだ！　すごく頭がよかったし、信頼もおけた。あの夏は、週末の鍵係を頼もうと思ってたくらいさ。失踪したときには茫然《ぼうぜん》としたね――地元の誰かがはじめた報賞金基金にすぐ千ドル寄付したよ。

ケイシー・ホーソーン（プロデューサー）

インタビューのいくつかは、そのときには使いようがなかったんだけど……

ブランドン・グラスリー（近所に住むクラスメート）

ぼくらは自宅でインタビューを受けたんだ。信じられるかい？　父さんは乗り気じゃなかったけど、ぼくは受けたかった。ケイシーとスタッフがぼくのベッドルームに機材をセットしてね。すこし部屋を片づけようとしたのを覚えてる。だけど、イケてない感じは消せなかった。だってほら、壁にはポスターがいくつも貼ってあるし、ゲーム機なんかも転がってるし。それに、古いタイプのアナログレコード用ターンテーブルもあった。当時のぼくはDJになりたくて、あれこれいじってみてたんだ。

インタビューでは、サラが姿を消した朝のことを簡単に話した。バス停で会ったときのことからね。基本的には警察に話したことのくりかえしだったから、たいして面白かったわけじゃない。ケイシーはほかになにかないのかとしつこく訊いてきた。学校でサラはどうしてたかとかね。でもぼくはほんとになにも知らなかった。ほかのみんなが週末にパーティに行ったのは知ってたけど。そのあたりのことはサラの友だちに訊いたらっていったんだ。

ケイシー・ホーソーン（プロデューサー）

インタビューのいくつかは撮るのがすごく大変だったわ。でも、その甲斐《かい》があったことがわかって……

ネリー・スペンサー（友人）

ええ、テレビには出たかったわ。でも、あたしもバカじゃないから。リアリティ番組はよく見てたんで、いったん撮影されちゃったら向こうの思うように使われるのはわかってた。テレビ局のやつらの手にかかったら、バカっぽく見せることもできるし、イヤなやつに仕立てられちゃうこともある。ほんとはぜんぜんそうじゃなくてもね。〝意図的編集〟っていうんじゃなかったかな、たしか。だから、ケイシーから最初に話があったとき、あたしはノーって答えたの。

オリヴィア・ウェストン（友人）
わたしは喜んでインタビューに応じました。たぶんサラもそれを望むはずだって思ったんです。ケイシーは、ネリーといっしょにインタビューしたいっていいました。そのほうが硬くならずにすむんじゃないかって。でも、ネリーは最初断わったんです。ウォーカー・コーチとのことが話に出るんじゃないかと心配したんだと思います。よくわからないけど、うっかり口をすべらせちゃったりとか。

ネリー・スペンサー（友人）
インタビューを断わったその日に、ケイシーはあたしのインスタをフォローしてメッセージを送ってくるようになったの。で、あたしがロサンゼルスのファッションブランドをフォローしてるのに気づいたのね。あのブランドのオーナーとは友だちなんだといってきたわ。とか思ってたら、つぎの日にケイシーがまた学校にやってきたの。

そもそもどうして許可が下りたのかもわかんないけど、とにかくきてたのよ。

彼女はあたしに声をかけて自分のスマホを差しだした。受けとってみると、そのブランドのオーナーとフェイスタイムでつながってたの。で、ちょっとだけおしゃべりしたわけ。ドギマギしちゃったけどクールだった。新しいサンプルへのフィードバックが必要なのといって、アドレスまで訊かれちゃった。

その日の午後、あたしはオリヴィアといっしょにケイシーのインタビューを受けてたわ。

オリヴィア・ウェストン（友人）
サラはいっしょにいてすごく楽しい子でした。まずはその話をしたんです。あの子がわたしたちのロッカーに投げこんでくれるバースデーカードはすごくイカれてて、キラキラ爆弾みたいだったこととか。ある年の夏、彼女に影響されてみんなすっかりフェードラ帽に夢中になったこともあったし、水を飲んでしゃっくりを止める方法を教えてもらったこともありました。水を飲んだら逆立ちをして、窒息死しそうになるまで息を止めるんです。それに、大学に行ったらなにをするかといった話もしましたね。大学卒業後はどうするかとか。サラはもちろん、ニューヨークに住みたいっていってました。

夜いっしょに遊びに行くときは普通なにをするの、ってケイシーは訊きました。そのとき、屋外パーティについても訊かれたんです。あれはちょっと不意打ちでしたね。なんでそんなことまで知ってるんだろうって。わたしたちはちょっと口ごもっちゃって。それにつづいて、なにかあなたたちだけの秘密はないのって訊かれました。

きょうこのインタビューを受けるまえに、わたしはあのときの映像をもう一度見てみたんです。ネットで映像クリップを見つけて。ネリーとわたしは顔を見合わせて、「話しちゃっていいのかな？」って顔をするんです。わたしはナーバスになってました。でも、きょうに至るまで、あの秘密を打ち明けたのは正しいことだと思ってます。そのせいで大混乱が起きちゃったわけだけど。

ネリー・スペンサー（友人）

オリヴィアは絶対にいわないってわかってた。だからとうとうあたしが口走ったの。「サラはストーカーに悩んでたの」って。ケイシーの顔はいまでも覚えてる。マジで興奮してたわ。

オリヴィア・ウェストン（友人）

ネリーはそれだけいって、あとはわたしにまかせたんです。わたしはケイシーにぜんぶ話しました。嘘じゃないっていう証拠に、サラのメールを見せたりもして。

数カ月前から、サラは週末にメールをくれるようになったんです。彼女は、土曜の午後はいつも〈ビッグ・オラフ〉でアルバイトをしてました。で、仕事中にわたしたちにメールしてくるんです。「例のブキミ男がまたきた……OMG《オー・マイ・ゴッド》、わたしのお尻をチェックしてる……もし夜になっても連絡がなかったら、おっきな冷凍庫で死んでると思って。101」

でも、たんにふざけてただけでした。よくあるジョークだったんです。すくなくとも、半分はジョークでしたね。十六歳の女の子は誰だって、ブキミ男にじろじろ見られるのを我慢しなきゃならない。人生の悲しい現実ってやつですよ。笑い話にでもしなくちゃ頭がおかしくなっちゃう。だから、サラが失踪するまでは、べつにたいしたことじゃないと思っていたんです。

フェリックス・カルデロン（刑事）
正直なところ、おれはだいぶイラついてた。トラヴィス以外にこれといった容疑者もいなかったからな。こうした事件の場合、まず疑うのはボーイフレンドか家族だ。しかしあの事件では事情が違ってた。その線はすぐに捨てたよ。リストのつぎに並んでたのはバイト先の人間だ。だからおれは、アイスクリームショップのオーナーや同僚の男を徹底的に調べた。つづいて、学校の教師の何人かにも目を向けた。さらに、あのエリアの性犯罪者もチェックした。三十年前に十代の少女を連れ去った犯人が仮釈放されたばかりだったんで、おれはわざわざ確認しに行ってみた。しかしそいつは、酸素ボンベを装着して車椅子に乗ってた。

なにもかもが空振りだった。情報受付用の回線も開設したが、これといった情報は寄せられなかった。耳に入ってくる情報といったら、ケイシーが町の誰かれとなくインタビューをしてるって話だけだった。おれが事情聴取に行くと、なかにはイラつく者もいた。ケイシーにした話をもう一度くりかえさなきゃならなかったからだ。高校の英語教師なんか、ひどく苛《いら》ついてたよ。ケイシーにいって撮影素材を見せてもらえっていうのさ。そうすりゃおなじ質問にもう一度答える時間の無駄を省けるってな。あんな態度を取られたら、疑いたくもなるってもんじゃないか。

ああ、そのとおりだよ、ケイシーの番組の第一回が放送されるまえの捜査状況は、だいたいそんなとこだった。

アンソニー・ペナ（ビデオ編集者）

ぼくたちは徹夜で作業して第一エピソードを仕上げた。キャンディとムーン・ジュース・スナックバーで栄養補給しながらね。木曜の朝に完成させて、その日のプライムタイムに放送したんだ。テレビ業界では、木曜日の夜が一週間のうちでいちばん金になるんだ。ベテランの社員がまえに説明してくれたことがある——昔は誰もが週末にショッピングをした。だから、どこの会社も木曜の広告にいちばん金を払った。土曜日になって視聴者が店に行くまえに、彼らの頭にコマーシャルソングを植えつけとくんだ。いまじゃそんなことに意味があるかどうかはわからない。でも、その時間帯に枠をとれたのは、ぼくたちにしてみりゃクールだった。第一エピソードが核爆弾みたいに爆発することはわかってたからね。

アレクシス・リー（アソシエイト・プロデューサー）

わたしは側近グループの一員ではなかったので、完成版は見ていませんでした。でも、もし見ていたら、放送には賛成していなかったと思います。あれはまったくの個人攻撃でしたから。

マーカス・マクスウェル（TNNネットワーク社長）

わたしが求めていたのは、「マジでヤバい」と思わせるエピソードだった。求めよ、さらばあたえられん、ってわけさ。

ゼイン・ケリー（カメラマン）

おれは自分が撮影を担当した番組は見ない。しかしあの番組は、そう、ちょっと興味があった。ちょうどあの夜は仕事がオフだったこともあって、ホテルの部屋でテレビをつけたんだ。

ケイシー・ホーソーン（プロデューサー）

初回に関しては、不安はなかったわ。玄関広間に立ってる両親を撮ったジャックのバイラル・ビデオを見た瞬間から、これはヒットするって確信してたから。

デイヴ・パーセル（父親）

放送当日、わたしたちは自宅のリビングルームで見た。ほかのみんなとおなじようにね。

ジャック・パーセル（弟）

すごく興奮したよ。自分がテレビに映るんだから。

ジャネット・パーセル（母親）

胃に穴があいたような気分でした。頭のなかのどこかでは、番組が放送されたら電話が鳴って、誰かがサラを見つけたって報告が入るんじゃないかと期待してたんだと思います。だって、そもそもそういう意図で制作がはじまったわけですから。

ビヴァリー・ギアリー（祖母）

あたしは断固として見ませんでしたよ。あのふたりの判断にむかついてましたからね。でも、ハーブが自分の部屋のテレビをつけたんで、あたしは隣に腰を下ろしてクロスワードをやってたんです。でも、ときどきうっかり画面が目に入っちゃって。

ネリー・スペンサー（友人）

〝パーティ〟とはいいたくないんだけど、友だちと集まってうちの地下室でいっしょに見たの。わかるでしょ、ポップコーンとかパジャマとか、そういう感じ。

ミリアム・ローゼン（音楽教師）

あの番組の話でもちきりでしたから、もちろんわたしたちも見ました。放送時間に町のメインストリートを裸で歩いたとしても、誰も見ていなかったと思いますよ。

トミー・オブライエン（ギアリー・ホーム&ガーデンの従業員）

あの番組を見たときは、すっかり動揺しちゃいましたよ。デイヴと家族があんなふうに傷ついてる姿を見させられるとね。あの番組は、事件当事者がどんな目に遭っているのかがよくわかるようにできてました。ぼくはデイヴのことを、どんな質問にも答えられるタフでマッチョな人だと思ってたんです。でも、息子さんといっしょに部屋にすわって、奥さんと窓から外を覗いてるところを見たら……すごく無力なんだとわかりました。

するとこんどは、サラのベッドの上に悲しげなテディベアが倒れてるショットになって……いやなんかもう。ええ、すこし目頭が熱くなっちゃいましたね。

ベッカ・サンタンジェロ（サラ・ベアーズ・フェイスブック・グループの創設者）

サラ・パーセルと最初に会った場所のことははっきり覚えてます。〝会った〟というのは違いますね、LOL……最初にサラ・パーセルのことを聞いた場所のことです。あれは大学二年生のときの学生寮でした。いつもとなにも変わらない夜で、わたしとルームメイトはべつになにをするでもなく、リアリティ番組を見てたんです。すると〈サラを探して〉がはじまりました。そのときまで、事件のことはよく知りませんでした。でも、どんな状況なのかは番組の説明を見ればわかりました。ほら、お父さんが銀行の口座通知書をカメラに向かって差しだした件とか、家のなかで奥さんと抱き合ったこととか。それを弟さんが撮影してたっていうんでしょ？　もうなんか、胸が張り裂けそうになっちゃって。それから、サラを探すことに取り憑《つ》かれちゃったんです。それも本気で。

　第一回目の放送が終わるやいなや、わたしはフェイスブックでサラ・ベアーズ・グループをスタートさせたんです。名前はお父さんが彼女を呼ぶときに使った名前からとりました。翌日の朝までには六千人のメンバーが登録していて、そこからどんどん大きくなっていったんです。

　そのときは――すべてのドラマがはじまるまえは――すごくシンプルでした。サラ・ベアになることの意味はただひとつ。母親グマは子供を守るためならなんだってする……それがサラを探すことに対するわたしたちの姿勢なんです。

エズラ・フィリップス（ポップカルチャー評論家）

〈サラを探して〉が時代精神の領域に達したのがいつか、はっきりと特定するのはむずかしい。第一エピソードの放送がはじまった瞬間？　番組が途中まで進んで、そこでなにが描かれているかを視聴者がほんとうに理解しはじめたとき？　番組の最後で、新しい容疑者が明らかになったとき？

ぼく自身は、初回の放送が終わった五分後だったと思っている。番組を見ていた人は誰もが、ここでようやく、自分がたったいま見たものがなんだったかを考える余裕ができたと思うんだ。そして、ぼくを含めた視聴者全員が、ほとんど同時に気づいた——おいおい、あの男はただじゃすまないぞ、とね。

マーカス・マクスウェル（TNNネットワーク社長）

ケイシーはやってくれたよ。彼女はサラの友だちにうまくとりいって、あの話を引きだしたんだ。サラはストーカーにつけ狙われていた。彼女はそいつに不安を感じてた。バイト先で震えあがってた。友だちにその男の話をしてた。そいつは町の住人だ。しかも彼女とおなじブロックに住んでいた。

オリヴィア・ウェストン（友人）

「フランク・グラスリーよ、サラにつきまとってたのは」

わたしたちはケイシーにそういったんです。彼女はそのときの映像で第一エピソードを締めくくりました。わたしとネリーがフランク・グラスリーって名前を口にしたところで。

マーカス・マクスウェル（TNNネットワーク社長）
どんな物語にも悪役が必要だ。わたしたちはそれを見つけた。通りの向かいに住むおとなしい銀行家。いやもう完璧だったね。

ネリー・スペンサー（友人）
すっごいヘビーだったわ。二日前にケイシーにその話をしたときは、あんなことになるなんて思ってもいなかったから。

デイヴ・パーセル（父親）
怒りで気が狂いそうだったね。走ってあいつの家に行き、玄関のドアを蹴破るところだった。しかし、ジャネットに止められたんだ。わたしがあいつを殺すんじゃないかと思ったらしい。わたしたちは刑事に電話をした。

フェリックス・カルデロン（刑事）
ほかの人たちとおなじように、あの番組はおれもリアルタイムで見てたよ。正直、フランク・グラスリーなんて男は知らなかった。しかし、サラの友人たちの口ぶりからすると、間違いなく危険な感じだった。おれはすぐさま、その男を見つけだすことにした。なんだかバカみたいな気がしたね――ケイシーの番組から捜査の指示をうけるなんてな。あの子たちはあの情報を、ケイシーなんかじゃなく、おれに話すべきだったんだ。おれは電話会社がサラの情報を送ってくれるのをまだ待ってるところだった。おれには踏むべき手続きがあった。サラのメールを入手するには、まだ何日も――下手すりゃ何週間も――かかりそうだった。

しかし問題はケイシーさ……あいつは怯えたティーンエイジャーじゃない。自分が手に入れた情報を、すぐおれに知らせてしかるべきだった。おれは計算した――彼女はあの情報を二十九時間も隠していたんだ。番組の大切な初回放送のために。その二十九時間のあいだに、フランク・グラスリーがサラを殺していたら？　おれたちはケイシーを従犯で逮捕していただろう。

トラヴィス・ヘインズ（バス運転手）

あれはおれの身に起こった最高の出来事だったね、いやほんと、嘘じゃない。ありゃ最高だった。フランク・グラスリー、フレデリックの最重要指名手配犯ってわけだ。こっちは立場を交替できてほんと光栄だったよ。

オラフ・レクレール（アイスクリームショップのオーナー）

ショックのあまり茫然としたね。そんなハラスメントがうちの店で行なわれていたなんて……まったく恥を知れってんだ。

ベッカ・サンタンジェロ（サラ・ベアーズの創設者）

フランク・グラスリー。あの夜はその情報が一気に飛び交いました。サラ・ベアーズ本部は活動を開始したんです。

ビヴァリー・ギアリー（祖母）

あたしは驚きませんでしたよ、ぜんぜんね。あいつは悪い人間ですよ。

フェリックス・カルデロン（刑事）

パーセル夫妻はおれに何度も電話をかけてきた。すぐにフランク・グラスリーを逮捕し、尋問し、自宅を捜索しろってわけだ。しかし話はそう簡単じゃなかった。リアリティ番組から得た情報をもとに逮捕状を請求したことなんか、それまで一度もなかったからな。ただ、あのふたりが切迫した思いに駆られるのも無理はなかった。もしサラの友だちの証言がほんとうなら、全国放送のテレビで糾弾《きゅうだん》されたグラスリーがなにをするかわかったもんじゃない。公式の令状を取るにはすくなくとも数時間かかる。おれはすぐさまやつの家へ車を走らせた。

ブランドン・グラスリー（近所に住むクラスメート）

ああ、うちでもあの番組は見てたよ。見てなかったやつなんていなかったんじゃないかな。ぼくはすっかり驚いて、父さんに目をやった。父さんもぼくとおなじくらい驚いてた。そしてこういったんだ。「この子たちがなにをいってるのか、わたしにはさっぱりわからない……そもそもわたしはアイスクリームなんか好きでもないんだ」ってね。

なんかシュールな感じだった。父さんがサラ・パーセルを誘拐したと思ったかって？　いや、思わなかったよ。でも、彼女たちはテレビでそうだといってるわけだよね。しかも、その頃うちの家族には、すでにおかしな出来事がたくさん起こってたんだ。たとえば、母さんが二年前にいきなり出ていったとかね。母さんは当時、ぼくの妹とフロリダに住んでた。父さんは夜になるとどこかに出かけるんだけど、ぼくはどこに行くんだかぜんぜん知らなかった。なにもかもが……錯綜してたんだ。

でも、彼女たちが父さんにかけた疑いは……ありゃバカげてた！　しかも、反証を挙げるのはすごく簡単だった。だからさ、しばらくして、ぼくたちは思わず笑っちゃったんだ。でもぼくらは無邪気すぎた。マヌケだったといってもいい。インターネットの力を理解してなかったんだ。うちの外でなにが起きてるかわかってなかった。悪意に満ちた力が募りつつあった。いまや父さんは、この国でいちばん有名な事件の第一容疑者になってた。コマーシャルタイムのあいだに告発され、裁判をかけられ、有罪判決を下されてたんだ。ああいう状況で人間がどんな行動に出るか、ぼくらは想像できてなかった。

しかし、最終的には気づかされることになった。数分のうちに、ぼくらの人生は生き地獄と化したんだ。

第7章　彼らは病んでいます

クリスティーン・ベル（フレデリック郡地方検事）

あの事件の捜査は無秩序っていえるくらい混乱してたわ。捜査がテレビで行なわれ、視聴者は残りのすべてもテレビで見られるもんだと期待してた。大陪審も、裁判も、判決の言い渡しもすべてね。まったくとんでもない話よ、ハニー。わたしはそんなふうに仕事をしない。誰に訊いてくれたってすぐにわかるはず。わたしは軽んぜられるような人間じゃないの。ウィリアム・アンド・メアリー大学での成績はクラスで三番目だったし……ヴァージニア大学でロー・レビューを編集した二番目の女性だし……個人営業弁護士としての十年のキャリアを足がかりに、このフレデリックで現職の白人男性地方検事を倒したんだから。家のなかが散らかってるだけでいや。車のなかも自分の担当地区も、整理整頓《せいとん》されてなきゃだめ。だから、番組の第一エピソードが放送された直後の混乱状態は許せなかった。状況を整理して司法当局がしっかり制御する必要があるのはきわめてはっきりしてたわ。

フェリックス・カルデロン（刑事）

　つぎの日の朝、地方検事のオフィスに出頭しろと命じられてね。あの女はオフィスのドアを開けっぱなしにしたまま、二十分もおれを怒鳴りつづけた。スタッフの連中にすべて聞こえるようにな。そのあとで追い払ったんだ。あの女はたぶん、プレスの連中も何人か呼んでたんだと思うね。翌朝の地元の新聞には、あの女が望んだとおりの見出しが躍った――「ベル地方検事、事件捜査にムチ」とかなんとかな。

クリスティーン・ベル（地方検事）

　ここは法と秩序のコミュニティなの。犯罪が起きたとき、市民はわたしたちが犯罪者を見つけだし、法の及ぶ最大限の範囲まで罪を問うことを期待する。それは市民の権利だし、わたしが市民に対してつねに約束していることでもある。

　フランク・グラスリーがテレビ番組で容疑者として名指しされた件は、捜査の通常の流れをひっくり返した。わたしはカルデロン刑事に言い渡したわ。トロトロしてないで問題の少女と事件の犯人をさっさと見つけなさいって。

フェリックス・カルデロン（刑事）
あの時点のおれの最大の関心事は、フランク・グラスリーがサラ・パーセルを誘拐したかどうかだった。サラの友だちの話には信憑性《しんぴょうせい》があると思ってた――グラスリーはサラをストーキングしてたっていう例の話だよ。ケイシーの番組が放送された翌日、おれたちは朝いちばんであいつをしょっぴき、厳しく尋問した。
ところがやつは弁護士を呼びもしない。おれは頭をひねった。やつは事件との関連を穏やかに否定した。サラが働いてるアイスクリームショップや近所の通りで接触したこともだ。しかも、サラが失踪した時間、やつには鉄壁のアリバイがあった。一日じゅう銀行にいたんだ。同僚の証言だけじゃなく、従業員機密保持用装置や監視カメラの情報からも裏づけられた。あいつは昼食にさえ出ていなかった。
おれは落胆したが、絶対に間違いなかった――フランク・グラスリーがサラを誘拐することは不可能だった。

デイヴ・パーセル（父親）
カルデロン刑事がうちに電話をくれて、間違いなくフランクの仕業じゃないと報告してくれた。アリバイもあるし、監視カメラ情報も残っているとね。あの男がサラを誘拐するチャンスはなかったんだ。フランクがやったんじゃないってことはずっと知っていたよ。しかし、あいつがクソ野郎だってことに変わりはない。あいつがすこしでも長いことブタ箱に入れられてりゃ、こっちとしては嬉しいくらいだった。

フェリックス・カルデロン（刑事）

おれたちはフランク・グラスリーを家に帰した。疑う要素はどこにもなかったからな。しかし、世間のやつらはまだやつがやったと思いこんでいた。

ブランドン・グラスリー（近所に住むクラスメート）

父さんはまる一日拘留されたんだ。ぼくは学校に行かなかった……行けるわけないだろ？　学校のやつらがみんなあの番組を見てるのはわかってたからさ。だから一日じゅうひとりで家にいたんだよ。朝、電話が鳴りはじめた。ぽつぽつと、ときどき思い出したようにね。どうやって番号を調べたのかはわからない。何日かすると、それがひっきりなしになった。殺すって脅迫もあった。受話器を上げると頭のおかしなやつらがいきなり叫びはじめるんだ。貴様のキンタマを切り落として喉《のど》の奥に突っこんでやるとかさ。ぼくはまだ十六歳で、どうしていいかわからなかった……電話会社に電話して番号を変えてもらう？　最終的に、電話線を引っこ抜いた。それ以上、もう耐えられなかったんだ。

その後、父さんがようやく帰ってきた。疑いはすべて晴れたから安心しろっていわれたよ。父さんの犯行じゃないことは警察も納得したってね。父さんは疲れきってたけど、すごくほっとしてた。でも、ぼくらは甘ちゃんだったんだ。これで最悪の部分は終わったんだと思ってたんだから。ぼくらはいつもどおりの夕食をゆっくりとろうとした。そのとき、最初のスワッティングをうけたんだ。

ドミトリー・ルッソ（巡査）

スワッティングはしばらくまえから問題化していましたが、フレデリックでは一度も発生していませんでした。スワッティングはご存じですよね？　警察に電話をして、おれは人質を取っているとか爆弾を仕掛けたとかいったデタラメをいい、住所を告げるんです。でも、たんなるいたずらにすぎない。っていうか、嫌がらせですね。犯人はSWATチームに誰かの家のドアをぶち破らせたいんですよ。面白半分に。

フランク・グラスリーが釈放されたあとで、うちの署に電話が入ったんです。若い男の声で、いま父さんに隠れて電話してます、銃で武装した父さんがぼくを殺して自殺すると脅してるんです、っていうんです。その子が告げたのはグラスリーの住所で、名前はブランドン。こっちとしては、本気にするしかないじゃないですか。

ブランドン・グラスリー（近所に住むクラスメート）

何台もの車輛が猛スピードでうちの芝生に乗りつけたとき、ぼくらはテレビの前でピザを食べてた。盛大なライトに照らされたかと思うと、警告もなく玄関のドアがぶち破られてさ。特殊部隊員の一団が飛びこんできて銃を突きつけ、懐中電灯の強い光を目に向け、てんでになにか叫びはじめた。ぼくらにはまったく聞きとれなかった。犬のロスコーが興奮してそいつらに飛びかかった。そしたらあのクソ野郎どもは、いきなりロスコーを銃で撃ちはじめたんだ。暴動鎮圧用のゴム弾だったとあとでわかったんだけど、それでもさ。父さんとぼくは床に投げだされてたよ。ぼくは背中を膝《ひざ》で押さえつけられてて、ロスコーは哀れっぽい声で鳴いてた。ほかのやつらは家のなかを走りまわり、手当たり次第のものをぶち壊し、そこらじゅうを隈《くま》なく捜索してた。「リビングルーム、異常なし！　キッチン、異常なし！　ガレージ、異常なし！」あそりゃそうだろうさ、こっちは親子ふたりで夕食をとってただけなんだから。なにも起こってないことに気づくと、やつらはようやくのことでぼくらを起きあがらせた。で、電話通報があったことを説明したんだ。しかしどうやらいたずら電話だったようですってね。謝罪はしたけどすごくおざなりで、十分後にはもういなくなってた。テレビじゃ、ぼくらの見てた〈サバイバー〉の放送がまだつづいてた。ぼくらの夕食は床に散乱してるのに、まるで何事もなかったみたいにさ。

父さんとぼくは顔を見合わせた。このとき、自分たちは新しい現実を突きつけられてるんだってことを思い知ったんだ。こりゃ引っ越さなきゃだめだってね。こっちはなにも悪いことをしてないのに、逃亡者みたいな生活を送らなきゃならない。父さんがすっかり怯えてるのがわかった。警官たちを恐れてたんじゃない。あの番組を見て見境をなくした頭のおかしなやつらが怖かったんだ。やつらはいまや、父さんのことを連続殺人鬼かなんかのように思ってる。そんな父さんの顔を見てると……ぼくまで怖くなってしまった。

ジャネット・パーセル（母親）
大騒ぎになっているのはうちからも聞こえました――トラックの音だとか、サイレンだとか――だから様子を見に表へ出てみたんです。近所の人たちもみんな通りに立ってました。みなさん、ほんとに災難としかいいようがありません……閑静な通りが交戦地帯みたいになってしまったんですもの。

デイヴ・パーセル（父親）
あれはいたずら電話かなんかだったはずだ。まったく、あんなふうに警察を騙すなんて、誰が考えたって許されるようなことじゃない。警察にはもっとやるべき大切なことがあるんだからな。しかし、フランクがいささか不快な目に合ったことには同情しないね。あいつはいろんな家族にもっとひどいことをしてきたんだからな。抵当権を実行したり、契約を盾に立ち退《の》きを命じたり、やりたい放題だった。とはいっても、警察に電話をしたのはわたしじゃない。ただ、やつがあんなことになっても涙は流さなかったよ。

ビヴァリー・ギアリー（祖母）

フランク・グラスリーがあんなことになったのは自業自得ですよ。あたしにいわせれば、あの男が義理の息子の会社を倒産に追いこんだことと、サラに起こったことは、まっすぐ線でつながってるんです。ああいうことが起こったのはぜんぶ、あの男がクソ野郎だったせいなの。違うだなんていわせませんよ。

ベッカ・サンタンジェロ（サラ・ベアーズの創設者）

ええ、わたしたちは何時間もかけてフランク・グラスリーの情報を収集しました。グラスリーの住所と電話番号を入手した仲間もいます。それをうちのページにポストしてくれた人もいたんで、わたしはすぐに書き留めました。でも、サラ・ベアーズのほんとの会員はスワッティングなんか絶対にしてません。わたしたちはファンなんです。サポートネットワークなの。誰かを攻撃しようなんて意思はないんです。ただ、ほかにもいろんなグループがあることは知っていますよ。もっとあぶないグループが。そういう人たちは実際に行動に出て、事件に関わり合おうとするんです。グラスリー家の人たちがうけた被害を聞いたときも驚きませんでした。そういうことをする人がいるにちがいないって思ってましたから。

モリー・ロウ（社会学教授）

ネット自警団の問題には簡単な解決法がありません。彼らは基本的に、現実世界における暴徒がはるかに進化した存在です。人間は暴徒化することで、匿名《とくめい》性、仲間、力などを手に入れます。それによって、自分ひとりでやるのは無理だったり、ひとりでは恥ずかしくてできないようなことを成し遂げるのです。もちろん、現実世界で暴徒を形成するには、必要十分な人員を一カ所に集結させる必要があります。意思の疎通や、目的意識の統一、さらには抑止力の欠如といった要素も必要です。

こうしたすべてのハードルが、インターネット上では非常に低くなります。そもそも匿名性は既定の事実ですし、物理的な位置は問題となりません。いくら無責任な行動をとろうが、認知的不協和に悩まされる不安は非常に低い。さらに、これまでの事例がすでに何度も証明しているとおり、ソーシャルメディア企業は、自分たちのプラットフォーム上で形成された暴徒を取り締まることを拒否します。その結果、〝距離をおいた自警行為〟を育むための完璧な原始スープが生まれます。しかも、それが怖ろしい事態につながることもあるのです。ボストン・マラソン爆弾テロ事件を覚えていますか？　レディット（アメリカの掲示板型ソーシャルニュースサイト）のあるグループが、自分たちのネット調査によって犯人を突きとめたと宣言しました。ネット自警団は本物の暴徒と化し、その人物の家に押し寄せました。しかし、その男性はまったくの無実でした。暴徒は間違っていたのです。命を落とす人がひとりも出なかったことは奇跡でした。

驚くにはあたりませんが、サラ・パーセルの失踪事件はこれとおなじタイプの反応を引き起こしました。暴徒と化した人々がフランク・グラスリーを追いまわしたのです。しかしわたしがそれよりも興味深いと思うのは、このような事件が、ネット自警団とはまたべつのタイプの陰謀論者グループを引き寄せることです。しかも彼らの行動は、ネット自警団よりもわかりにくくさえあります。このグループは事件に群がろうとはしません……それどころか、陰謀論に踊らされた彼らは、世間の人たちの見解や意見を真っ向から否定し、そもそも事件が起こったことさえ否定するのです。

ブルース・アレン・フォーリー（陰謀論グループの指導者）
さて、どこからはじめればいいかな。だってほら、実際には起こってもいない犯罪について語るのはむずかしいからさ。

デイヴ・パーセル（父親）
おいちょっと待ってくれ、このインタビューは本の取材だって聞いたが、まさかブルース・アレン・フォーリーからも話を聞くんじゃないだろうな？

ケイシー・ホーソーン（プロデューサー）
あの男が自由に歩きまわってるなんていわないでちょうだいよね。まさかもう釈放されたの？　どこにいるのよ？　ちょっとほんとに教えてって、あたしには知る権利があるわ。

ブルース・アレン・フォーリー（陰謀論グループの指導者）
まず基本的なとこからはじめよう――サラ・パーセルは誘拐なんかされなかった。そこまではみんな同意してくれるはずだ。そうだろ？　なら、彼女はほんとに存在したのか？　これについては答えが出ていない、まだ疑問点がいくつも残ってる。

十六歳の少女の死体は発見されたか？ 答えはイエスだ。たぶんな。十代の少女の死体を用意して、「おい、ここを見ろよ、こいつはあいつだよ。信じてくれ、間違いないって」って言うのはむずかしくない。しかし、あの死体は――ここでおれが宙に指先でチョンチョンと引用符をつけたって、忘れずに書いといてくれよ――〝サラ・パーセル〟なのか？ そりゃ違うね、絶対にな。

フェリックス・カルデロン（刑事）

あの事件には卑劣な人間も大勢群がってきたし、忌《い》まわしい行為もあれこれあった。しかし、あいつはそのなかでも最低の野郎だったよ。嘘つき、詐欺師、日和見《ひよりみ》主義者、自称殺人者、影の共犯者といろいろいたが、それよりずっと下……深い海溝の底近くに位置する男、そいつがブルース・アレン・フォーリーだ。

ブルース・アレン・フォーリー（陰謀論グループの指導者）

おれは〈事実無根《アンファウンデッド》〉を創設して以来、ずっとチーフ・リアリティ・オフィサーを務めてる。おれたちのグループは、アメリカでは子供の誘拐事件が頻発してるって嘘っぱちを暴くために活動してるんだ。いわゆる児童誘拐の九十九パーセント以上は完全なデッチあげか、とんでもなく誇張されてる。おれたちはそれを立証してきた。児童誘拐事件が起きたって申し立ては事実無根で、探しだすべき子供なんてそもそもどこにもいやしない……わかったかな？

嘘は権威主義者の権力掌握《しょうあく》に寄与する。子供の失踪が多発してるってデッチあげが広く信じられてるのは、政府にはびこってる専制主義的なやつらとメディアが手を組んでるからだ。おれたちはそう信じてるし、証明することだってできる。政府の専制主義的なやつらは、一般市民の監視を強化しておれたちの自由を制限したいのさ。デッチあげの犯罪が増えれば増えるほど、やつらはおれたちのプライバシーを侵害できるってわけだ。

それに、ハリウッドの存在を忘れちゃいけない。やつらもこの陰謀に大きく嚙んでるんだ。やつらは嘘を本気で取りあげて、エンターテインメントに仕立てる。それもこれもすべて、世間の人間を洗脳し、あちこちの通りで子供たちがさらわれてるって嘘を信じこませるための計画の一部なのさ。

サラ・パーセルの事件がメディアの注目を集めはじめると、うちのグループのメンバーはこれを、典型的な〝ヒロシマ・イベント〟——恐怖心を煽《あお》りたてるのだけが目的のデッチあげイベント——だと判断した。政府はおれたちを不安に陥れるために、でっかい誘拐事件を二十年くらいごとに仕掛けてくる。この世界はすっごく危険だってことを、自分の頭で考えることのないアホなやつらに思い出させるためにな。おれたちはそれを〝ヒロシマ・イベント〟って呼んでるんだ。サラ・パーセルの物語はすべての判断基準に合致した。おれはすぐに動員をかけ、活動に熱心な何人かのブラザーやシスターと車に乗りこみ、メリーランド州フレデリックを目指した。嘘っぱちの数々に光を当てるために。

いや、訊かなくたって、あんたたちがなにを知りたいのかはわかってる。先に答えてやるよ。事件に巻きこまれた人たちは誰なのか？　答えはシンプルだ——たっぷり金を受けとってる経験豊富なクライシスアクター（もともとは防災訓練で災害・事件の被害者を演じる俳優のことだが、陰謀論者はテロ事件の被害者などもこのクライシスアクターが演じていると主張している）たちさ。

モリー・ロウ（社会学教授）

臨床的にいって、彼らは病んでいます。彼らは現実に起きた悲劇を客観的事実と認めず、否定と非難を投げつけることで被害者をさらに傷つけます。しかし、彼らは最初からこうだったわけではありません。長い旅をつづけた末に、〈アンファウンデッド〉のようなグループと協調関係を結ぶに至ったのです。彼らが急進化していくプロセスは、図式化や理解がそれほどむずかしくありません。

スタート地点はつねに不満感です。経済的、性的、もしくは社会的な不満感。彼らは自分たちの生活に満たされないものを感じています。わたしたちが誰しもそうであるように、彼らは生きる意味や所属意識を渇望しているのです。それが陰謀論の形で提供されると、彼らは格好の標的となり、デタラメな理論に引き寄せられていきます。その理論を信じれば、自分たちが犯した失敗の責任をとらずにすむばかりか、より大きな権力機構に罪を着せることができるからです。不幸の意識に恥の意識がプラスされた場合、その苦しさは耐えがたいものとなります。しかし、不幸の意識に責任転嫁をプラスすると、駆り立てられるような衝動が生まれるのです。

しかし、ほんとうに怖ろしいのはそのあとです。こうした人たちが深みにはまると、陰謀論はさらに狂ったものになり、彼らを現実に引き戻すことはより困難になります。陰謀論に膨大な時間と感情エネルギーを注ぎこんでしまうと、信じるのをやめることがアイデンティティの崩壊につながってしまうからです。ごく単純にいってしまえば、自分がバカのように思えてしまうということですね。ですから、いったん陰謀論を信じこんでしまったら、現実に引き戻すことは非常にむずかしいのです。

ブルース・アレン・フォーリー（陰謀論グループの指導者）

うちの主要メンバーに、コンピューターの天才がひとりいるんだ。おれが何人かのメンバーと車でフレデリックに向かってるあいだに、そいつは自宅に戻ってハッキングに着手した。あらゆるやつの電話やコンピューターやソーシャルメディアを、とにかく片っ端からハッキングしたんだ。アホなやつらがどんなパスワードを使ってるか、聞いたらきっと驚くぜ。

だからおれたちは、やつらがみんな俳優だってことはお見通しだった。母親も、父親も、それにたぶん弟もだ。ま、ああいう幼い俳優に関しては、おれたちも〝疑わしきは罰せず〟の原理を適用するときもあるんだがな。あの事件のとき、やつらは典型的な登場人物をもうひとり用意してた。通りの向かいに住んでる隣人のフランク・グラスリー、こいつがヘタな芝居の犯人役ってわけだ。あの男もクライシスアクターのひとりだと見て間違いないね。

その頃にはもう、おれたちには事件のシナリオがすっかり読めてた。必死の捜査、英雄的な刑事、大規模な見世物裁判、有罪判決。するといきなり、こうした誘拐事件の発生を防止しようという名目のもとに、新しい法と規制が議会を通過することになる。

なら、こうした法や規制の標的は誰か？　まあ、あんたも新聞を読んでみりゃいいさ。こうした〝犯罪〟に手を染めるのは中年の白人男性が多いとかって嘘っぱちが載ってるよ——おれがここでも、犯罪ってとこに指で引用符を入れたって書いといてくれよな——要するに、やつらは白人男性が怪しいって統計をデッチあげたがってるんだ。まったく、冗談もいいかげんにしてくれよ。白人男性は疑いの目を向けられることなく通りを歩くことさえできない。まるでディストピアじゃないか！

おっと、熱くなっちまって申し訳ない。コンピューターの天才の話に戻ろう。そいつが首尾よくフランク・グラスリーの携帯をハッキングできたんで、おれたちはグラスリーがこの茶番劇で役を演じてることを証明できるにちがいないと考えた。うまくすりゃ、指示役がどんな指示を出してるかや、グラスリーの正体とかまで割りだせるかもしれない。そこでおれたちは、携帯の情報をくまなく見ていった……そしたらビックリ、面白い事実が判明したんだ。

いうまでもないが、おれは一般市民のプライバシーは尊重してる。だけど、こういう陰謀に手を貸してる政府の手先の場合は、話がべつだ。

ブランドン・グラスリー（近所に住むクラスメート）

誰かが父さんの携帯をハッキングしたんだ。あとになって、犯人は〈アンファウンデッド〉のサイコどもだとわかった。やつらはサラの家の前に車を駐めて、プラカードを振り、ほとんど一日じゅう叫んでた。ぼくら近所の住人は俳優かなんかで、サラが失踪したっていう作り話にみんな加担してると思ってたらしい。そこでやつらは、サラ父さんの個人情報をぜんぶツイッターフィードでリークしはじめた。すべてをさらしたんだ。写真、個人的なメッセージ、ビデオ、なにもかもね。

ああ、そうだ……父さんはゲイだった。っていうか、バイセクシャルだったんだと思う。事件のあとでじっくり話したわけじゃないからわからない。でも父さんはゲイ専用のマッチングアプリを使ってた。いまじゃ、父さんがアプリで発言したことはすべてインターネットにさらされてるよ。

ぼくは高校に行くのをやめた。父さんも仕事に行かなくなった。フロリダに住んでる母さんは、こっちにきていっしょに住めといってきた。でもぼくは、正直なとこ、父さんのことが心配だった。父さんをひとり残して行きたくなかったんだ。あの事件が起こってから長いこと、ぼくらはふたりとも家にこもってた。それぞれ自分の部屋にね。

あのときはほんとにつらかったよ。

オリヴィア・ウェストン（友人）

第一エピソードが放送されてすぐに、なんだか変な雰囲気になってきたんです。最初のうちは、みんなわたしたちのことをヒーローだっていってました。わたしたちが事件を解決したから、サラはすぐにでも見つかるだろうって。わたしは得意になっていたし、興奮もしてたし、前向きにもなっていました。でも二日もしないうちに、フランク・グラスリーは無実だってことを警察がつきとめたんです。しかも、そのあとであの人の人生はめちゃくちゃになってしまいました。どうしたって、ネリーとわたしのせいだってことになるじゃないですか。
わたしはブランドンに謝りたかった。でも、二度と会うことはありませんでした。

ネリー・スペンサー（友人）
なんていっていいかわかんない。ブランドンのパパに関するメールをサラがあたしたちにくれたのは間違いなくほんとだし。デッチあげなんてなにもしてない。その件をテレビで話してくれって、文字どおりケイシーに懇願されたの。そしたらどう？ なんでいままで秘密にしてたんだって怒鳴りつけられたと思ったら、数日後には、嘘をまきちらしやがってって怒鳴りつけられてた。あたしたちは求められたことをしただけ。クソ野郎はブランドン親子をインターネットで追いかけたやつらであって、あたしたちじゃない。

ベッカ・サンタンジェロ（サラ・ベアーズの創設者）
ネリーとオリヴィアはなんにも悪いことをしてません。あのふたりはサラ・ベアーズ創立時からのメンバーなんです。

ゼイン・ケリー（カメラマン）

多くの人たちにとって、第一エピソードは目覚ましコールみたいなもんだったと思うね。あれが放送されるまえとあとじゃ、撮影されてる側の人間がみんな大きく変わったよ。彼らは気づいたんだ。自分たちはたんに撮影スタッフに話しかけてるんじゃない、全世界に向けてしゃべってるんだってね。あれとおんなじことが起こるのを、おれは何年もまえから何度も見てきた。でもあんなに一瞬で変わったのを見たのははじめてだった――おれたちの番組はたった四十八時間で、匿名の人々をインターネット上の有名人に変えたんだ。

ジャネット・パーセル（母親）

初回放送のあとではじめて食品雑貨店に行ったときはもう大変でした。誰もかれもがわたしのほうに押し寄せてくるんです。ほとんどの人たちは好意的でしたけど、ひどい言葉を投げつけてくる人もいました。サラとおなじ高校に子供を通わせている親のひとりなんて、もしサラが見つかってもあなたは養育権を失うことになるわよっていうんですよ。わたしは冷凍食品コーナーの通路にカートをおきっぱなしにして店を出ました。とても耐えられなかったんです。

わたしは家に帰って、デイヴの前で泣きはじめました。でもあの人は、これはいいことだっていうんです——みんながあの番組を見てくれたっていう証拠じゃないか……みんなサラを探してくれるはずだ。いまや何百万もの視聴者が味方についたんだって。

ケイシー・ホーソーン（プロデューサー）

初回が放送されると、プレッシャーがすっごく高まったわ。あたしと話をするのを誰もが怖がるようになったの。それもこれも、フランク・グラスリーがあんなことになったから。女の子たちは罪悪感を覚えてた。ジャネットはひどくビクビクしてた。番組はまだはじまったばっかりだっていうのに、誰もがピリピリしてた。マーカスが電話してきて視聴率を教えてくれたわ。思ったとおり、とんでもない数字だった。つぎのエピソードはいつできるのか訊かれたんで、わからないって答えたら、やいのやいのとせっつかれたわ。

ここではっきり方針決めなくちゃって思った。つぎのエピソードは、いまも継続中の捜索活動に的を絞るか？ それとも、第一エピソード放送の余波を描いたものにするか？

アレクシス・リー（アソシエイト・プロデューサー）

ケイシーがやっていたことは、リアリティ番組制作の基本でした。まず、番組を放送することで衝突や軋轢《あつれき》をつくりだす。つぎに、それによって起きた新しい問題に関係者が取り組む姿を撮影する。それを何度もくりかえしていくんですよ。いざというときには役立つ方法だってことはわたしにもわかってましたし、この業界では誰もがやっていました。でも、結局は小細工にすぎません。サラの行方がわからないのにそんなことをしてるなんて、正直むかつきました。シリーズを売りこんだとき、ケイシーはそんなことぜんぜん言ってなかったのに。わたしはあのとき辞めるべきだったんです。

ケイシー・ホーソーン（プロデューサー）
つぎのエピソードでなにをするかは、すべてあたしにかかってた。だって、正直なところ、サラの捜索は行きづまりつつあったから。

フェリックス・カルデロン（刑事）
地方検事のベルからまた電話がかかってきた。事件を解決しろって、さらにプレッシャーをかけてきたんだ。

クリスティーン・ベル（地方検事）
最初の容疑者はバスの運転手、つぎの容疑者は少女探偵ナンシー・ドルーが見つけた近所の住人、ところがそのあとは容疑者ゼロ。あれは最悪だったわね。問題の少女が失踪してもう四日になるっていうのに。わたしは事件を連邦警察の手にゆだねる気になってた。

フェリックス・カルデロン（刑事）
手がかりはまったくなかった。おれは一般市民から寄せられた情報にもう一度目を通した。もう三回目か四回目だったたと思う。すると、これはって思えるものがついに見つかったんだ。話はちょっと混乱していたが、通報してきたのは女性で、サラが失踪した日の朝に、弟が高校の近くで彼女の車を見たっていうんだよ。まあ、たいして興味を引かれるような情報じゃない。しかしあの週、サラの車は修理作業用ガレージに預けてあったんだ。
シェルのガソリンスタンドに。

イヴリン・クローフォード（マニーの妻）
ええ、夫は警察に話を訊かれましたよ。店の人間はみんな訊かれたんです。うちでその話が出たときも、たいしたことはなにもないっていっただけでした。

フェリックス・カルデロン（刑事）

マニー・クロフォードから話を聞いたのは、捜査がはじまってまだ間もない頃だった。あのとき、あとちょっとのところまで行ってたのにな。しかし、あの男のことはすべてチェックして、問題なしと判断したんだ。

デイヴ・パーセル（父親）

あれから数日後に、わたしはシェルのガソリンスタンドに行った。たんにガソリンを入れるためで、行く予定になってたわけじゃない。ソーダを買うためにいったん店に入って、トラックのところに戻ると、タイヤが四つともぺちゃんこになってた。誰かが空気を抜いたんだ。

空気入れは修理作業用ガレージの裏にある。しかたがないんで、そこまでトラックを移動させたよ。近くには誰もいなかった。ドア口に身を隠すようにしてマニーが立ってただけだ。

あいつは警察にうるさくつきまとわれてるといった。サラの高校の近くで車が目撃されたとかいってたな。だからいってやったんだ。警察は確証をつかんだわけじゃないし、おまえはそんなとこに立ってるべきじゃないとね。その間もわたしは、自分はタイヤに空気を入れてるだけだってふりをしてた。あいつは思わせぶりな顔でこっちを見た……不満を抱えてたんだな。しかし、ふたりいっしょにいるところを見られるには、場所も時間も悪かった。わたしはパニックを起こすなと言い残し、すぐにその場を去った。

フェリックス・カルデロン（刑事）

あのときのおれには、実際になにが起こってるのかがぜんぜん見えてなかった。またもや手がかりゼロの状態だった。サラは跡形もなく消え去ってしまったように思えて、深い挫折《ざせつ》感を味わってた。だからプライドを捨てて、事件捜査のためになることをしたんだ。

ケイシー・ホーソーン（プロデューサー）

フェリックスが連絡してきたの。まだ腹を立ててるのは明らかだったわ。会いたいって、ぶっきらぼうにいうの。だから、ホテルのロビーのバーで会うことにしたわけ。

フェリックス・カルデロン（刑事）

おれはケイシーに、なにかほかに聞いてることはないかと訊いた。地元の人間が彼女にはいろいろ話してることは明らかだったからな。あいつは人の口を開かせるコツを心得てる。それはおれも認めざるを得なかった。もしおれの耳に入ってない情報があるなら、それをシェアする必要があった。賭《か》け金はとんでもなく高かったから、つぎのエピソードが放送されるまで待ってるわけにはいかなかったんだ。おれの知らない情報がまたあの番組で放送されたら、ベルがおれの手から事件を取りあげることはわかってた。

ケイシー・ホーソーン（プロデューサー）

あたしを攻撃してきたのよ。基本的にはね。サラ発見につながったかもしれない手がかりを隠してたって。きみは自分の番組のことしか考えていない。人命をゲームのコマにしている。信じられないほど侮辱的だったわ。

だから、あたしはなにも隠してなんかいないといってやったの。事件解決のためにベストを尽くしたいと本気で思ってるんなら、番組に参加するべきだって。警察署内部のＰＯＶを視聴者にあたえろって。

フェリックス・カルデロン（刑事）
　ケイシーはおれと手を組んで、コミックブックに出てくるふたりの子供みたいに走りまわりたがってた。まったく笑止千万さ。おれは怒りを爆発させた。口にすべきじゃないことまで口走ったのは間違いない。しかしこっちは、とんでもないプレッシャーにさらされてたんだ。

ケイシー・ホーソーン（プロデューサー）
　ふたりのあいだだけのことにしたいっていうんなら、応じられなくもなかった。だから真実を話したの――あなたが怒りを爆発させたのは、捜査が原因じゃない……あたしが嘘をついてたことに傷ついてるからだって。お互いに一目で恋に落ちたっていうささやかなファンタジーを壊されたことが気に食わなかったのよ。だからいってやったわ。大人になれって。

フェリックス・カルデロン（刑事）
　ふたりでこんなことをつづけてはいられないってことが、だんだん明らかになってきた……おれのいってる〝こんなこと〟っていうのは、彼女の番組とおれの捜査のことだ。このふたつは共存できない。おれは立ちあがり、自分の車まで歩いていき、パーセル家に向かった。

デイヴ・パーセル（父親）

カルデロン刑事が怒りの形相を浮かべて入ってきたんで、わたしたちはびっくりしてしまった。わたしはガレージで、ひとりで作業してるところだった。

ジャネット・パーセル（母親）

刑事さんは家に入ってくると、最後通牒《つうちょう》を突きつけたんです。番組の撮影は中止すべきだ、警察よりもケイシーのほうが情報へのアクセス権を持ってるような状況は許しがたいって。それはもうたいへんな剣幕でした。二分後にはケイシーが車で駆けつけてきて、自分の言い分を並べたてました。よくあるお定まりの論争ってやつです。

ケイシー・ホーソーン（プロデューサー）

あたしがパーセル家に着いたのは、フェリックスのすぐあとだった。彼がどこに行こうとしてるかは、もちろんわかってたわ。ママとパパにあたしのことを告げ口しようってわけでしょ？　さもなきゃ、自分がいままさに成し遂げようとしてることを自慢したかったんじゃない？

あたしはデイヴとジャネットに、計画はうまくいってるって説明したわ。マーカスから聞いた視聴率も伝えた。五百万人の視聴者がサラを探してる。みんなつぎのエピソードを待ちきれない思いで待ってる。一方のフェリックスは、なにを成し遂げた？ ゼロよ。あたしはふたりの前で、フェリックスに面と向かってそういってやった。「アクセス権がほしい？ サラに関する情報も？ 自分の仕事をしなさいよ。一般市民と会って話をするの。捜査をしなさい！ あたしは止めたりしないわ」

ジャネット・パーセル（母親）

ケイシーのいうことには一理ありました。でも、わたしはどうしていいかわかりませんでした。わたしはデイヴを見ました。最終的な決断を下したのは彼です。

デイヴ・パーセル（父親）

わたしたちはカルデロンにいったんだ。どちらかを選べといわれたら、ケイシーを支持するとね。彼がわたしたちに手を貸したくないというなら、この事件にはべつの担当者をつけてくれと。それでおしまいだ。

ケイシー・ホーソーン（プロデューサー）

あたしはフェリックスといっしょに外に出て、歩道まで歩いていったわ。彼は黙ってた。そこであたしは、抑えきれずにいっちゃったの。怒ってるとすごくセクシーよって。それから、ホテルの部屋のカードキーを彼のポケットにすべりこませた。ガス抜きをしたいときはいつでもどうぞといってね。それから、カードキーをぽんぽんと叩いて歩き去ったの。

フェリックス・カルデロン（刑事）

ケイシーの挑発につきあってる暇はなかった。というのも、そのとき、ガレージのドアが開きっぱなしになってるのに気づいたからだ。おれが着いたとき、デイヴはガレージのなかで作業をしていた。しかしおれが母屋《おもや》に入っていったんで、やつもそっちについてきたんだ。おれはケイシーと歩道に向かって歩きながら、ちらっとガレージをのぞいてみた。デイヴはまたそこに戻ってきてた。たぶん、やりかけてた作業を終わらせるつもりなんだろう、とおれは思った。デイヴはおれが見てることを知らずに、ワークベンチにおいてあったものをさっとつかんでポケットにすべりこませた。どうやら、安物の携帯電話のようだった。すくなくともおれにはそう見えた。どこのコンビニエンスストアでも売ってるプリペイド式の携帯さ。あの男が大急ぎでそれをひったくるのを見て……おれは違和感を覚えた。

運転席に乗りこんだものの、すぐには車を出さずにしばらくそのままますわっていた。これまでに起こったことをすべて思い返してたんだ。ようやくのことで、あらゆる可能性を先入観なしに見られるようになっていた。すると、あの男がちょっとしたパニックを起こして携帯をひったくった光景が、おれに新しい可能性を思いつかせてくれたんだ。

おれははじめて確信した――地元のヒーローになったばかりの男、思いやりにあふれた父親……しかしあいつは、間違いなくなにかを隠してる。

世間の人たちからは快く思われないにちがいないが、あの男の行動を監視する必要があった。

デイヴ・パーセル（父親）

ふたりが去ってしまうと、わたしは必死に考えをめぐらせた。ジャネットとわたしはいまやケイシーとがっちり手を組んでいた。彼女とカメラはこれから何週間もあちこちを探しまわるだろう。おかげで事情がすっかり変わってしまった。

となれば、森の奥まで車を飛ばさなければならない。

第8章　デイヴは怪物よ

フェリックス・カルデロン（刑事）

　そもそもの最初から、デイヴにはしっくりこないところがあった。なんとなく……どこか超然としてるんだよ。あんな状況なのに本気でパニックを起こしてるところは見たことがなかった。たしかに、ニュースカメラに向かって叫んだりはしてたし、おれの前で暴言を吐いたりわめきちらすこともあった。家族を慰めたりもしてたしな。しかし、どんなときも抑制がきいてるような感じがあるんだ……まるで演技してるみたいに。おれはもっと早く気づくべきだったんだ。

クリスティーン・ベル（地方検事）

　誰でもいいから、とにかく容疑者が必要だった。過激な表現で申し訳ないけど、全身にタールを塗って羽毛まみれにして吊《つ》るし首にできる人間がね。選挙が六カ月後に迫ってたから。地元の政党幹部はわたしを追い落とそうとして、どっかのハッタリ屋を地方検事候補に立ててた。かわいそうに、その男の夢はかなわなかったわけだけど。でもわたしとしては、なにもせずにただすわってるわけにはいかなかった。この郡であれほど大きな事件が起こったことはなかったし、検事にとっては夢のような事件でもあったし。ああいう事件の裁判を指揮するチャンスが巡ってくるのを、全キャリアを通じてずっと待ってる検事だっているくらい。自分が再選されるかどうかは五分五分だってことは、わたしにもわかってた。だから、必要なことはなんでもするつもりでいたわ。連邦警察の支援を要請することだってやぶさかじゃなかった。正直いって、普通なら大きな政府機関がしゃしゃり出てくるのは願い下げよ。でも、未解決の誘拐事件はもっと願い下げ。わたしが頭を下げて援助を求めようとしてることは、カルデロンだって気づいてたんじゃないかしら。だからでしょうね、有望な手がかりをつかんだと電話してきて、捜査は地元の人的資源でなんとかなるって説得してきたの。わたしは心を動かされたわ。でもそれは、あの刑事が自分の考えを口にするまでだった。

フェリックス・カルデロン（刑事）

おれはデイヴを署に連行して公式に尋問したかった。ところがベルはぜったいにだめだっていうんだ。思い出してほしいんだが、あのときのデイヴはまだ、誰よりも同情を寄せられていた。あの〝銀行口座通知書のパパ〟ってわけだ。ベルは「印象が悪いでしょ」といってたね。法執行機関が勇敢な両親に嫌がらせをしてるって印象を持たれる危険を冒したくなかったんだ。

デイヴをつつきまわすような真似《まね》をしたら事件の担当を解くといわれたよ。抗議したかったが、根拠は直感だけで、証拠はなにもなかった。ベルは有力な容疑者をほしがってて、週末までに見つけてこいと期限を切った。そこでおれは、それまでの時間を使って証拠を見つけだし、ベルからデイヴ逮捕の同意をとりつけようと決心したんだ。

むずかしい状況だった。あの男の容疑を裏づける証拠を一刻も早く上げなきゃならないのに、直接捜査することは禁じられてるんだからな。しかも、自分の指紋を残さずに行動する必要があった。考え抜いた末に、おれはいいアイディアを思いついた。

クリスティーン・ベル（地方検事）

デイヴが犯人だって線はありえなかった。でも、カルデロンにはもう一度チャンスをあたえてやったの。で、彼がなにか探り当てるのを待ってるあいだ、わたしはこう考えたわけよ。例のテレビ番組を担当してるプロデューサーの小娘がぜひにっていってきてるんだから、出演してやってもいいんじゃない？　みんなあの番組に出演して脚光を浴びてたわけでしょ？　だから、わたしも顔を出して損はないと思ったの。それがきっかけになって全米に顔が売れるかもしれないわけだし。

ケイシー・ホーソーン（プロデューサー）
ええ、たしかにクリスティーン・ベルは連絡してきたわ。それも何度かね。でも、彼女にインタビューしようとは考えてなかった。あまりに向こうが言い張るんで、一応するだけはしたけど、撮影したビデオは使いもしなかった。あの女は選挙キャンペーンに利用したかっただけよ。

フェリックス・カルデロン（刑事）
郡庁舎にいる友人が電話をくれてね。ケイシーと撮影スタッフがたったいま到着して、ベルのオフィスでインタビューの準備をしてるっていうんだ。おれの怒りの貯水池はその時点でもうぎりぎりまで水位が上がってたが、これを聞いてすっかり溢れちまったよ。とはいっても、それはおれがすでに知ってることを確認しただけだった。公僕のなかには一般市民に仕える者もいるが、自分自身に仕える者もいるってことさ。一騒動起こしてやろうと思ったわけじゃないが、おれは歩いて郡庁舎に向かった。もしケイシーとベルがこの事件をさらに混乱させ、番組と捜査を区切る線をあいまいにしようっていうんなら、おれの目の前でやってもらいたかった。当時のおれは、人間は誰だって恥の概念ってものを持ってると思ってたんだ。

ケイシー・ホーソーン（プロデューサー）

インタビューのあとで郡庁舎をぶらついてるフェリックスに会ったの。首尾はどうだったんだとか訊いたりして、こっちをイラつかせようとでもしたんでしょうね。あたしはほんとのことを包み隠さず話したわ。クリスティーン・ベルはたんなる低能のイカサマ師だって。彼は笑ってた。笑いたくもないのに笑ってるのは見えみえだったけど。

だから訊いたの。「あたしがポケットにすべりこませたホテルのカードキーはまだ持ってる？」って。

フェリックス・カルデロン（刑事）

カードキーを捨てたりはしなかったよ。しかし、使いもしなかった。まあ、厳密な意味では一度使ったわけだが、しかしあれは意味が違うからな。

おれはケイシーにいった。「おれがきみの部屋に忍びこんでくるのを期待してるんなら、息を殺して待たないほうがいいぞ」とね。

ケイシー・ホーソーン（プロデューサー）

息ができないのもときには楽しいものよって答えたわ。向こうはもう知ってたわけだけど。フェリックスは顔を赤らめてた。それからあたしは、急いでるからっていったの。デイヴがサラを探すためにトラックであたりを捜索するから、同乗することになってたのよ。

フェリックス・カルデロン（刑事）

ケイシーがデイヴとふたりきりで車に乗ると聞いて、おれははっとしてね。立ち去ろうとする彼女の腕をつかんでぐっと引き寄せ、話があるといったんだ。おれが真剣だってことに気づいて、あいつは見返してきた。撮影スタッフが彼女を待ってた。ふたりだけで話がしたい、とおれはいった。あたりを見まわしたが、郡庁舎の混雑したロビーにプライバシーを保てるような場所はなかった。しかし、エレベーターがすぐそばにあった。ボタンを押すとドアが開いた。おれは彼女をなかに押しこんだ。ドアが閉じると、もうふたりきりだった。おれが緊急停止ボタンを押したんで、エレベーターはそこに停止したまま動かなくなり、誰かに邪魔されることもなくなった。そこで、おれは彼女を見た。

ケイシー・ホーソーン（プロデューサー）

パーセル家のリビングルームでフェリックスがあたしの正体を知ってからも、あたしたちは何度か顔を合わせてた。でも、ふたりきりになったことはなかったし、彼はいつも怒ってた。ところが突然、エレベーターのなかで、あたしをひとりの人間としてみなしてくれたの。彼は正直で率直で温かかった。あたしが正体を偽ってたことで傷ついたって認めたわ。あたしにまた会いたいって気持ちもあったけど、会うまいと決めたって。

でも、あたしの身になにかあったら自分が許せないといって、デイヴを疑ってる話をしてくれたの。あたしが彼とふたりきりでドライブに出るつもりなのを知ってたのよ。彼はこう警告したわ――「あの男を信用しすぎるな……あいつはきみの思ってるような人間じゃないかもしれない……自分で自分をしっかり守るんだ」

それからあたしにキスしたの。そっと、ゆっくりと。さよならのキスなんだな、って思ったわ。あたしは彼にもっともたれかかろうとしたけど、彼はすでに身体を引いて、エレベーターのドアのボタンを押してた。ドアが開き、彼は出てったわ。

フェリックス・カルデロン（刑事）
ああしなきゃならなかった。彼女にデイヴのことを話さないわけにはいかなかったんだ。

ケイシー・ホーソーン（プロデューサー）
あのキスには……混乱したわ。あそこにはいろんな意味がこもってた。あたしは気持ちを落ち着かせ、みんながこっちを見てるのを意識しながらロビーに出ると、スタッフ用のヴァンに向かったの。フェリックスにはすっかり驚かされちゃったわ。それは認めなきゃね。彼があたしを愛してるのか憎んでるのかはわからなかった。彼のことを追いかけるべきなのか、忘れるべきなのかも。
でも、そんなことで動揺してる暇なんてなかった。新たな行動に着手しなくちゃならなかったから。フェリックスのことだけじゃなく、デイヴのことも考えてたわ。「あいつはきみの思ってるような人間じゃない」って、いったいどういう意味？　そのときよ。郡庁舎前の階段を降りていくあたしの頭のなかで、すべてがカチッとあるべき場所にはまったの。すてきな男の子のことはいったん忘れて、あたしはプロデューサーに戻った――第二エピソードをどうすればいいかがついにわかったのは、あのときね。

それまでの二日間、あたしはつぎのエピソードをどうしようかと考えあぐねてた。あたしたちがまとめようとしてた素材はどれも——自分たちがいきなり手に入れた名声にとまどってるネリーとオリヴィアとか、フランク・グラスリーへの反応とか、犯行現場でもないのに自分のアイスクリームショップの内部をことこまかに見せようとするオラフとか——どれもこれも退屈なクソばっかりだった。しかもさらに悪いことに、どれも安っぽかった。なのにうちのチームには、あたしにアウトを宣告する度胸のあるスタッフはひとりもいなかった。あれにはまったくうんざりだったわ。

視聴者はあの家族がどんな生活をしてるかを見たがってた。あの時点でのあたしは、パーセル家の人たちが怯えている姿やおたがいを思いやる姿以外に、いったいなにを見せたらいいのか、新しいアイディアを思いつけずにいたの。でも、フェリックスが突破口をあたえてくれた。あとになってから、あのキスを分析して気づいたわ……あのエレベーターでの一件でいちばん重要な部分は、あの人があたしの番組に信じられないような贈り物をくれたってことだって。

もしほんとはデイヴが悪党だったら？　自分の娘を殺してから世間の注目を集めたソシオパスだったとしたら？　そう、それこそがつぎの展開ってわけ。

アレクシス・リー（アソシエイト・プロデューサー）

ヴァンに戻ってからも、ケイシーはぼうっとしてました。エレベーターのなかでなにがあったかも話してくれないんです。でもそれから、いきなり、その日の撮影をすべてキャンセルしろって。わたしたちはつぎのエピソードのアウトラインを捨てて、ゼロからはじめました。

ケイシーはわたしに、パーセル家に戻ったらデイヴを撮影する時間をつくれと指示しました。新しいエピソードは彼に関するものになるからって。

わたしにもだんだんわかってきました。要するに彼女は、デイヴをはめようとしてたんです。

ケイシー・ホーソーン（プロデューサー）

「はめる」なんて、あたしはぜったいにいわなかった。「疑わしい点を好意的に解釈するのはやめて、彼のことをニュートラルな目で見ましょう。彼がこのシリーズのパートナーであるという利害の抵触のことは忘れましょう――彼のことも、この事件のほかの容疑者とおなじ目線で描きましょう」といっただけよ。実際、彼は容疑者のひとりだった。フェリックスにいわれるまえに、自分で気づいててしかるべきだったのよ。

もちろん。アレクシスはそれが気に食わなかった――彼女はあたしのアイディアはなんだって気に食わないの。

アレクシス・リー（アソシエイト・プロデューサー）
そんなのぜんぜん理解できませんでした。番組全体の前提は、ケイシー自身も何度もいってましたけど、サラの両親を良識と勇気と慈愛に満ちた存在として描くって部分にあります。なのにいきなり、父親をおとしめるっていうんですよ？

ケイシー・ホーソーン（プロデューサー）
いっとくけど、あたしの北極星は一度として揺らいだりしてないわ。あの番組の目的は、サラの発見に力を貸すことだった。あたしたちの努力はすべて、失踪した少女に捧げられてたの。捜査を指揮してる刑事が、父親が怪しいっていうんなら、それを視聴者に伝えるのがプロとしての義務でしょ。それに、デイヴが実際はどんな人間かを暴き立てることは、サラに対する道徳的義務でもあった。

マーカス・マクスウェル（TNNネットワーク社長）
新しい切り口にはすっかり感心したね。まさにケイシーがケイシーであるゆえんってやつだ。彼女は恐れ知らずなんだ。

アンソニー・ペナ（ビデオ編集者）

新しいエピソードの編集を締め切りまでに仕上げろっていうのは、なかなか酷な要求だったね。徹夜で作業さ。ケイシーはぼくの肩のとこにへばりついて、場面の一コマごとにあれこれつまらないケチをつけてきた。例のスペシャル・スナックバーをウサギみたいにむしゃむしゃ囓《かじ》って、ぼくの服にスナックのかけらを盛大に落としながら。

このエピソードは、業界でいう〝転回点〟ってやつに当たる――登場人物のひとりがそれまでとはまったく違う面を見せ、視聴者はそれまで寄せていた共感を反転させるんだ。この転回点で要求される編集は一種のアートみたいなもんでね、自慢するわけじゃないけど、ぼくは〝転回点のピカソ〟って呼ばれてたんだ。ああ、ほかのやつらからね！

このテクニックで大切なのはタイミングだ。視聴者は番組が一定のリズムで進行していくことに慣れてる。そこで、あるひとりの登場人物に関してだけ、そのリズムを乱してやるんだ。すると大きなインパクトが生まれる。その人物の顔がアップになったカットを、ほんのすこしだけ長くするだけでもいい。さもなければ、誰かから話しかけられているシーンに、その人物のリアクションショット（顔に浮かんだ表情や反応をとらえたショット）を挿入してもいい。なにかぴったりの音楽を挿入してもいいし、そこだけ色調を変えてもいい——たとえその人物がなにもいわなくても、視聴者に反感を抱かせることができるんだ。
番組内容の流れとはまったく反対の印象を視聴者にいだかせることもできる。あまり使わないようにはしてるけどね。でも、例外はあるわけさ。

ケイシー・ホーソーン（プロデューサー）
第二エピソードを必死に仕上げて、陽が昇ると同時にロサンゼルスに送ったの。あたしはすぐに寝て、その晩のプライムタイムの放送時間に間に合うように起きたわ。

エズラ・フィリップス（ポップカルチャー評論家）
第一エピソードが核爆弾だとしたら、第二エピソードは腹への一撃だった。父親が娘を手にかけたかのように匂わせたんだからね！　ぼくは殺伐とした気持ちになった。正直にいえば、陰鬱な気分だな。しかしケイシーの名誉のためにいっておけば、スイッチを切ることはできなかった。
もしそれがほんとうに真実なら——あの男が口にするのもはばかられるような犯罪

を犯しておきながらリアリティ番組の制作に同意したのだとしたら――ガツンと痛い目に遭うところを見なきゃ気がすまない。ぼくはすっかり引きこまれてしまった。おそらく、ほかの視聴者もそうだったはずだ。ツイッターではトレンド入りし、デイヴに関するミーム（インターネットで次々に拡散される画像や動画）が飛び交い、翌日の〈ニューヨーク・タイムズ〉には解説記事まで掲載された。アメリカはすっかり取り憑かれてしまったんだ。

デイヴ・パーセル（父親）
第二エピソードは見ているのが苦痛だった。ケイシーに裏切られた気分だったね。わたしの顔が写ったショットから念入りに表情を選びだし、あれこれ起こったささいなことと組み合わせて、あたかもわたしがソシオパスであるかのように描きだしていたんだ……汚いやり方さ。ケイシーはあれが放送された翌日うちへやってきて、ごく普通にふるまってた。わたしは面と向かって問いつめてやったよ。

ケイシー・ホーソーン（プロデューサー）
背中を刺すような真似をしやがってと糾弾されたわ。だからいってやったの――あのエピソードに、事実に反することがひとつでもあった？　で、口論をしているうちに、話が泥のことになったの。

デイヴ・パーセル（父親）

ああ、わたしのトラックのタイヤには乾いた泥が厚くこびりついていた。それに、ガレージの床にも乾いた泥の跡があった。ケイシーはそれをいかにも思わせぶりに撮って、その場面に不気味な音楽をつけたんだ……おかげで、トラックのタイヤが血まみれになってるみたいに見えるんだよ。

ケイシー・ホーソーン（プロデューサー）

あの頃は、しばらくぜんぜん雨が降ってなかったの。ぬかるみなんて、町のどこにもなかった。もちろん、デイヴが車で山奥に行ったというなら話はべつよ。いい？　カメラはそこに実際にあったものを撮っただけ。もしそこから気まずい疑問が浮かびあがったとしても、それはそれよ。でも、デイヴはあれこれいって、自分の描かれ方が気に食わないと文句をつけてきた。あたしはあんまり強くは言い返さないで、ただおとなしく聞いてたわ。たんに怒りをこっちにぶつけているだけなのはわかってたから。しばらくしたらちょっと落ち着いて、話題を変えたの——視聴率はどうだったかって。

ありのままを伝えたわ。あらゆる点で、番組は大ヒットだとね。世間では第二エピソードの話題でもちきりだった。大興奮した〈ニューヨーク・タイムズ〉があたしたちのことを記事にしたくらい！　デイヴはせいいっぱい愛想よく肩をすくめていったわ。「まあ、サラのためにはそれが大切だからな……わたしをあんなふうに描くことで視聴率が上がるんなら、あんたの仕事に口は出さないよ」って。

それでおしまい。

デイヴ・パーセル（父親）

わたしはケイシーの仕事ぶりに満足し、文句を引っこめたんだ。「なにかわたしで役に立てることがあったらいってほしい。わたしたちはおなじチームの仲間同士なんだし、どちらも番組の成功とサラの発見を願ってるわけだからね。わたしがこんなふうに演じれば番組にとって都合がいいとかいったことがあったら、なんでもやるからいってくれ」とも伝えたよ。要するに、わたしの言葉の真意を探る必要はないといいたかったのさ。

ケイシー・ホーソーン（プロデューサー）

そのときあたしがどう思ってたかっていうんでしょう？　デイヴが娘を殺したと思ってたかどうか？　彼が犯人だって強く匂わすエピソードをつくっておきながら、なぜ平然とした顔で彼の家に行き、視聴率の話なんかできたのかって？
ええ、あたしはデイヴを疑ってたわ。嘘じゃない。フェリックスの疑いにも信頼をおいてたし。でもよくよく考えて、その日の終わりには、そんなことありっこないと判断したの――自分の子供を殺した人間が自宅にテレビの撮影スタッフを招き入れたりする？　そんなこと、やっぱり信じられなかった。

アレクシス・リー（アソシエイト・プロデューサー）

ケイシーがデイヴの無実を信じていたのだとしても、あのエピソードは放送すべきじゃありませんでした。それに、もし彼女がある時点でデイヴを疑ったんだとしたら、それでも彼と番組をつくりつづけていたんだとしたら……彼女はわたしが考えてたよりも頭がイカれてるってことになります。

デイヴ・パーセル（父親）

あのエピソードでケイシーがわたしにやったことは、ぜんぜん気にならなかった。しかしジャネットは……

ジャネット・パーセル（母親）

わたしはかかりつけのお医者さんに行って、抗鬱薬のザナックスを処方してもらったんです。でも、まったく役に立ちませんでした。サラは帰ってこない。ジャックは大きな打撃をうけている。ケイシーと撮影スタッフは夜昼かまわずつきまとってくる。しかもこんどは、うちの主人は殺人者だって番組がほのめかしはじめた。もうこれ以上は無理だと思いました。ぜんぜん眠れなくて、一日じゅう頭痛のしっぱなし。緊張をやわらげるためにはなにかが必要でした。ザナックスよりももっと強いものが。

トラヴィス・ヘインズ（バス運転手）

ああ、ある日ジャネットがおれのアパートにひょっこりやってきたんだ。もちろん、カメラはついてきてなかった。撮影スタッフの目をうまく逃れてきたんだな。おれは売ってやったよ。すっげえイカれてたよね。あの家族はおれに不当ないいがかりをつけてきたくせして、その舌の根も乾かないうちに、奥さんがおれの客になってたんだからな。でも、おれはいつまでも根に持ったりしなかった。商売は商売だからさ。

ジャネット・パーセル（母親）

ほかにどこに行く場所があったっていうんです？　オキシーを持ってる人なんて、

あの男しか心当たりがなかったんです。教えてくれたのは、ほかならぬカルデロン刑事でした！

ジャック・パーセル（弟）

なにもかもひどい状況だったな。希望に満ちたエネルギーは消えつつあった。父さんと母さんのあいだにはピリピリしたものがあったし、どういうことなのか説明してくれる姉さんもいない。ぼくは混乱してた。第二エピソードが放送されたあとで、父さんと母さんはぼくに番組を見せてくれなくなった。第二エピソードのまんなかあたりで部屋を追いだされたんだ。あの番組はサラを見つけるためのもんだと思ってた……なのになんで父さんがあんなふうに描かれるんだろう？

ベッカ・サンタンジェロ（サラ・ベアーズの創設者）

いきなりデイヴが怪しいって展開になってきて、わたしたちはみんなビックリしてしまいました。だって父親なんですよ！　もうすっかり頭にきちゃって。あの男はわたしたちを操っていたんです。こっちはあの男が開いた報賞金基金に寄付をしてるっていうのに。わたしは寄宿舎で寄付金を集めてました。でも、ケイシーはあの男が怪しいって嗅ぎつけた。ほんとにすごい人だってことですよね。

イヴリン・クローフォード（マニーの妻）

第二エピソードは、あの番組が伝えたなかで唯一真実に近いことだったわね。デイヴは怪物よ。彼らはあそこですべてをつかんでたのに、自分たちじゃそれに気づいていなかった。

ビヴァリー・ギアリー（祖母）

あのひどい番組をあたしが見てないことは話しましたけど、あのエピソードはなかでもとくに最低でしたよ。あたしは我慢できずに娘に電話をかけて、あの家に——ひいてはあたしたちの人生に——不快な連中を招き入れたことを厳しく叱《しか》ってやったの。あの子は電話を切ってしまったわ。

ジャネット・パーセル（母親）

うちの母がテレビ評論家だなんて思いもしませんでした。テレビ評論家、誘拐事件の専門家、結婚カウンセラー、メディアコンサルタント……自分の見識によっぽど自信があるんでしょうね。

ブルース・アレン・フォーリー（陰謀論グループの指導者）

どこでも話題は第二エピソードのことで持ちきりだった。あそこでスポットライトがデイヴに切り替わったからな。視聴者はあれで、本物の爆弾から目をそらされちまったんだ。すべては仕組まれた芝居なんだとおれたちが確信したのはあのときさ。

番組がはじまってから十分目のシーン7。ジャネットがジャックとキッチンにいる。もちろんふたりは撮影されてる。サラが戻ってきたらいっしょになにがしたいかをジャックが話してる。ジャックがサラの名前を口にするたびに、ジャネットの手が映る。すると彼女は指を交差させてるんだ！　コーヒーのマグを手にしてるときも、冷蔵庫のドアを開けるときも、会話のあいだじゅう彼女は指の交差を解いている。なのにジャックが「サラ」というたびに指を交差させる。

ありゃ視聴者にはっきり語りかけているも同然だ。「わたしは嘘をついている……これはたんなる芝居にすぎない」

以前指摘したとおり、こうしたクライシスアクターのなかにはやめたがっている者もいる。しかし抜けることはできない。たとえば、いきなりその場を立ち去って〈オプラ・ウィンフリー・ショー〉で真実を告白する？　バカいっちゃいけない。そんなことをしたら殺されることは、彼らにだってわかってる。しかも、殺人だなんて誰も疑わないような状況で殺されるんだ。ロシア人のやり方を見ろよ。やつらにかかったら、神経毒を注射されてイチコロだ。アメリカの工作員はそんなことできないって？　おいおい、寝言はやめてくれって。

こうした仕事にいったん手を染めた連中は、囚人みたいなもんで、絶対に逃れられない。だから一般人には詳細な内部情報が流れてこないんだ。おれには世間の人間が聞くべきことがなんなのかわかってた。内部の人間の告白だ。

そこで考えたのが……

フェリックス・カルデロン（刑事）

ケイシーの第二エピソードが放送されたとき、おれはまたもや視聴者から見くびられることになった。そうだろう？　第一エピソードでケイシーは、おれを出し抜いてフランク・グラスリーの件をすっぱ抜いた。そしてこんどは、誰よりも先んじてデイヴに関する疑惑を嗅ぎつけた。しかし、ほんとはすごく早かったわけじゃない。それどころか、まったくの反対さ。あのときのケイシーはおれの指示に従っただけなんだ。おれがケイシーをエレベーターに連れこんだ話は、もう彼女から聞いてるんだろ？　あれはデイヴの件をこっそり耳打ちするのが目的だった。ああ、キスはしたよ。でもあれは、あいつをちょっと動揺させたかっただけさ。ケイシーはすごく抜け目のないやり手だからな。おれが演技をしてるってことを見抜かれる危険は冒せなかったんだ。

とにかく、ケイシーはエサに食いついた。こっちが期待してたよりもずっとすんなりと。彼女には感謝しなくちゃならない。あのあとで彼女が急遽《きゅうきょ》つくったエピソード――不穏な影、音楽、不気味な気配――が放送されれば、ベルはおれにデイヴを電気椅子に送りこめと指示するはずだった。彼女はつぎの朝いちばんにオフィスから電話をかけてきて、デイヴを逮捕しろとがなりたてた。

あのエピソードはおれが仕組んだってことを、ケイシーには話さなかった。そんな話は向こうも聞きたくないだろうしな。

ケイシー・ホーソーン（プロデューサー）

ワァオ。オーケー。それでようやく意味がわかったわ。

フェリックスはすごくプライドが高いのよ。あなたにその話をしたとき、彼はほくそ笑んでたんじゃない？

でもまあ、あの人にとってはラッキーだったわよね。またゲームに戻って一勝したんだから。あたしも嬉しいわ。

アレクシス・リー（アソシエイト・プロデューサー）
　そりゃいい気味ですね。いつもは人を操ってるケイシーが、反対に操られてたってことでしょう？　だけどそれでも……全体を俯瞰《ふかん》すれば、あんなふたりなんかクソくらえだし、あの人たちの汚いやり口にはうんざりですけど。

ケイシー・ホーソーン（プロデューサー）
　でも、不思議に思わない？……すくなくともあたしには不思議。だってそうでしょ？……フェリックスはあたしがデイヴとふたりきりで車に乗ることを許したのよ。デイヴはすごく危険な人間で、いまや捨てばちになってるはずだと判断してたにもかかわらずね。フェリックスは番組のつぎのエピソードに材料を提供してるつもりだった──それはわかるわ。だけど、殺人鬼かもしれない男のトラックにあたしを乗せるようなことをする？
　ええ、だけどフェリックスはそれをしたのよ。そこんとこ、ちゃんと強調しといて。

フェリックス・カルデロン（刑事）
　おれは……そういう見方はしないね。あの事件を解決するために、おれはありとあらゆる手を使ってた。ケイシーの身に危険があるはずはなかった。すくなくともあの時点ではね。その後、あいつがほんとうの窮地に陥ったときにおれがなにをしたかは、彼女だって知ってるはずだ。
おれは事件のことしか頭になかった。デイヴを逮捕することだけを考えてた。計画はうまくいった。

クリスティーン・ベル（地方検事）
デイヴが怪しいってことはずっとわかってた。カルデロン刑事が気づくずっとまえからね。どんなバカだってわかったはずよ。基本的な容疑が固まった段階で、わたしはその線で捜査を進めろと指示したの。

フェリックス・カルデロン（刑事）
おれはデイヴを自宅で捕まえ、事情聴取のために署へ連行した。報道陣の前を歩かせたりなんかはしなかった。それだけの確信はこっちにもなかったからね。デイヴは不満げだったが、協力的な態度は崩さなかった。ただ、ジャネットはヒステリックになってたな。

ジャネット・パーセル（母親）

あの番組でデイヴが不穏な描かれ方をしてるのを見て、あの人が娘を殺したんじゃないかと疑った？　証拠はひとつもないのに？　あの刑事は自分を恥じるべきよ。まだ恥じてないんだとしたら、ここではっきりいっておくわ。

フェリックス・カルデロン（刑事）

おれたちはデイヴを署に連行すると、一時間ほど取調室に放置して気をもませてやった。それからおれが尋問したんだ。

デイヴ・パーセル（父親）

あれは茶番もいいところだった。サラが失踪した日の午前中、わたしはずっと働いていたんだからね。しかも、午後はジャネットとずっといっしょだった。娘になにかすることなんかできっこないじゃないか。

ああ、カルデロンはわたしがプリペイド式の携帯を持ってるところを見た。あれはなにかあったときのためにトラックに用意してあったものだ。いつも使ってる携帯のバッテリーが切れたときのためにね。ああ、タイヤに泥がついていたのはほんとうだ。カルデロンにもはっきり説明したよ――水たまりを走ったんだって。わたしはあの男に訊いたんだ。ちゃんと捜査をしたのかね？　それとも一日じゅうテレビを見てたのか、って。彼はさもいやな顔をしてたがね。

フェリックス・カルデロン（刑事）

あいつはすべての質問に答えを用意してあった。しかし、どの質問にも答えるのがちょっと速すぎた。おれはこの仕事について長い……どの質問にも的確な答えが返ってくるんで、反対に疑いは増したね。

たとえば、フランク・グラスリーを考えてみてほしい。まえの週に話を聞いたとき、グラスリーは動揺してて、細かいところまでは質問に答えられなかった。何度も考えこんでたよ。グラスリーの証言はあとですべて裏が取れた。しかし彼は事前に答えなんか用意していなかった。

反対に、デイヴはあまりにも落ち着いてた。事情聴取に答えるあいつは、自分の用意した〝やることリスト〟の項目にチェックを入れてるみたいだった。

デイヴ・パーセル（父親）

おんなじことを何度も何度も訊かれたよ。わたしがへとへとになるまで事情聴取を引き延ばして、口をすべらそうという腹だったんだろう。わたしはあの男に、娘はまだ行方不明のままなんだってことを思い出させてやった。容疑者みたいにあつかわれたことは決して許さないし、忘れもしないぞともいってやった。カルデロンはわたしの言葉を信じていなかった。しかし、手持ちの札はもう尽きていた。翌日、太陽が顔を出す頃になって、ようやく釈放してくれたよ。

フェリックス・カルデロン（刑事）

おれはすっかり意気阻喪《そそう》してた。逮捕に持ちこめなかったどころか、こっちが容疑をかけてることを知られちまったんだからな。正直いって、いったいなにが起こってるのかさっぱりわからなかった。

デイヴ・パーセル（父親）

わたしはすっかり疲弊していたが、署を出るときの足どりは軽かった。心のなかでは、窮地を脱した気分だったんだ。正念場は切り抜けたから、あとは順風満帆だろうとね。

すべては計画どおりに進んでいる……

警察はいちかばちかの賭けに出て、失敗に終わった。

約束どおり、ケイシーからは金が振りこまれてきている。

しかしなにより重要なのは、サラがしっかりやってくれていることだった。わたしがあの子に会ったのは、ほんの二日前のことだった。

あの子は無事だし、新しい計画もしっかり把握してくれていた。

第9章　汚い計画

デイヴ・パーセル（父親）

すべては計略だった。ただ信じてほしいんだが、こんな展開になると思ってたわけじゃない。わたしたちは悪人ではないからね。ちょっとしたアイディアが、完全に制御不能になってしまっただけなんだ。そもそもの計画は……こういってはなんだが、いまでも理にかなっていたと思う。

あれはあの年の冬のさなかのことだった。覚えているだろう？　ホリデーシーズンが終わったあとの、暗く陰鬱な頃だよ。ある晩、サラが自分の部屋から下に降りてきた。もう遅い時間だった。わたしはひとりで、西海岸で開催中のバカげたカレッジフットボールの試合中継を見ていた。あの子はわたしの隣に腰を下ろすと、テーブルにパンフレットを投げだした。

「これに行きたい」と、あの子はいった。

それは、ジュリアード音楽院の夏期レジデンス・プログラムのパンフレットだった。

才能のある高校生向けに開催される夏期講習。ジュリアードといえば、世界でもっとも優秀な音楽大学だ。サラは本気で行きたがっていた。しかも、自分なら入学するチャンスがあると信じていた。そこまで自分を信じる自信があるというだけで、娘がすごく誇らしかったよ。あの子は自分のことを、この国でもっとも才能のある若き音楽家のひとりだと考えていた。そして、実際にそうだったんだ。

わたしはパンフレットをパラパラとめくった。高校で音楽を教えてるミセス・ローゼンがくれたらしい。いやまあ、なんていったらいいかな、中身を見てるだけですごいなとは思ったよ。リンカーンセンターでの演奏練習。セントラルパークでの野外授業。カーネギーホールへの出演。そうした場所に、わたしは行ったことさえなかった。映画で見たことがあったくらいだ。しかしサラは、そういった世界を経験するに値する才能を持っていた。

わたしは最後のページを開いた。講習料の表があった。いいかね、忘れないでほしいんだが、それはたんなる夏期講習だった。大学の授業料じゃないから、奨学金もなければ、学資援助もない。料金は六週間で一万二千ドル。一万二千だよ。もちろんそれだけですむわけじゃない。食費だって必要だし、ニューヨーク市への旅費も必要だ。いうまでもないが、わたしたちに一万二千ドルなんて金はなかった。

それはサラも知っていた。たぶんあの子は、奇跡かなんかを期待してたんだろう。

こういうときのためにわたしがこっそりお金を貯めていたブタの貯金箱を割ってくれるんじゃないかとね。わたしは授業料を見てから、あの子に目をやった。その顔を見れば、彼女がすでに答えを知ってることは明らかだった。この講習はうちみたいな家庭のためのものじゃない。あの子がどれほど行きたがっているかを見ると……胸が張り裂けそうだった。

「オラフの店のバイト、シフトをもうすこし増やせるかも」と、サラはいった。かわいそうに、あの子はすでに無理を重ねていた。音楽のレッスンと陸上部の練習と授業の合間を縫って、週末まで働いていたんだ。わたしはあの子に顔を向けるのがやっとだった！　バイトを増やしてどうにかなるとは思えない、とわたしはいった。しかし、お母さんといっしょによく考えてみるとも約束した。なにか方法があるものなら考えていただろう。サラは顔を伏せて二階に戻った。わたしが口でいってるだけなのも、ほんとうは可能性などないことも、あの子は知っていたんだ。

その表情は以前にも見たことがあった。最初は、サラがまだ七歳か八歳のときだ。町からちょっと行ったところにある農場のひとつで、友だちの誕生日パーティが開かれた。そこには小さな動物園があってね、子供たちはみんな交互に馬に乗せてもらってた。もちろん、本物の馬じゃない。ポニーだな。オプションはふたつあった。速いポニーか、遅いポニーか？　サラがどっちを選んだかはいうまでもない。わたしはあの子がポニーに揺られ、瞳に喜びの色を浮かべ、大きな声で笑いながら柵《さく》のなかを一周するのを見ていた。心から幸せそうだった。その日の終わりに、農場の責任者は子供たち全員に向かって、定期乗馬レッスンの参加者を募った。ポニーなんかじゃない。本物の馬に乗れるんだ。わたしはサラの目が輝くのを見た。何組かの親子はすでにクリップボードのまわりに群がって、名前や連絡先を書きこんでた。サラはわたしとジャネットを引っぱって、「ねえ、入っていい？　入っていい？」と訊いた。わたしたちは会費がいくらかを見た。それでどうなったかは、きみたちにもわかるだろう？

あの表情をわたしが見たのはあれが最初だ。うちのかわいい娘が泣いたのはそれがはじめてじゃない。ただ、あの子がわたしたち夫婦に失望して泣いたのは、あれが最初だった。

いまや十六歳になったあの子が、それとおなじ表情を浮かべ、おなじ失望にまみれていた。わたしの胸は張り裂けそうだった。

怒りがどんどん湧いてきて、その夜はいつまでも寝つけなかった。ここに完璧な子供がいる。なにをやらせても見事にやってのける。しかも、すばらしい才能に恵まれている。あの子が望んでいるのは、それを伸ばすチャンスだけだった。それを手にするには、たとえどんなに怖くても、フレデリックの町を出て、世界に足を踏みだし、試練に直面し、夢を追う必要があった。あの子にはそのことがわかっていた。

なら、彼女を阻む唯一の障害は？　わたしたちにそれだけの金がないことだ。わたしは心のなかで反論したよ――わたしたちに金がないのは、なんとか貯蓄しようとした金を、十年も二十年も、ほんの十セントにいたるまで、すべて搾取されてきたからじゃないか。わたしはいつだって打たれる釘で、ハンマーにはなれない。クソッ、すべてがはじまったのは、サラが生まれた日だった。病院がうちの保険ではカバーできない不当な請求をしてきたんだ。ゆりかごから墓場まで、不当な請求は終わることがない。屋根葺き会社をはじめるにあたって税金を払った。免許を更新するために、毎年ライセンス料を支払った。地球の裏側から輸入する必要があるので、材木の仕入れ値は急騰していた。なんとか会社を維持するために、銀行でローンを組まされた。金利はべらぼうだった。しかも、支払いが滞ったときのやつらの態度ときたら！　すこしでも余裕を持てるようにとかいって、抵当を入れ直すことを勧めてきた。そして、わたしに選択の余地がなくなるまで追いつめて追いつめて追いつめたんだ。わたしたちには家を手放すか商売をたたむかのどちらかしかなかった。あれはまさしく……略奪的な貸し付けってやつさ。

ジャネットの親父さんの店で働いても事情は好転しなかった。食べるのに困りまではしなかったが、貯金はできなかった。そしてはじめて、金がないことがサラの身にまで降りかかってきた。もちろん、新しい携帯電話や高価なアクセサリーや乗馬レッスンといった贅沢《ぜいたく》が許されないことは、あの子も知っていた。しかし、あれがほんとうの分かれ道だった。両親が貧乏なせいで、人生の進路が変わってしまう。あの子がそんな目にあっていいはずがない。

信じてもらえないかもしれないが――いやほんとに嘘じゃない――サラの演奏を聴けばきみにもわかったはずだ。つま先からお下げにした髪の先まで、あの子は全身で弾くんだ。同級生の親から名人《ヴィルトゥオーゾ》と呼ばれたこともある。わたしはあの響きが好きだった――〝ヴィルトゥオーゾ〟って言葉のね。あの子の演奏を聴いていると魔法をかけられたような気分になった。あの子はほんとうに……いや、すまない、ちょっと待ってくれないか。あの子の……あの子の演奏を思い出したもんだから。あの子の演奏はもう長いこと聴いていない。でも覚えているよ。どこかにまだビデオが何本か残っているはずだ――いつかまた見られる日もくるだろう。

ああ、すまなかった、もうだいじょうぶだ。

あのパンフレットを見た夜の話に戻ろう。わたしはそのまま寝ないで考えた。なにか方法があるはずだとね。

もうひとつローンを組む。友人や親戚に借金を頼んでまわる。しかし、どれもうまくいきそうになかった。どう考えても無理だし、あまりにバカげてる――ニューヨークで開かれる贅沢な夏期講習の費用を無心するなんて、できっこない。

そのとき突然、わたしはダリルを思い出した。あの事件の数年前、草ソフトボール・チーム仲間のダリルって男が、脚にひどい怪我《けが》を負ったことがあるんだ。サードベースにスライディングしたときに、小枝みたいにポキッと折れてしまったんだよ。複雑骨折ってやつでね。あいつは大声で泣き叫ぶし、救急車がグラウンドのまんなかまで乗りつけてくるし、そりゃもうたいへんな騒ぎだった。うちのチームは勝っていたんだが、当然、試合は中止さ。それはともかく、哀れなダリルはそれから一年ってもの、まともに歩くこともできなかった。電気工だったんだが、働くこともできない。そのときチームのひとりが、バーで帽子をまわしてカンパを募る代わりに、〈ゴーファンドミー〉を起《た》ちあげたんだ。わたしはぜんぜん知らなかったんだが、クラウドファンディングのひとつでね、ダリルの怪我が治るまで、誰でも少額の寄付ができるようになってる。ダリルは仕事に復帰したあとで、あれのおかげでなんとか生活できたと話してくれた。しかも、びっくりするほどの寄付が集まったとね！

その手があるじゃないか、とわたしは思った。サラのジュリアードの授業料のために〈ゴーファンドミー〉を起ちあげるんだ！　つぎの朝、わたしはサラを起こすと、そのアイディアを話してみた。あの子はあんまり乗り気じゃなかった。そりゃまあ、他人に金をせびるのはちょっと恥ずかしいからね。しかしあの子は、いっしょに考えましょといってくれた。

わたしたちは〈ゴーファンドミー〉のサイトをスクロールして、どんなファンディングがあるかいろいろ調べてみた。そのときに、あの子が大切なことに気づいたんだ。成功してがっぽり稼いでいるファンディングは――「どこもお涙ちょうだい式のところばっかりじゃない……音楽教育を受ける手助けなんて、誰もしてくれないわよ」っていうんだよ。たしかにそのとおりだった。ガンに苦しんでいる子供とか、火事で家を失った家族とかね。あの子は、自分の抱えてる問題をこんなところにアップしたくないといった。そして、冗談めかしていったんだ。「もしわたしが崖から落ちて首の骨を折ったりすれば、たぶん寄付も集まるでしょうけど」とね。あの子は笑ってパソコンを閉じ、歩み去った。そこで、話は終わるはずだったんだ。

しかし、もちろんわたしは考えつづけた。あの子は正しい――人が他人を助けるのは、相手になにか不幸なことが起こったあとだ。人間というのはそういうもんだからな。だったら、わたしたちになにか不幸があったと見せかけ、集まった金を授業料に使ったら？　まあ、たしかにインチキではある。しかし、最終的な結果を考えれば許されるんじゃないだろうか――サラはジュリアードに入学できるだろう。なんの幸運も持たずに生まれてきたあの子が、人生を変えるチャンスを手に入れるんだ。そいつは悪いことじゃないだろ？

いまいったようなことは、サラにはいっさい話さなかった。しかしわたしは、どうすればうまくいくか考えた。まさか、ほんとにあの子を崖から突き落として首の骨を折らせるわけにはいかない。しかし、ちょっとした自動車事故で首を痛めるっていうのはどうだろう？　サラはでっかい頸椎《けいつい》カラーを首につける。それを見たらみんな同情する。そこでクラウドファンディングの登場だ！　若きヴァイオリンのヴィルトゥオーゾが首の骨を痛め、物理療法のための治療費を必要としている。ここで治療しないと、彼女は二度とヴァイオリンを演奏できなくなってしまう。ドカン！　そう聞いたら、援助せずにいられるか？

これを実現させるには、サラの協力が必要なのはわかっていた。あの子が嫌がるだろうってこともね。あの子はわたしなんかよりもずっといい人間だ。しかも、非情な世間に押しつぶされた経験もない。一生懸命に頑張ればどこかに行きつけるとまだ信じている。あの子を説得するのはむずかしい。しかしわたしは、できないわけじゃないと思った。

ここまでの話とはまったく関係がないんだが、ちょうどその頃、うちのトラックのブレーキランプがつかなくなってしまってね。これがまた人生の分かれ道になったんだ。思いがけない出来事が人の人生をどれほど変えてしまうかは、ゾッとするほどさ。しかも当人は、そのときはなにも気づいていない。わたしにとって、それはとんでもなく大きな分かれ道になった。

ブレーキランプがつかないことに気づいて、マニー・クロフォードに修理を頼んだことがね。

あれは、サラに新しい計画を説明して説得するまえの日のことだった。ブレーキランプの故障に気づいたわたしは、仕事の帰りにシェルのガソリンスタンドに寄った。たかがブレーキランプの故障で違反切符を切られたらバカらしいからね。罰金を払うためにまたべつの〈ゴーファンドミー〉を起ちあげるなんて願い下げだった。

わたしはガソリンスタンドへ行き、修理作業用ガレージにトラックを乗り入れた。すぐに修理するから数分ほど待ってくれ、とマニーはいった。マニーとはべつに友だちとかいうわけじゃなかった。ただ、トラックの整備は十年前からあいつに頼んでた。修理工としての腕は抜群でね。正直で信頼できる。

まあ、すくなくとも車に関しては。

とにかく、あいつとは知らない仲じゃなかったし、軽口を交わしたことだって何度もあった。友だちとはいえないが、友好的ではあったってとこかな。信頼はしてたよ。さっきもいったとおり、すごく誠実で信用のできる男だ。だからわたしは、マニーがブレーキランプを修理してるあいだ、そこにぼんやり立ったまま、これといった理由もなく、すごくバカげた質問を投げかけたんだ。

「フロントバンパーとリアバンパーだと、どっちのほうが修理代が高いんだい？」

マニーはわたしに目を向けた。まるで、頭がふたつある人間を見るような目つきだった。

「自動車事故に巻きこまれる予定でもあんのかい?」と、やつは訊いた。

まあ、その場ですぐに打ち明けたりはしなかったが、実際、予定はあったわけだ! だってほら、木かなんかに車をぶつけて、ちょっとした自損事故を起こすつもりでいたんだからな。しかもサラが怪我をしたことにするんだから、それなりに車も傷ついてなきゃおかしい。ただし懐に余裕はないんで、できるだけ修理代を低く抑える必要がある。だから顔なじみの修理工に、わざと自動車事故を起こして成功させるにはどうしたらいいかアドバイスしてもらおうと思ったんだ。

マニーはわたしの言動がおかしいことに気づき、いったいどういうことだと訊いてきた。あとになって考えてみれば言い訳のしようもないんだが、わたしはそこで、修理作業用ガレージに立ったまま、自分の人生を破滅させてしまったんだ。マニーに自分の計画を話すことにしてしまったんだよ。あいつが信用できることはわかってた。しかも、計画のことは誰にも話していなかった。たぶんわたしは、誰かに止めてもらいたかったんだと思う。さもなければ、もっといい方法を授けてほしかったんだな。どっちにしても、あのイカれたアイディアを誰かに話して、反応を見たかったんだ。

ほんとにバカだったし、大間違いだったわけだが、それがわたしのやったことだった。

すべてを説明し終えると、もちろんマニーは死ぬほど笑ったよ。「あの娘に頸椎カラーをさせる？」やつは腹を抱えて笑いながらいった。「それがあんたのいうビッグアイディアなのか？」

自分がすっかりバカに思えたよ。わたしたちはどっちもクスクス笑ってた。マニーはトラックの修理に戻った。正直な話、あんなふうに笑われたんだから、そこで目を覚ますべきだったんだ。実際、あのバカげた計画はもう半分やめるつもりでいた。するとそのとき、あいつがやぶからぼうにいったんだ……

「本気で大金をつくりたいなら、どうすればいいか知ってるよ」

わたしの顔を見て、どれだけ捨てばちになってるかを見てとったんだろう。マニーは工具をその場に置くと、わたしのほうに歩いてきて、あたりを見まわした。そして、細かく説明しはじめたんだ。まるで、何年もまえから考えていたかのようだった。本気で人に大金を出させたければ、サラを失踪させる必要がある。十代のかわいい白人の女の子が行方知れずになったら、世間は大騒ぎする。おれは犯罪番組をよく見るんだ、とマニーはいった。ナンシー・グレースの番組なんかだと、そういう女の子が失踪した場合、発見者への報賞金基金にとんでもない額の寄付が集まる。「何十万ドルって金が」といって、マニーは指をパチンと鳴らした。「こんなふうにな」

わたしはべつに、真に受けてたわけじゃない。でも、すくなくとも話の内容はしっかり追っていた。「でも、実際にサラが姿を消す必要がある」とわたしはいった。「簡単さ」とマニーはいった。「森の奥かどこかでキャンプをしてりゃいいんだ……実際に犯罪が行なわれるわけじゃないんだから、当然、証拠もない。あの子が姿を見せないかぎり、どこにいるかなんて、ほかのやつらにわかるわけがない」さらに彼は、報賞金の寄付額が高くなるには、しばらく時間がかかるだろうといった。夜のニュース番組であの子の写真が一度でも紹介されれば、一気に寄付が集まりはじめるよ。

「わかったわかった、そりゃすごいな」とわたしはいった。「しかし、報賞金の額がいくら上がっても、わたしになんの得になるっていうんだい？　わたしが娘を見つけて報賞金をもらったりしたら、茶番もいいところだ」

するとそこでマニーのやつは微笑んだ。ホタルみたいにパッとね。「そのとおりだ」と彼はいった。「あんたに必要なのは、あの子を発見する善きサマリア人ってわけだ。ただし、その善きサマリア人は信頼のできるやつでなきゃならないし、なんの疑いも持たれずに報賞金を受けとれきゃならない。しかも、あんたとそれを山分けにしてくれる必要もある」あいつはそこでウィンクしてみせた。

わたしたちはその場に立ったまま、しばらく無言で見つめ合った。たしかにそれなら絶対にうまくいく。

わたしは家に帰り、そのアイディアを数日ほどあれこれ考えてみた。マニーとは、しばらく話はしなかった。イカれたアイディアなのは間違いなかったが、考えれば考えるほど、やるしかないように思えてきた。夏期講習のことなんかどうでもいい。大切なのは、サラが自分のやりたいことをできるかどうかだ。ジャックにもおなじことがいえた。ああ、そうとも。首の骨を傷つけたって作り話と同様、インチキはインチキだ。でも、おなじ論理で正当化できる。誰かが傷つくわけじゃない。サラにはそれに値するだけの才能がある。そしてなにより、この国で出世しようと思ったらほかに方法はない。このわたしがそのいい例だ。

しかしサラは……サラに必要なのはたったひとつの幸運だけだ。それさえあればあの子は飛び立つことができる。これしか方法はない。考えてもみろ。もしあの子が有名な音楽家になって一財産築いたら、慈善活動を一生つづけることだってできるんだぞ。小児ガンの子供でも誰でもいい、自分の受けた善意をほかの誰かに渡すんだ。しかしそれには、ニューヨークで開かれる夏期講習に行く必要があった。あれが未来への切符だったんだ。

頭のなかで何度か予行練習をしてから、わたしはサラと膝を突き合わせてすべてを説明した。あの子が数日間身を隠す場所は考えてあった。町から車で一時間ほどの山の奥に、ティンバー・リッジっていうボーイスカウトのキャンプ場がある。ジャックは夏休みに何度も参加してた。しかもわたしは、五年ほどまえ、そこの食堂に新しい屋根を葺いたんだ。わたしとスタッフで、四月に一カ月ほど作業をした。その間、そこへは誰もこなかった。サマーシーズンがはじまるまでは閉鎖されているんだよ。サラはキャビンのひとつで過ごせばいい。スーツケースに食料をたっぷり詰め、本を用意しておけば、どこかに出かける必要はない。すくなくともベッドと屋根はある。計画決行の朝にサラは学校を抜けだし、マニーがこっそり車でそこに連れていく。完全に孤立しているし、ぜったいに安全だ。

スクールバスにあの子のバックパックを残しておけば、みんなはしばらく見当違いな場所を捜索するだろう。警察はバックパックに注目し、それを手がかりに捜索をする。もちろん、どこにも行きつかない。そこでわたしは自分を抑えきれなくなった……フランク・グラスリーに腹いせをしたくなったんだ。わたしはサラに、数週間前から友だちにメッセージを送って、フランクにストーキングされていると思わせろと指示した。もちろんまったくのデタラメさ。でも、警察がそれを嗅ぎつけてフランクをとっちめるのはわかってた。それくらいしてやってもいいと思ったんだ。あいつはわたしたち家族の生活をめちゃくちゃにしたんだからな。こんどはあいつが窮地におちいる番だ。

そうすりゃ、何日かは誰もが無駄な努力をつづけるだろう。わたしは報道関係者の前で涙ながらに声明を出し、自腹で報賞金を出すという。そうすれば、たぶん誰かが報賞金ファンドを起ちあげるにちがいない。

何日かして寄付がじゅうぶんに寄せられたら、サラはどこかの道路まで歩いていき、マニーに拾ってもらう。サラは警察に、車のトランクに放りこまれてどこかに閉じこめられていたと話す。しかし、ずっと目かくしをされていたので、それ以上詳しいことは証言できない。マニーは森のなかを逃げていく人影を見て、勇敢にも追いかけたと話す。犯人はサラを誘拐しようとしたものの怖じ気づき、彼女を解放したんだろうという筋書きだ。

この話に説得力はあるだろうか？　もちろんない。しかし、サラが家に戻り、マニーがヒーローとして注目を浴びれば、答えの出ない疑問が残ったとしてもたいしたことじゃない。わたしたち家族は、サラが無事に戻ったことにただ感謝し、普段の生活を取り戻したいと話す。警察がサラからしつこく話を聞こうとしても、わたしが許さない。

わたしはこの計画をすべてサラに話した。あの子はすっかり怯えてた。まずごく基本的なところで、人里離れた場所にたったひとりで隠れているのを嫌がった！　しかしそれ以上に、嘘をつくことに拒否反応を見せた。あの子自身の言葉を借りるなら、他人のお金を盗むなんてもってのほかだというんだ。わたしはなんとか説得しようと努力した。寄付といっても、ひとりにつき二十ドルとか五十ドルとかいったレベルでしかない。そのせいで苦しい生活を強いられるわけじゃないんだ。それに、おまえはこのチャンスを手にする資格がある。そもそもこの町の人たちは、みんなおまえの成功を願ってるじゃないか。だから盗むってことにはならないさ。よく考えてみれば、これはフェアだってことがおまえにもわかるはずだ。

あの子は確信が持てずにいた。無理強いをするつもりはなかったが、できるなら説得したかった。あの子には正直に話した——ジュリアードに行きたいと思ったら、チャンスはこれしかない。うちにはおまえをジュリアードにやる余裕はない。あとちょっとあればなんとかなるといったレベルじゃないんだ。わたしたちは幸運に恵まれる資格がある。自分のほうからそれを引き寄せたって問題なんかあるもんか。

サラはそれを信じなかった。あの子はわたしみたいに悲観的な人間じゃない。彼女にとってはまだ、世の中は自分の意のままだった——たとえ夏期講習には参加できなくても、べつの方法で成功をつかめると思っていた。

あの子は拒否した。それから、よりにもよって、「ごめんなさい」といった。わたしがガッカリすることを知ってたんだ。そして、二階にのぼっていった。

それからまた一晩、たったひとりでずっと起きていた。いろんな思いが頭をめぐって、いらいらのしどうしだった。自分が哀れだったし、そもそも娘にあんな提案をしたことを恥じていた。途方に暮れたよ。確かなことがひとつだけあった。わたしは子供たちを失望させてしまった。恥ずかしかったね。心から恥ずかしかった。あんなに落ちこんだことはない。

ところがそのあとで、奇跡が起こった。朝になってサラが二階から降りてきて、わたしを見ていったんだ。「やりましょ」とね。

ショックだった。それからほっとした。つぎに力がみなぎるのを感じた。わかってもらえると思うが、あの子が計画に参加して以降の数週間、ふたりで——サラとわたしで——計画を練っていたときは、人生でもっともすばらしい日々のひとつだった。おなじ目的に向かって力を合わせ、車で走りまわり、戦略を練り、あの子がどんなに頭が切れて勇敢で有能かを間近で観察した。ふたりでキャンプ場を偵察し……マニーに拾ってもらう場所を決め……キャンプに必要なスキルを再確認し……警察にどう話すかをおさらいした。と同時に、ただいっしょにいただけでもあったな。十代の娘と車のなかでふたりきりで過ごすことほど、お互いの絆を強めることはない。目を見交わすこともなく、たまにラジオで音楽を聴くだけで、すこし退屈してくる——すると子供は自分をすっかりさらけだすんだ。

なかでも最高だったのは、あの子の未来を考えているときだった。才能をどんどん開花させていき、わたしなんかよりもずっといい人生を送る。それは親の夢だ。わたしは笑みがこぼれるのを抑えることができなかった。

なぜ考えを変えたのかと、あの子に訊くことはしなかった。想像はついたが、口に出す勇気はなかった。わたしはあまりに卑怯者《ひきょうもの》すぎた。いまでもそのことを話すのは……すごくつらい。

あの計画を思いつく三カ月か四カ月ほどまえに、ちょっとした事件があったんだ。サラはあるものを目にして、それを誤解してしまったんだと思う。まあ、誤解とはいえないかもしれないが、正しくは理解していなかった。

ある晩、わたしは眠れずに遅くまで起きていた。当時はよくあったんだ。わたしは先を見通せない闇のなかにいた。うちには金がなかったし、郵便受けからこっそり回収してきた請求書は支払期限を過ぎていた。ハーブに店でいわれたことが頭を離れず、ジャネットとの仲もぎくしゃくしていた。正直にいって、すべてが最悪の状態だった。ふたりの子供たち以外はね。

鬱々として夜遅くまで眠れないもんだから、わたしはガレージの掃除でもすることにした。出しっぱなしのものを片づけたり、工具箱を整理したり、いらないものを捨てたりとね。そのとき、たまたま狩猟用ライフルのケースが出てきた。狩りをする時間も心の余裕もなくて、もう何年も使っていなかったんだ。しかし、わたしはケースを開けてみた。もしかしたら、掃除をすれば売れるかもしれないと考えたんだよ。わたしはライフルを出して手に握り、きちんと作動するか確かめ、それから……

いや、誤解しないでくれよ。自殺しようなんてつもりはこれっぽっちもなかった。嘘じゃない。しかし、そういう解決法もあるんだよなっていきなり気づいたのは確かだ。またあしたの朝も起きておなじ問題に直面するのがいやだったら、そのときは……ズドンと一発っていうのも選択肢にあるなってね。しかし重ねていっとくが、自殺する気はなかった。そもそもライフルに弾が入っているとも思っちゃいなかった。実際、入っていなかったんだ。しかし、自分を抑えられなかった。銃口をくわえたらどんな感じなんだろう？　自分はどんな反応をするだろう？　それを確かめてみたかったんだ。

わたしはライフルの向きをくるっと変え、銃口を口に突っこんだ。

そのとき、サラの声がした。「パパ」——あの子はぐっと押し殺した声で叫んだ。わたしが振り向くと、あの子はすっかり怯えきり、ドア口に立ったまま泣いていた。わたしは飛びあがり、ふざけていただけだと説明した。笑ってライフルを下ろし、「ほら、なんでもない、弾さえ入ってないんだからな」といってね。あの子は自分の部屋に駆け戻った。その後、あの件についてサラと話をしたことは一度もない。

いったん拒否してから、なぜサラは考えを変えたのか？　きみはそう訊いたね。なぜ彼女は恥知らずな計画に手を貸したのか？　わたしにもはっきりとは答えられない。なしかし、わたしはこうだと信じている——わたしから計画を聞かされたあとで、あの子も眠れない夜を過ごしたんだろう。ベッドの上で輾転反側《てんてんはんそく》してるあの子の姿が目に浮かぶよ。わたしがどれだけ追いつめられ、恥ずかしく思い、捨てばちになってるか、あの子はよく知っていた。自分の子供にそんな目で見られるなんて、どんな気持ちかわかるかい？　考えうるなかで最悪の気分だ。わたしは長いあいだ、サラはあの計画が理性的でよいものだと確信したんだと信じたがっていた。しかし、そうじゃない。プライドを傷つけられたくなくて、自分を欺いていただけだ。サラがなぜあの計画に手を貸したか、わたしにはわかってる。はっきりわかってるよ。

あの子は、もし自分がやらなければ、父親がガレージで自分の脳みそを吹き飛ばすと思っていたんだ。もしそうなったら、それは彼女のせいだってことになる。サラは心のやさしい子だった。あの子があの汚い計画に手を貸したのは、わたしの命を救うためだったんだ。わたしのためだったら、あの子はどんなことにだって手を貸していただろう。

そして十年後のいま、わたしはここにいる。まだこうして生きている。なのにあの子はもういない。これがフェアだといえるかい？

第10章　ぜったいに許しません

イヴリン・クローフォード（マニーの妻）

デイヴの計画は愚かもいいとこ。カスとしかいいようがないわね。夫があんな計画を立てるはずないでしょ。

ええ、うちじゃテレビの犯罪番組をよく見てましたよ。例の〈ナンシー・グレース〉とか。あの番組で取りあげられた事件の話をすることもあったわね。マニーはあの番組をあれこれ論じるの。ヘマをした犯人とかヘボな捜査陣とかを批判するのよ。うちの夫は頭がよかったですからね。このあたしがいうんだから間違いありませんよ。夫はああいう事件のすべてに興味津々《しんしん》だったの。お兄さんって人が、マニーがまだ小さいときに失踪したせいで。ある日、家を出たきり、戻ってこなかったのよ。あたしはいつも思ってた、列車に乗ってシカゴにでも出て、二度と故郷を振り返らなかったんだろうって。でも、マニーの考えは違ってた。もっと組織的で広範囲な捜索が行なわれるべきだったって考えてたの。

ええ、そうよ、それがちょっとした強迫観念になってたといってもいいわ。だけど、失踪した女の子のことであの人が嘘をつく？　他人を騙す？　近所の住人からお金を盗む？　マニーはそんな人じゃありませんよ。あたしたちには娘がふたりいるの。デイヴがあの人を無理やり引きこんだんですよ、そうに決まってるわ。

ジャネット・パーセル（母親）

もともとわたしはなにも聞いていなかったんです。すくなくとも、デイヴとサラが計画を練っているあいだは。あのふたりのやってることにもしちょっとでも気づいていたら、頭ごなしに怒鳴りつけてやめさせていました。

彼はプライドがすごく高かったんです。自分ではなにも成し遂げたことのない人間を理解するのはむずかしいですけど、とにかくプライドだけは高かった。一万二千ドル。それが夏期講習の参加費用です。そんなお金がうちの口座になかったことはわたしにもわかってます。でも、娘の失踪事件をデッチあげるよりましな方法なんて、ほかにいくらでもあったはずでしょう？　なのにデイヴは、自分の考えですべてを進めてしまった。頭を下げてお金を寄付してもらう代わりに、自分がすべてを解決してヒーローになりたかったんです。わたしは彼をぜったいに許しません。

ジャック・パーセル（弟）

すべては嘘からはじまったんだと知ったときは、すごく混乱したな。それがわかったのは、サラが死んだあとだった。みんな精神的にすごくショックを受けてたし、どうしてあんなことになったのかはっきり説明もしてくれなかった。ママからは、サラとパパがゲームをしてたんだと聞いた。そのあとで事故が起こったんだって。あれはまだふたりが離婚するまえのことだ。その後、母さんは態度を百八十度変えて父さんを非難しはじめ、父さんに不利な証言をするようになった。

あの刑事からは、きみはなにか知ってたのかって訊かれたよ。ぼくはほんとに混乱してたから、なんの役にも立てなかった。結局、事件の顚末《てんまつ》をいちばんうまく説明してくれたのはあの刑事だった。ほんとはサラは誘拐なんかされてなくって、父さんがお金を盗み取るために嘘をついてただけなんだけど、結果としてサラはほんとに死んでしまったんだってね。ぼくは信じなかった。そんな話、どうしたら信じられる？　でも、母さんに訊いたら、ぜんぶほんとだっていうんだ。

正直いって、細かいところまで理解するのは無理だった。わかってたのは姉さんが死んでしまったってことだけだ。姉さんは……いつも靴紐《くつひも》を結んでくれた。ぼくが小さかったときにね。一日に何回も。ほんとは靴紐が結べないほど幼くはなかったのに。姉さんはいつだってぼくのそばにいてくれて……

ぼくに考えられるのはそれだけだった。姉さんはもういないんだって。

ジャネット・パーセル（母親）

デイヴはわたしたちの人生を叩き壊したんです。幸福でいっぱいだった家族にビル解体用の鉄球をぶつけてね。最悪の部分はなにかですって？　あんな計画はまったく不必要だったことです、あの人はあなたに、自分の威厳がどうのと泣き言をいったんでしょう？　自分はいつだって釘の立場で、ハンマーにはなれなかったって。子供たちにチャンスをあたえられなくて、自分がどんなに恥ずかしかったかとか。そんなのみんなクソみたいなたわ言ですよ。うちの子供たちは優秀だった。ふたりとも幸せだった。食べるものに事欠いたことなんて一度もなかった。お金持ちがしてやれることがわたしたちにはできなくたって、それがなんだっていうんです？　そんなこと、子供たちは気づいてもいなかったのに、いつだってデイヴが声高に指摘するんです！　サラが乗馬のレッスンを受けられなかったことを、デイヴは悲劇だと思った。なんなの、それ。あの夏、ジュリアードの講習に行けなかったとしても、サラはなにかべつの道を見つけていたはずよ。あれはサラの夢じゃなくて、デイヴの夢だったの。ええ、たしかにあの子は行きたがってた。でも、ジュリアードに固執してたのはデイヴなのよ。

デイヴの両親は貧乏だった。困窮《こんきゅう》してたといってもいいくらい。住んでいるのは二台連結式のトレーラーハウスで、トイレから裏庭にパイプが伸びていたわ。そういう貧乏暮らしから抜けだしたことを、彼はいつも自慢してた。わかるでしょ？　自分は両親よりもうまくやったってわけよ。あの人の名誉のためにいっておけば、彼は子供たちにもそれを望んでた。いつもいってたわ。「おれたちが親としての役目をしっかり果たせば、この子たちはいつの日か、おれたちのことを恥ずかしく思うだろう」って。結局、自分たちの暮らしを恥ずかしく思ってたのは、彼ひとりだったとわかったわけだけど。

ジャック・パーセル（弟）

ぼくがすべてを理解するまでにはだいぶかかった。それから、ようやく気づいたんだ——サラはぼくのビデオのせいで死んだんだってことに。サラと父さんの立てた計画どおりにことが運んでいたら……姉さんはいまも生きていただろう。すべては計画どおりに運んでふたりが罪に問われることはなかったはずだといってるんじゃない。でも、姉さんが命を落とすことはぜったいになかったはずだ。何日かしたら家に帰ってきてただろうし、あんなふうに有名になることもなかったはずだ。なのに、ケイシーがぼくのビデオを見てこの町へやってきたせいで、すべてが変わってしまったんだ。

ぼくだけのせいじゃないのはわかってる。でもさ、父さんと母さんが玄関ホールで泣いてるビデオをぼくが投稿しなくても、結果はおなじだったと思うかい？

ビヴァリー・ギアリー（祖母）
すべてが明らかになったあとで、あたしはあの男の顔に唾《つば》を吐きかけてやりました。どこかでまたすれちがうようなことがあったら、また吐きかけてやりますとも。娘のジャネットがあの男とデートするようになったとき、あたしはいったんです。「あのマヌケはいつかおまえの人生をめちゃくちゃにしますよ」って。

ジャネット・パーセル（母親）
それは嘘です。母はあの人が気に入っていました。サラが死んだ理由がわかったその日までね。ただ、母の名誉のためにいっておけば、デイヴの顔に唾を吐きかけたっていうのはほんとうです。

ビヴァリー・ギアリー（祖母）
あいつは本物の男じゃありません。本物の男ってものは、家族を養うためにこそこそ陰で画策して他人の金をかすめとろうなんてしないものですよ。外に出てしっかり働けばいいんです。会社が倒産したくらい、いいじゃありませんか。立ちあがってつぎはもっと頑張ればいいんです。うちの主人は——関係ない話だけど、ハーブは生まれてから一度しか嘘をついたことがないの——あの人は自分の店でデイヴを使ってやって、チャンスをたくさんあげたんです。でもデイヴはプライドが高くて、受け入れようともしないんだから。

エズラ・フィリップス（ポップカルチャー評論家）　白人男性性というものが非常に脆《もろ》いのは事実だ。ぼくにいわせるなら、デイヴはまさにその悲しき典型だね。

財政的にも、政治的にも、物理的にも、社会的にも、社会の最上位を占めている層はつねに変動している。白人は認めたがらないが、社会変動はゼロサム・ゲームなんだ。ある人口層がなにかを獲得したとすれば、かつて優位にあった層がそれを失っているんだよ。こうしたパワーシフトが起こることは必然だし、賞賛すべきだという点は、誰しも認めざるを得ないだろう。しかし白人男性にしてみれば、その変化の速さは容赦がなく残酷だ。

現代人がいま現在おかれている状況を、ぼくは「大いなる平等化」と呼んでいる。ああ、そうだよ。非主流派グループの大多数にとって、競技場はどんどん平等化してきている。しかし、この状況をべつの視点から捉えることもできる――白人男性は権利をすべて剝奪《はくだつ》されてしまったという見方だ。白人男性は、生まれつき備わっていたはずのアドバンテージをすべて無価値にされてしまった。それどころか、毒にされてしまったといってもいい。こうした男性がどのような反応を示すかは、考えるまでもないだろう。白人男性は挫折に対処してきた経験がもっともすくないグループだ。苦難に対する制度的な弾力性にも欠けている。時代の進化にともなって、人的犠牲が実際に生じることがしばしばある。その結果として生じた白人男性優位性の崩壊は、見るに耐えないものだった。

忍耐……順応性……障害物に打ち勝つ力。これらを意味する包括的な言葉として、〝胆力《グリット》〟という単語が使われるのを、いまだに耳にすることがある。白人男性はいかなる胆力も持っていない。なぜなら、そんなものが必要になることは、これまで一度もなかったからだ。ぼくはなにも、白人男性はだれひとりとして試練に直面したことがないといいたいわけじゃない。肉体労働に従事したり個人的な悲劇に耐えるのに、タフさは必要ないといっているわけでもない。ぼくがいいたいことはただひとつ――白人男性はこれまで偏見を向けられたことのない文字どおり唯一の層であり、それゆえに、彼らの胆力は筋肉が萎縮《いしゅく》しているということだ。

とすると、話はどこに行きつくだろう？　たしかに、デイヴ・パーセルは何度か不運な目に遭った。自分で起ちあげた会社を失った。雇用機会も減った。扶養者、もしくはリーダーとしての地位を剝奪された。それに対して、彼はどのように反応したか？　自分には手の届かないものを手に入れるために、不正を働こうとしたんだ。他人に不利益をもたらすことなく前進する道を探す代わりに、自分には有利なスタートを切る権利があると考えた。ではなぜ自分にはその資格があると思いこんだのか？　それはずっとそう信じて生きてきたからだ。自分の地位が脅かされたとき、デイヴ・パーセルは自分がなにをやっても許されると思ったんだ。

これが白人男性性の脆弱《ぜいじゃく》さだよ。そして、こうした解釈と分析の末に、ぼくたちはひとつの難問に突き当たる——こうした人たち、新たな試練にさらされた現代の白人男性たちは、同情に値するだろうか？

ぼくには、同情の気持ちは湧いてこない。

ジャネット・パーセル（母親）

なぜデイヴがあんなことをしたのかはわかっています。いかにももっともらしい専門用語なんか必要ありません。あの人は自分が負け犬だと感じ、それを受け入れられなかったんです。真実がすべて明らかになったあとで、みんなもすぐに理解しました。あの人たちは、うちの家族を裁く権利があります。そうでしょう？

トミー・オブライエン（ギアリー・ホーム&ガーデンの従業員）
マジでがっかりだよな、こりゃ――真相がわかったときに頭に浮かんだのは、まずそれでしたね。ぼくは必死でサラを探しまわってたわけだし。わかるでしょう？ 自腹を切ってガソリンを入れて、車でそこらじゅうを走りまわって、歩いて森のなかを捜索して、仕事を休んで。なのにぜんぶインチキだったわけじゃないですか。正直な話、傷つきましたよ。デイヴに対する尊敬の念は、すべて吹き飛びましたね。

マイク・スナイダー（地元テレビ局のニュースレポーター）
フレデリックは正直者の町だ。デイヴはそれを逆手に取ったんだよ。あのスキャンダルが起きるまえは、近所の住人を疑うような人は誰もいなかった。いまではすっかり変わったね。ある意味、彼はぼくらから純粋無垢な心を盗んだともいえる。計り知れない損失だと思うな。刑期をまっとうすればどうこうという話じゃない。あの男はこの町の人たちを目覚めさせ、この世には悪が存在するんだということを教えたんだ。それがあの男のレガシーだね。

ミリアム・ローゼン（音楽教師）

サラが死んでいることがわかったときは、数日ほどショックから立ち直れませんでした。真相がすべて明らかになるまでにはしばらくかかったはずです。わかったときには……わたしにはつらすぎました。ジュリアード、ジュリアード、ジュリアード。みなさんはその部分にばかり目を向けます。ジュリアードの夏期レジデンス・プログラムは、サラの名前を冠した奨学金を創設しました。あの夏期講習に申し込んでみたらとサラに勧めたのがわたしだったことは、当時は誰も知りませんでした。主人にさえ話してませんでしたから。わたしはただ涙を流すばかりでした。

ヴェロニカ・ヤン（校長）

わが校の生徒たちは、トラウマのローラーコースターに乗せられたようなものです。まず、サラが失踪しました。つぎに、彼女が亡くなりました。そのあとで、すべてはインチキだったと知らされたんです。しかも、その計画にサラも加担していた？　地域社会にとって、同情を向ける場所を持つことは癒やしのひとつとなります。あの事件で数々の事実が明らかになったおかげで、その場所を見つけることが不可能になってしまいました。生徒たちにしてみれば、騙され、つけこまれたようなものでした。生徒たちの多くは、サラに怒りを感じていたんです。

オリヴィア・ウェストン（友人）

ほんと傷つきました。わたしたちはなにひとつ隠しごとをしたことがなかったんです。なのに彼女は、わたしたちをゲームのポーンに使ったんですから。彼女がわたしにいった最後の言葉——「急いでバックパックを取りに戻らなきゃ」——あれさえも嘘だった。おかげで、わたしたちの友情が生んだ思い出は、すべて汚されてしまいました。だから考えたんです。あの子はほかにどんな嘘をついてたんだろうって。

ネリー・スペンサー（友人）

あたしはサラを許したわ。オリヴィアは理解してくれなかったけど——あの子のうちは、あたしやサラの家に較べるとお金持ちだから。あたしにはサラがなにをしようとしてたかがよくわかる。ある意味じゃ、クールなアイディアよね。たんにコントロールがきかなくなっちゃっただけ。サラがすべて話してくれてたらと思うな。あたしなら手を貸してあげたのに。

オリヴィア・ウェストン（友人）

彼女の肩を揺さぶって、そんなことする必要はないっていってやりたかった！　彼女はかわいくて人気があったし、才能もあって幸せだった……あんなことする必要ないのに。

ネリー・スペンサー（友人）

すぐには気づかなかったんだけど、でもいろんなことを思い出すうちに、パズルのピースがひとつひとつ組み合わさっていったの。サラはお父さんのことでなにかいってた。たしか一年くらいまえだったかな。詳しくは話したくないんだけど、でもあの子がお父さんを恐れてることはわかった。なにかを見てすっかり怯えちゃったらしいんだよね。あたしのお祖父ちゃんは、あたしが十一歳のときに自殺したの。一週間ぐらい森の奥でキャンプすればお祖父ちゃんの自殺を止められるんだったら、あたしもすると思う。

オラフ・レクレール（アイスクリームショップのオーナー）

地元で報賞金ファンドを起ちあげたのはわたしなんだ。自分でも寄付したよ。地元の店はどこも寄付してくれた。ほとんどすべての家族もね。このあたりの住人はたっぷり寄付するほど豊かじゃないが、どこの家もなにがしかのお金をかき集めてくれた。だってそうせずにはいられないだろ？　サラを見つけだす手伝いをしたくないやつなんかいるかい？　ぜんぶで六万ドル集まったよ。ところがわたしたちは、みんなそろってコケにされちまったんだ。

モリー・ロウ（社会学教授）

自分で知っていたかどうかはともかく、デイヴ・パーセルは文化のスイートスポットを突いたんです。たとえばジャーナリストのグウェン・アイフィルは、二〇〇四年に「白人女性失踪シンドローム」という新しい用語をつくりました。これは白人の女性が失踪したときに見られるセンセーショナルな報道や、世間の過剰な注目を指したものです。

新聞の第一面を飾る記事。一週間、二十四時間ぶっとおしのテレビ報道。ソーシャル・メディアのキャンペーン。セレブのコメント。こうした扱いをうけるのは、白人女性の場合だけといって過言ではありません。全人口における比率は、有色人種女性に較べればずっと小さいにもかかわらずです。息つく間もないほどの報道は、フィードバックループを引き起こします——さらなる注目、さらなる要求、さらなる関心、さらなる利益。そのため報道機関は、めったに起こることのないこうした事件を、よりセンセーショナルに報道しようとするのです。

いうまでもありませんが、ここには隠しようもない人種差別主義があります。白人女性は被害者として描かれることが多く、失踪が起こるべくして起こるような環境に身をおいていたとはみなされません。白人女性は、「シングルマザー」「大学中退者」などといった否定的側面を強調されることがすくなく、肯定的な特徴――たとえば「美人コンテストのクイーン」など――とともに説明されることが多いのです。まったくおなじ犯罪の被害にあったとしても、白人女性は高い環境にあったと暗示されることが多く、文明社会から闇社会への転落は、より衝撃的、もしくは悲劇的に語られます。この原理はアメリカの建国神話に刻みこまれているのです――嘘だとお思いなら、映画『捜索者』で白人の娘を探しまわるジョン・ウェインを見ていただければわかるはずです。

サラ・パーセルはこのアーキタイプに完璧に合致しています。幸福でかわいい白人のティーンエイジャーで、白人の住民の多い閑静な地区に住んでおり、生活は比較的恵まれている。サラが失踪したら世間の人たちがどう反応するか、父親のデイヴにははっきりわかっていました。「さあ、捜索隊を組織しろ！」。デイヴは最初の晩に自宅の玄関の前に立ち、完璧な形で撒き餌《まえ》を投げました――幸福に光輝いている娘の写真、援助へのアピール――あとはゆったりすわって、すべて機械がやってくれるのにまかせたんです。ほどなくして、アメリカじゅうの人間がサラの名前を知ることになりました。

ベッカ・サンタンジェロ（サラ・ベアーズの創設者）
サラが誘拐されたんだと思いこんだわたしたちは、その場で彼女に恋をしました。彼女がおなじことが自分や小さな妹たちに起こるかもしれないって思ったからです。彼女が行方不明になっていた数週間、わたしは片時も彼女のことを忘れませんでした。ある晩、わたしはたったひとりで自分のクロゼットに入り、隅っこに縮こまって、一晩じゅうそこにいました。狭苦しくて、暗くて、居心地が悪かったけど、我慢しました。サラもこういう状況におかれてるはずだと思ったからです。誰かが自分とおなじ状況に耐えていると知れば、サラもちょっぴり力が湧いてくるんじゃないかって思ってました。それくらいサラとつながっていたんです。
ところがしばらくして、サラは嘘をついていたんだって知りました。彼女も陰謀に一枚嚙んでたんだって……わたしは信じませんでした。受け入れるにはずいぶん時間がかかりました。わたしからすると、彼女は二度死んだんです——最初はほんとに死んだとき。二度目は、そのあとで真実が明らかになって、わたしたちみんなが知ってたサラが——わたしたちの愛してた正直で完璧なサラが死んだときです。
二度目のときのほうが、痛みはずっと大きかったですね。

ブルース・アレン・フォーリー（陰謀論グループの指導者）

ほらほらほら。すべてはインチキだっていっただろ？　おれはインターネットに跋《ばっ》扈《こ》してる頭のおかしな変人なんかじゃない——信じられないかもしれないが、イェール大学文学部の詩学科を卒業したんだ。その後、特別研究員として一年間ハンガリーで過ごし、その後さらにダートマスのロースクールで学んだ。自分が話してることはちゃんとわかってるよ。細かい点ではおれたちにもよくわからないところがひとつふたつあるが、あの少女が失踪なんてしてないことはわかってた。ほかの少女たちにしたっておなじことさ。あの親父は闇の政府《ディープ・ステート》の命令に従ってただけじゃない。自分でもちょっとばかり儲《もう》けようとたくらんだんだ。要するにそれがアメリカってもんなのさ——テレビで見たことを信じたりせず、財布の口はしっかり握ってとけってことだ。しかもだぜ、あの親父がすべてを〝告白〟したあとでさえ——おれがここで宙にチョンチョンと引用符をつけたことを忘れずに書いといてくれよ——おれはすべてに納得したわけじゃない。まさか。あいつは刑務所のなかでもまだ演技をつづけてるのさ。それどころか、やつらはあいつをずっと刑務所に入れといたりしないね。たまには外に出してやり、そのうち裏口からこっそり釈放してやるはずだ。ああ、あの事件はやつらが見せかけた以上に複雑だよ。あれは田舎町でたまたま起こったイカサマ事件なんかじゃない。もっとずっと高いレベルの陰謀なんだ。

ブランドン・グラスリー（近所に住むクラスメート）

デイヴとサラの詐欺は、ぼくら親子の人生を破滅に追いこんだ。ぼくがデイヴと、サラっていったことに注意してくれよ。多くの人たちはあれをデイヴのアイディアだっていってるだろ？　サラのことは不問に付してる。でもそうじゃない。サラはそもそもの最初から一枚嚙んでたんだ。ぼくはそのことをぜったいに許さない。

真実を知らされたとき、ぼくは怒り狂った。そりゃ当然じゃないか。あのふたりがやったことは……ぼくにとっては他人事なんかじゃなかったんだからね。いま振り返ってみると、たんに悲しいだけだ。あんなひどいことは起こる必要がなかった。父さんは傷ついたりせずにすんだだろう。サラだって生きてたはずだ。あの親子がぼくらに仕掛けた詐欺は――サラが失踪して危険な目にあってるって話は――間違いなく事実だとしか思えなかった。ぼくにはとくに。サラはうちのすぐ近くに住んでた。ぼくらはいっしょに育ったんだ。ぼくは彼女を見つけようと必死だった。できるかぎり力になりたかった。サラ・ベアーズ・グループにも参加して、毎日メッセージをアップしてた。ぼくらはみんなそれぞれ違うスキルを持ってたから、チームを組んで力を合わせれば、彼女がどこにいるのか突きとめられると思ってた。だけど、事実はぼくが思ってたよりもずっと複雑だった。だから最後にあんな悲劇が起こってしまったんだ。

オリヴィア・ウェストン（友人）

わたしは自分たちがグラスリーさんにしたことや、そこで自分が演じた役割を申し訳なく思ってました。それに、自分たちがいつもブランドンにとっていた態度のこともときどき考えます……わたしたちはもっとやさしく接するべきだったんです。

トラヴィス・ヘインズ（バス運転手）

デイヴ・パーセルなんぞクソくらえさ。あいつの浅はかな計画もな。あんな事件に巻きこまれたうえにさんざん攻撃されるなんて、いったいおれがなにをした？ この国に立派に奉仕し、高校に通うあいつの娘を毎日安全に送り迎えしただけなのに、ひっきりなしに罵詈雑言《ばりぞうごん》を浴びせかけられたんだぜ。あいつのせいでおれは年端《としは》もいかないガキにイタズラする変態だと思われたんだ！ ったく、あの冷淡なアバズレめが……あいつがいまどこにいるか見てみろってんだ。

フェリックス・カルデロン（刑事）

警察がサラの死体を発見したあとで、デイヴはあらいざらい告白した。もう嘘もつかなけりゃ、あいまいに話を濁すこともなく、なにもかも吐きだしたよ。まずなにを感じたかって？ ただ悲しかっただけだな。まったく無意味で、すべてが無駄だった。

幸運な人間は、一生暴力とは無縁な生活を送ることができる。あの家族はそういう生活を送ってた。なのに、自分たちは違うというふりをして、最終的にはあんなことになっちまった。彼らは見せかけの暴力をもてあそぼうとした。そして、それが本物の暴力になることがあると学んだ。彼らに対しては、悲しみしか感じなかったね。あれは冷徹な戒めになった——人間にはどんなことができるだろうかといくら想像しても、現実はいつだってそれを凌《しの》いでるんだ。

ケイシー・ホーソーン（プロデューサー）

結局、デイヴはイカサマ師だったってことよね。しかも彼は、あたしを騙してた。たしかに悲劇ではあったけど、個人的なレベルの話をさせてもらえるなら、あんなふうに操られたことで心の底から動揺したわ。いいようにカモにされて、あたしは変わった。人間としても、仕事のやり方も。

人間的な優しさなんて、たんなる言葉にすぎない。自分はつねにすべてを知ってるわけじゃないっていう戒めになったわ。

フェリックス・カルデロン（刑事）

悲しみが過ぎ去ると、こんどは屈辱感と怒りが湧きあがってきた。デイヴはそもそもの最初からおれを騙してた。こっちはあの家族の力になろうとしただけなのに、ずっとコケにしてたんだ。

もちろん、やつがケイシーに対してやったみたいに、文字どおり目と鼻の先でやったわけじゃない。ケイシーのほうが先に気づくべきだったんだ。

ケイシー・ホーソーン（プロデューサー）

ちょっと待ってよ、それっていったいどなたの言葉？……あらびっくり……本物の刑事さんの？

いっとくけど、デイヴはあたしの捜査対象だったわけじゃない。捜査してたのはフエリックスでしょ。あたしはただ撮影してただけ。デイヴはあたしたちにどう見られるかを計算して行動してたわけだし。

フェリックス・カルデロン（刑事）

デイヴは自分でもいってたよ。ケイシーさえ現われなければ、サラは数日後には家に戻ってたはずだって。

ケイシー・ホーソーン（プロデューサー）
あのイカれた事件には、いい人間と悪い人間が入り乱れてた。そのいい人間たちのなかで、あの犯罪を止められたのは？　止めるべきだったのは？　リストのトップに名前が挙がってるのはフェリックスよ。彼がその役目を果たせなかったのは残念至極よね。彼がもう刑事じゃないことに感謝しなくちゃ。おかげで町はずっと安全になったと思うわ。

フェリックス・カルデロン（刑事）
その後、少女の死をあつかったコンテンツがブームになって、ケイシーはその立役者になった。いまやケイシーのキャリアは、そうした悲劇を探してきてエンターテインメントに仕立てることに捧げられてる。トラウマを金に変えてるのさ。彼女みたいな人間がいるから、デイヴのような人間が「お巡りさんと泥棒ごっこを演じることで金持ちになれる」と考えてしまうんだ。クソッ、じつはデイヴが犯人だと気づいたのにケイシーが口を閉ざしてたんだったとしても、おれは驚かないね。そうすりゃ視聴率が上がるわけだろ？
いまでもそれをちょっと疑ってるよ。

ケイシー・ホーソーン（プロデューサー）

あの男、そんなことといったの？　あたしが？　デイヴとぐるだった？　マジな話、あんなやつクソくらえよ。

デイヴ・パーセル（父親）

悪いのはただひとり、このわたしだ。責任転嫁するつもりはない。マニーはたんに種をまいただけだ。サラはわたしのために協力してくれたにすぎない。ジャネットが真実に気づいたときは、止めるには遅すぎた。ケイシーはなにも気づいちゃいなかった。計画を立てたのも、実行の指揮をとったのもわたしだし、その結果起こったことの全責任もわたしにある。

しかし、計画の目的はただひとつだった——あんな結果になるなんて、思ってもいなかったんだ。ジャックのビデオはまったく想定外だった。ケイシーが乗りこんできて番組を制作し、自分たちにスポットライトが当たるなんて、予想もつかなかった。ただ、番組の制作が実際にはじまったときには、計画を新しいバージョンに移行するのはじゅうぶん可能に思えた。警察の事情聴取から解放されたときは、あとは楽勝だと思ったくらいだ。

すくなくとも、そう願ってた。しかし現実はぜんぜん違っていた。どこに目を向けても、状況はわたしの手に負えなくなっていた。あのあとの二週間は悪夢だったよ。こんなことをいわずにすめばよかったと思う――わたしは彼らが死ぬことになるなんて、思ってもいなかったんだ。

第11章　そこらじゅうに火の手が

デイヴ・パーセル（父親）

わたしには対処すべき問題がたくさんあった。あたりを見まわすたびに、新しい危機が目に入ってくるんだ。

いちばん不安だったのはジャネットだ。彼女はボロボロになりかけていた。ああ、もちろんわかっていたよ——サラのことが心配でたまらないうえに、こんどはテレビ撮影のプレッシャーまでのしかかってきたんだからな。とんでもない重荷さ。夜も寝ないで、しょっちゅう窓から外をのぞいていた。で、昼のあいだはずっと寝てるんだ。爪《つめ》を噛んでばかりいるもんだから、服のあちこちに小さな血の染みがついていた。ときどき何時間も姿を消してしまうこともあった。撮影スタッフがついてくることは拒否した。なにをしてるんだと何度も訊いたよ。するといつも、「息をつく時間が必要なの」という。わたしは心配だった。

でも、それって変じゃないか？　ジャネットはこれまで長いこと金の心配をしていた。それがいまや高額の出演料がどんどん入ってきてるんだ。彼女はたんに、いつも不安をかかえていないと落ち着かないってことなのかもしれない。いいときも悪いときもね。

ジャック・パーセル（弟）　母さんはすっかり人が変わってた。いつもビクビクしてて、ぼくをガミガミ叱りつけてくるんだ。まえはいつも夕食をつくってくれてたのに、くる日もくる日も冷凍ピザばっかりだったしね。しかも、サラがいなくなってからってもの、自分じゃぜんぜん食べてなかった。

デイヴ・パーセル（父親）　ジャネットがどこに行っているのか、わたしは不審に思うようになった。信用してなかったわけじゃない。たんに、彼女が誤って計画をめちゃくちゃにしてしまうんじゃないかと心配だったんだ。

そこである日、車で家を出た彼女をトラックで尾行してみた。ケイシーと撮影スタッフには、ぜったいついてくるなと言い渡しておいた。尾行は楽じゃなかったが、車間距離を大きくとり、見られないように気をつけた。と同時に、自分が尾行されていないかにも気を配らなきゃならなかった。ジャネットは町の反対側まで車を運転していき、ひどく荒廃した共同住宅に着くと、駐車場に車を駐め、建物の一室に入っていった。この時点で、ちょっと不安になった。こんなところでなにをしているのか、まったくわからなかったからだ。

ジャネットを追って階段をのぼっていき、ドアの前に立った。心臓がドキドキしていたよ。ドアをノックすると、なかにいる人間が動きを止めたのがわかった。わたしは待った。しかしなにも起こらない。そこで一歩後ろに下がると、ドアめがけて肩から突進したんだ。

わたしはぶざまに手足を伸ばし、部屋の床に倒れこんだ。見上げると、そこには妻とトラヴィス・ヘインズが立っていた――あのいまいましいバス運転手だ！　きみがなにを考えてるかはわかるが、ありがたいことにファックの真っ最中とかってわけじゃなかった。しかしそれでも、おかしな状況なのは変わりなかったがね。

トラヴィス・ヘインズ（バス運転手）

あの一家ときたらさ。あいつらみんな、おれのことが頭にこびりついて離れないんじゃないかと思ったね。

デイヴ・パーセル（父親）
トラヴィスは酒瓶をつかむと、そいつを振りまわしながらわたしに向かってわめきはじめた。ジャネットがわたしの前にさっと立ちふさがり、あの男をなだめた。いったいなにが起こってるのか、さっぱりわからなかった。ジャネットは大丈夫だからといってわたしをアパートメントの外へ押しだした。トラヴィスのわめき声を浴びながら廊下を進み、下に降りた。わたしはジャネットを助手席に放りこみ、トラックを急発進させた。数分後、トラックを停めて彼女に目を向けた。彼女は泣きはじめ、なぜあそこにいたのかを説明した。
オキシーさ。妻はオキシコドンを常用してたんだ。そこまで彼女を追いつめたのは、ほかでもないこのわたしだった。
そのとき気づいたんだよ。彼女にすべて打ち明けるべきだと。

ジャネット・パーセル（母親）
十六日間ですよ。十六日間ものあいだ、あの男はわたしに、娘は失踪したと思わせていたんです。
しかも、それをわたしに話すつもりさえなかった。でも、わたしの様子がおかしいんで、尾行して行き先を確かめ、抗鬱剤をミントキャンディーみたいにバンバン飲んでるのを突きとめたんです。あらほんと、ごめんなさいね！　だって、わたしはそれまでずっと、サラは地下牢《ろう》かなんかでセックスの奴隷《どれい》になっているとか、死体になってどこかの排水溝に転がってるとかいった記事を読まされていたんですよ。ええ、そう、わたしはすっかり怯えきってたんです。

するとデイヴが、サラは元気だっていうじゃないですか。「サラは元気だ。今回の件はぜんぶデッチあげの芝居なんだよ。わたしと彼女で仕組んだね……安心していい、サラは元気だ」

わたしには理解できませんでした。デイヴは何度も何度も説明しました。それでようやくわたしは泣くのをやめ、すすりあげるだけになったんです。彼の目を見つめ、ほんとのことをいってるんだとわかりました――サラは生きている……誘拐なんかされていないんだって。その瞬間、わたしをがっちりつかんでいた不安と不快感が消えましたんです。わたしはデイヴをハグし、ぎゅっと抱きしめました。彼の腕のなかに飛びこんだんです。それからの三十秒ほどは、純粋な安堵《あんど》と喜びと感謝に包まれてました。でも、それから怒りが襲ってきたんです。わたしは金切り声をあげ、拳《こぶし》で彼を叩きはじめました。デイヴはそれをすべてうけとめ、わたしが疲れてしまうのを待ちました。わたしは叩くのをやめると、座席にもたれかかり、息をはずませながら泣きつづけました。鼻水と涙と幸福感がぜんぶまじりあってました。わたしたちはトラックの座席にすわったまま、どちらも息を整えました。それから彼は、こんなにも長いこと秘密にしていて悪かったと謝ったんです。

デイヴ・パーセル（父親）

ジャネットに打ち明けたおかげで気が楽になった。あの計画を練っているあいだじゅう、そこがいちばんむずかしいのはわかっていたんだ——誘拐が事実であるかのように思わせて、ジャネットを騙しつづけることがね。当然、計画を練っている段階でジャネットを引きこむことはできなかった。彼女があんな計画を許すはずないからだ。実際に打ち明けたときも、彼女が不快に思うのはわかっていたよ。しかし、いったん打ち明けてしまえば、彼女の前では緊張を解くことができる。それにわたしは、彼女を救うことにもなると思ったんだ……あのときのジャネットは、身も心も深い闇に沈んでいたからね。

ジャネット・パーセル（母親）

わたしはあの子に会わせてと要求しました。でも、デイヴにそのつもりはありませんでした。危険すぎるって考えたんです——そんなことをしたら、サラを不安がらせてしまうし、わたしたちがふたりで半日も姿を消すのはむずかしいって。わかったわ、だったら会いに行くのはあきらめる。その代わり、あの子をうちに戻して！　わたしは警察に話すと脅しました。でも彼は、落ち着けって説明しつづけるんです――怒るどころか喜んでくれたっていいはずだぞ。状況はこれ以上望めないほどいいんだ。サラは元気だし、金はどんどん入ってきてる。しかも誰も気づいてない。おまえも協力してくれとデイヴはいいました。ここでヘマをしたら、サラが困ったことになる。自分は刑務所行きだ。しかし、計画どおりにやればだいじょうぶ。あの人のいっていることには一理ありました。でも、耳を貸したりすべきじゃなかったんです。

いいですか、これだけはわかってください――デイヴはなにも危険はないって請け合ったんです。サラはぜったい安全だって。この世でいちばん安全な場所にいるし、あの子がどこにいるかは、ほかの人間には知りようがないって。「あと二週間だけだ」と彼はいいました。それから、計画が終わったあとの生活を描きだしました。ストレスや激しい不安はすべてなくなる。サラはジュリアードに行く。ジャックはショッピングモールの歯医者なんかじゃなく、腕のいい矯正歯科医にブレースをしてもらう。おれたちふたりは本物の休暇旅行に行く！　わたしはそれが可能だと信じたかった。いまになってみれば、その結果どんなことになろうとも、あのときすぐにサラを救いだしに行くべきだったんです。でもわたしは、デイヴを信じてしまいました。

満を訴えだしたんだ。

デイヴ・パーセル（父親）

ジャネットは説得できた。しかしまだ、もっとややこしい問題があった。サラが不満を訴えだしたんだ。

そもそもの計画では、わたしはボーイスカウトのキャンプ場へ彼女に会いに行ったりはしないことになっていた。しかし、ケイシーと契約を交わしたことで、どうしても行く必要が出てきた。当初の予定では、サラはマニーのトラックでキャンプ場に送ってもらい、三日後にまた彼に拾ってもらうことになっていたから、あの子に計画変更を伝える必要があったんだ。しかも、追加の物資を届ける必要もあったし、あの子に信じてもらうのはむずかしいにしても、うちの家族を描いたリアリティ番組の撮影がはじまったと説明する必要もあった。ほんと、あの子はすっかり興奮してたよ。いやいや、〝興奮〟っていうのはちょっと違うな。要は信じられなかったってことだ。わたしやジャネットやジャックがテレビに出ると聞いて、すごくびっくりしていた。すべてはジャックが自分の動画をネットにアップしたことからはじまったことも話した。サラが最後に見たとき、ジャックは鼻からシリアルを食べてたんだからな！

しばらくして、サラはわたしの説明を遮り、真剣な表情を浮かべると、ジャックはどうしているかと訊いた。サラには最初からわかっていた。あの計画を成功させるには、ほんの数日間にしろ、彼女が失踪したことをジャックに信じこませる必要があるとね。サラはそれをすごく嫌がっていた。しかも、ジャックを騙している期間がどんどん延びていることで、心の負担が大きくなってきていたんだ。わたしはすこしでも気を楽にしてやろうと、ジャックはしっかり耐えていると話した。サラが家に帰りたくなってしまうようなことは、ぜったい口にできなかった。

ティンバー・リッジでの生活環境は悪くなかった。冬のあいだ、キャビンはすべて閉鎖されている。しかし、かなてこを使えばドアを開けるのは簡単だった。なかにはベッドフレームがおいてあったから、エア式のキャンピングマットレスと寝袋を用意すればよかった。トイレはついていなかったが、屋外便所があった。当然、水が大量に必要だったが、あの子が自分で運ばなきゃならなかったわけじゃない。計画を実行に移す一週間前、わたしたちのすることに世間の人たちがまだなんの興味も持っていなかったときに、ふたりでいっしょにトラックで運び、キャビンにたっぷり用意しておいたんだ。本、雑誌、クロスワードパズル。わたしが軍放出品の店で買った携帯口糧もいくつかあった。封を開けて中身を温める練習をふたりでしたよ。サラはホウレンソウのフェットチーネがいちばん好きだった。わたしも一口食べてきたが――なかなか悪くなかったね。もちろんリッツホテルに泊まるようなわけにはいかないさ。しかし、数日間なら問題はないはずだった。

最初に様子を見に行ったとき、わたしはもう一週間我慢してくれと頼んだ。しかし約束の一週間はすぐに過ぎてしまった。ケイシーは最低第十エピソードまでは放送したいといっていたし、場合によってはもっと延ばしたいとも話していた。一エピソード放送されるたびに、わたしたちのポケットには五万ドル入ってくる。わたしはサラに、もうすこしだけ辛抱してくれと伝える必要があった。それに、あの子に携帯電話を持っていきたかった。そうすれば、もっと簡単に連絡がとれるようになるからだ。

二度目にあそこへ行ったときには、長い孤独なキャンプ生活のせいで、あの子は気が変になりかけていた。『アンナ・カレーニナ』ってタイトルの千ページもあるロシアの小説も読み終わっていた。食料も底をつきつつあった。ホウレンソウのフェットチーネなんて、もう見るのもいやになっていた。わたしは食料を新たに調達し、ちょっとした贅沢品も用意した。高級な枕とか、お湯を沸かすためのホットポットとかね。忘れないでほしいんだが、引きあげるときにはそうしたものをすべて回収する必要があった。あそこから帰るとき、わたしは毎回ゴミ袋をいくつも山の下まで引きずっていったよ。あの子はヴァイオリンを持ってきてほしいといった。練習をしなくなって何週間も経っていたから、腕が錆《さ》びついてしまうんじゃないかと心配だったんだ。しかし、その危険は冒せないと答えるしかなかった。家にヴァイオリンがないことに誰かが気づいたら、大変なことになるからな。あの子はいまにも泣きそうだった。

しかも、さらにべつの問題が起こった。もちろん、あとになるまで詳しい事情はわからなかったんだが、サラはいつ終わるとも知れない孤独な時間を過ごしているあいだに、今回の嘘がとてつもなく大きく膨れあがっていることを知ったんだ。問題のリアリティ番組はバカバカしいおふざけ番組なんかじゃなく、いまや何百万もの国民が彼女の失踪を本気にしてるってことをね。自分の不正行為が巨大化したことが、あの子の心を蝕《むしば》みはじめていた。あの子はそれまで、これはお父さんのためだと自分に言い聞かせていた……しかしたぶん、それを信じるのがむずかしくなってきていたんだろう。

ああ、要するにあの子はもう限界にきてたんだ。これ以上は計画をつづけたくなかった。あの子は……家に帰ってもいいかと訊いた。わたしはノーと答えるしかなかった。

もうすこしだけ辛抱してくれとわたしはいった。計画はすべてうまくいっているんだからとね。それに、正直にいうと、わたしはあの計画をどうやって終わらせればいいかわからなくなっていた。サラが見つかったときに、ケイシーや撮影スタッフがそばにいるなんて状況は、まったく考えていなかったわけだからな。いまや状況はずっと複雑になっていた。

サラは黙ってわたしを見つめた。それからこういった。「パパ、ジュリアードに必要なお金はもう手に入ったんじゃない?」

もちろん、そのとおりだった。しかし、そのまま金を稼ぐのはすごく簡単だった。わたしはあの子に、父さんを信じろといった。そして、あそこでの生活をつづけさせたんだ。

ジャック・パーセル(弟)

サラと父さんの関係は特別だった。父さんはぼくよりも姉さんのほうが好きだったんだと思う。姉さんにはすごく才能があったからね。ぼくにはこれといった才能がなにもなかった。父さんはぼくに野球の才能があればと期待してて、リトルリーグにも入らされたよ。だけどぼくは、ライトの守備がせいぜいだった。父さんがそれを恥ずかしがってるのは、子供の目にも明らかだった。

サラのほうも、母さんより父さんのほうが好きだったと思う、ふたりを較べれば、父さんのほうが頭がよかったからね。サラはほんとに頭がよくて、ときどき母さんにイライラさせられてた。サラがあのバカげた計画をやりたがってたとは思えない。父さんにノーというのは簡単じゃないけど、姉さんならいえたはずだ。ぼくには無理さ。父さんだけど、サラならきっといえた。あのときにかぎって姉さんがなぜそんなに怖がったのか、ぼくにはわからない。

デイヴ・パーセル（父親）
ジャネットとサラには話をつけることができた。しかしまだ、ケイシーに対しては演技をつづける必要があった。あの番組はわたしを怪物のように描いたが、それで視聴率が跳ねあがったから、こちらとしても異存はなかった。わたしたち家族は〈ピープル〉誌の表紙にまでなったんだからね。しかし、最終的には視聴者の共感を取り戻す必要があるのもわかっていた。サラが家に戻ってきたら、いろいろ質問を受けるだろうし、詮索《せんさく》もされるだろう。視聴者にはわたしたち家族に好意を持ってもらいたかった。不審をいだかれたりするんじゃなくね。
わたしは第四エピソードで、サラに代わってジュリアードに願書を出すという芝居を打った。サラはかならず帰ってきてまた自分の人生を歩みつづける——そう信じていることをアピールしたんだ。わたしはジャネットとジャックを従えて郵便局へ行き、願書を投函《とうかん》した。もちろん、ケイシーの撮影スタッフも引き連れてね。祈りの言葉を短く唱え、ポストに投函した。あれはちょっと感動的な場面だったと思うね。

ベッカ・サンタンジェロ（サラ・ベアーズの創設者）
わたしたちはみんな、わざとらしいことやっちゃって、と思いました。あの男は自分に向けられた疑いの目をそらそうと必死でした。カメラを意識してやってるのが見え見えだったし。ああいう番組は、出演者が視聴者を意識してなにかをしてると、すぐにわかるんです。

デイヴ・パーセル（父親）

ジャネットがわたしに調子を合わせてくれるようになったのはありがたかった。サラは無事だと知って以来、すっかり正気を取り戻し、オキシコドンを飲むこともなくなっていたし、おかしな挙動もしなくなっていた。わたしはジャネットに、サラが戻ってくるまえにわたしの好感度を取り戻す必要があると説明した。わたしの印象がよくなるように、ジャネットは最大限の努力をしてくれた。カメラの前で、こんなに強いパートナーを持ててお互いに幸せだったと感謝し合ったりしてね。

ジャネット・パーセル（母親）

わたしはほんの数日だけのことだと思っていたんです。なんていうかその――〝演技〟をするのはね。それがぜったいに必要だって、デイヴがいったんです。でも、あの演技のせいで、いまじゃ誰も口をきいてくれません。わたしは友人をすべて失ってしまったんです。

ケイシー・ホーソーン（プロデューサー）

デイヴとあたしはぴったり呼吸が合うようになってた。彼はプロデューサー的な視点からものを見るようになってて、画面に映ったときの効果を考えて演じてくれたわ。いまのやりとりはよくなかったとか、いまのカットはイマイチだったってときは、もう一度やろうかっていってくれるし。要するに、NGが出たら撮り直ししってこと。家でテレビを見てる人たちはリアリティ番組に有機的《オーガニック》なものを求めるけど、それじゃソーセージはつくれないってことよ。

エズラ・フィリップス（ポップカルチャー評論家）

正直にいえば……ケイシーの番組で描かれているものはすべて疑ってかかるべきだ。真実とエンターテインメントは水と油だからね。いったん収益を考えはじめたら、誰もがカーニバルの客引きになってしまう。ニュース専門のテレビ局でさえ、このゲームからは逃れられない。市場は非情の世界であり、順応力のもっとも高い者しか生き残れない。いちばん面白いストーリーを提供した者が勝つ。真実などなんの役にも立たないんだ。

アレクシス・リー（アソシエイト・プロデューサー）

ケイシーの技術や手管には、もううんざりだったんです。彼女はサラの両親を、クリエイティブなパートナー同士として描こうとしてました。でも、わたしたちは悲劇に密着取材するはずだったのでは？　わたしは思っていたんです。あの番組の覗き趣味は、もっと意義のあることを達成するためのトロイの木馬なんだと。もしかしたら自分たちは、視聴者に人間らしさとはなにかを提示し、もっと心優しい人間になるようにうながすことができるんじゃないかと。でも、ケイシーは〈セレブに抱かれて〉のときとおんなじことをはじめました。わたしにはデイヴとジャネットが演技をしてるようにしか見えなかった。実際、あとから考えるとそのとおりだったんです。

ケイシー・ホーソーン（プロデューサー）

アレクシスはハリウッドによくいるタイプの見本みたいなもんね――なにかに対する批判はいくらでも持ち合わせてるけど、なんにも成し遂げられないタイプ。問題点をあれこれ指摘してると、自分は頭がいいんだって気になれるんでしょ。でも、自分がリーダーになる度胸はない。自分が責任を負うこともできなければ、問題を実際に解決することもできない。フレデリックにいたときの彼女の態度は、ずっと最悪だった。聖人ぶった決まり文句をいわせてもらえれば――基本的に、サラはアレクシスのとった行動が原因で殺されたようなものよ。

アレクシス・リー（アソシエイト・プロデューサー）

ほんとにそんなことをいったんですか？　事件があれほどの悲劇でなかったら、思わず笑ってたところです。

デイヴ・パーセル（父親）

わたしは自分をよく撮ってもらおうと必死に努力し、名誉回復に励んでいたが、これはという決め手は考えつけずにいた。そこに現われたのが、子供の誘拐事件はぜんぶインチキだって主張している例の変人さ。あいつがわたしの代わりに、すべてやってくれたんだ。

ブルース・アレン・フォーリー（陰謀論グループの指導者）

おれたちはパーセル一家の自宅前でデモをやった。でっかいプラカード、おれの手にはハンドマイク、〈アンファウンデッド〉のメンバーがフレデリックに十人以上集結した。ニュース番組の連中はそれに飛びついた。おれたちはただ、真実を広めようとしただけだ。サラ・パーセルは失踪なんかしていない……こいつはすべて嘘っぱちなんだとね。

マイク・スナイダー（地元テレビ局のニュースレポーター）

やつらの映像を放送したら、向こうを喜ばせることになるのはわかってた。だけどニュースはニュースだからね。ただし、きちんとした文脈のなかで使うのは忘れなかったよ。悲嘆に暮れている家族が、陰謀論者のグループから迷惑行為を受けていると伝えたんだ。残念なことに、否定的な文脈で紹介したのに、やつらの人気を高めることにしかならなかった。

ドミトリー・ルッソ（巡査）

彼らが公有地で活動してるかぎり、こちらにはなにもできないんです。プラカードを取り締まることもできない。軽蔑すべきやつらではあるんですが、彼らには彼らの権利があるんですよ。

デイヴ・パーセル（父親）

ああいうやつらがずうずうしくもうちに押し寄せてくるなんて信じられなかった。しかし、いいかね、誤解しないでくれ、サラは誘拐なんかされてないといわれて動揺したわけじゃない。その点だけに関しては、やつらの主張もたしかに正しかった。だが、ほんとうに子供を探している家族もいる。やつらがそういった家族にしたことは？　野蛮な残虐行為だよ。わたしはやつらを野放しにしとくわけにはいかなかった。そこでソフトボールのバットを持って外に出たんだ。ケイシーとゼインがすぐ後ろで撮影をしてた。

あたりには激しい罵声《ばせい》が飛び交っていた。わたしは「サラ・パーセルなんて存在しない」と書かれたやつのプラカードを奪い取り、地面に叩きつけた。やつはそれを奪い返そうとして、わたしといっしょにうちの敷地に倒れこみ、ちょっとばかり転げまわった。そこへ警官たちが割って入ったんだ。地元の警官はみんなわたしの味方だった。彼らはパトロールカーにやつを放りこんだ。こうしてわたしは、〝自宅の芝生で頭のおかしなやつらと戦ったパパ〟として有名になった。これがイメージアップにつながったんだ。

ドミトリー・ルッソ（巡査）

パーセル家の敷地でフォーリーが暴力行為に及んだところで、ようやく逮捕理由ができたんです。ぼくたちはあの男を家宅侵入罪で拘留するつもりでした。ところが、どっかずっと上のほうから指示が入って、釈放ってことになったんです。どういうことなのか、さっぱりわかりませんでしたよ。

ブルース・アレン・フォーリー（陰謀論グループの指導者）

おれには高い地位についてる友だちが何人もいる。たとえば、地方検事のクリスティーン・ベルもそのひとりだ。おれたちはあの一件の前日に会ってた。彼女は次期選挙で苦戦が予想されてて、草の根の寄付者リストを支えてくれるものを探してた。それだけじゃない。彼女はもっと大きな政治的野心もいだいてた。おれは彼女に、うちのグループにはすごく気前がよくて忠実な大口献金者が何人もいると請け合った。あの女はおれの窮地を救ってくれた。その見返りに、おれが選挙戦に勝たせてやったんだ。

クリスティーン・ベル（地方検事）

わたしは非常に幅の広い献金者リストを持っていることを誇りに思ってるわ。政治献金を受け入れることは、献金者それぞれの信条を是認することを意味するわけじゃない。ブルース・アレン・フォーリーと公式に会った記憶はないし、〈アンファウンデッド〉というグループに関与したこともない。

フェリックス・カルデロン（刑事）

ベルがフォーリーを釈放したときには、マジで頭にきたね。でもあの時点では、おれはまだあいつのことを取るに足らないチンケなやつだと思ってたんだ。だからあのふたりに本気でケンカを挑む気はなかった。

デイヴ・パーセル（父親）

ジャネット。サラ。ケイシー、フォーリーのクソ野郎。そこらじゅうに火の手が上がっていた。わたしは煙の匂いを嗅ぎつければ急いで駆けつけ、夜中にこそこそ様子を見てまわり、どれもなんとか解決した。しかしそこで、大きな問題が勃発した——マニーが電話してきたんだ。そもそも最初に計画を思いついた男が、いきなり金を要求してきたんだよ。

わたしは夜中にこっそり家を抜けだし、ガソリンスタンドの修理作業用ガレージであいつに会った。電話がかかってきた瞬間から、わたしはすっかり動顛していた。最初に計画を立てたときには、ぜったいに顔を合わさないことで合意していたんだ。なのにあいつは、すでに一度、トラックのタイヤをパンクさせてわたしを足止めにしていた。マニーはサラを発見する役を演じることになっているわけだから、わたしとしては、彼とはたまに町で顔を合わせる程度の関係にすぎず、親しい友人ではないと思わせる必要があった。なのにいまや、誰かが携帯の通話記録を調べたら、この通話の理由を説明しなくてはならない。わたしはカッとなった。

しかし向こうも腹を立てていた。覚えていると思うが、最初の計画では、サラが失踪してるのは三日か四日のはずだった。しかし事情が変わった。マニーはケイシーの番組や雑誌の表紙を見て、わたしがうまくやっていることを把握してた。その間マニーのほうは、警察から厄介な質問をされて答えに詰まったりと、ずっとやきもきしどおしだった。あいつが運転していたサラの車を、誰かが見かけていたんだ。マニーはわたしたちが金持ちになったと思っていて、自分も分け前にあずかろうとした。その金を持って夜逃げしようとしたのか？　わたしにはまったくわからない。しかもあいつは、そもそもアイディアを思いついたのは自分なんだから、その功績を認めろといいだした。わたしがいきなり大当たりを当てたのは彼のおかげなんだから、〝それなりの謝礼〟として、総テレビ出演料の十パーセントがほしいというのさ。

事前に同意した額は喜んで払うとわたしはいった……報賞金ファンドの半額はね。それだってじゅうぶんすぎるくらいだった……サラをどうやって家に連れ帰るかはまだ考えていなかったが、もうマニーの手を借りる必要はなくなっていた。

マニーはわたしの言い分に耳を貸そうとしなかった。いますぐ金を手にしたがった。この陰謀に――詐欺行為に――手を貸したことで、自分も危険を冒してるんだといった。「おいおい、ちょっと待ってくれ！」と思ったよ。マニーが詐欺行為って言葉を使うのを聞いたのは、あのときが最初だ。あのアイディアを持ちだしたとき、あいつは「こいつはちょっとしたイカサマでしかないし、誰かが傷つくわけでもない」って顔をしてた。しかしそれがいきなり、「まさにそのとおり、おれたちはマジでヤバい犯罪的陰謀にどっぷりつかってるんだ。もし口を閉ざしててほしいんなら、ちょいと金をいただかないとな」といいだしたわけだ。平たくいえば、脅迫してきたんだよ。

わたしはすっかり頭にきて、はっきり言い渡してやった。口を閉ざしててほしいならとかいった話はもう持ちださないほうがいいぞとね。わたしの人生も、わたしの家族の安全も、マニーが口を閉ざしてるかどうかにかかっていた。交渉の余地はなかった。マニーはなにがなんでもいますぐ金を払えと要求してきた。状況は緊迫していた。あいつはわたしの空間に足を踏み入れてきた。主導権を握ってるのはおれだ、おまえはなにをいわれても従うしかないんだ、ってわけさ。ある意味で、たしかにそのとおりだった。しかしわたしは、それでも主導権はまだこっちにあるんだといってやった。あいつはわたしの胸を指で突き、バッグに現金を詰めてあした持ってこいと要求した。わたしは押し返した。あいつは反撃してきた。わたしはパンチをくりだした。あいつがレンチを手にとり、こっちの顔めがけて振り下ろしてきたんで、わたしはそれを避けようとしてタックルした。わたしたちはなにかに激しくぶつかった。ふたりして床に倒れこんだとき、あいつは動いていなかった。こりゃただごとじゃないぞとすぐにわかった。あいつの頭の下には大きな血だまりができつつあったし、身体からはぞっとするようなうめき声が響いてた。わたしは目を上げて、あいつが後頭部をスチール製の道具箱の角にぶつけたことを見てとった。わたしがそこにまともに叩きつけてしまったんだ。

わたしは彼を起こそうとした。なんとか蘇生させようとした。身体を揺すり、大声で名前を呼び、基本的な心肺蘇生法を試みた。しかしもう……手遅れだった。あいつの頭からは血がどんどんあふれつづけた。わたしにはどうしていいかわからなかった。まだ生きている可能性がすこしでもあったなら、間違いなく助けを呼んでいただろう。しかし、助けを呼んでも意味がないのは明らかだった。わたしは自分のトラックに駆け戻ってその場をあとにした。修理作業用ガレージの床に横たわったやつをそのままにして。

わたしたちは口論をしていただけだ。手を出したりする必要はなかった。それに、手は出してしまったとはいえ……あれは事故だった。殺人じゃない。あとになって、世間の人たちはそういったがね。彼らはわたしがマニーを殺したという。そうじゃない。あれは事故だった。バカげた事故だったんだ。誓うよ、嘘じゃない。その後に起こったこともそうだ……サラのことも、なにもかも、ほんとうになにもかも……ぜんぶたんなる事故だったんだ。

フェリックス・カルデロン（刑事）

おれが現場に行ったのはつぎの日の朝だった。べつの修理工が死体を発見して警察に通報してきたんだ。かなり凄惨《せいさん》だったよ……まさかフレデリックであんなもんを見るとはね。

解決できる可能性は高いと思ってた。証拠はたくさんあった。足跡、ＤＮＡの検出できそうな遺留物、監視カメラ映像。マニー・クローフォードを殺した犯人が誰にしろ、計画的な犯行じゃないのは明らかだったし、証拠は隠滅されていなかった。

おれは現場検証をはじめた。そこに電話がかかってきた。上司だった。話を聞いてると怒りがどんどん膨れあがった。おれは通話を切り、マニー・クローフォードの死体の転がってる現場をあとにした。

ケイシーのおかげで、おれは仕事を失ったんだ。

第12章　#ケイシー＝カル！

ケイシー・ホーソーン（プロデューサー）
最初にすっぱ抜いたのはTMZだった。警告なんてなにもなし。いきなりスマホが爆発したの。
でも、驚いたりするべきじゃなかった。それまでの数週間、サメに群がる雑魚《ざこ》みたいに、いろんな地方テレビ局があたしたちの番組に関するニュースを流しはじめてたんだから。よくあることなのよね。ポッドキャスト、まとめブログ、ツイッターの投票機能。うちの番組を話題にしてくれてるわけだから、あたしは感謝してた。あの番組はコンテンツ・エコシステムのまんなかに位置していたわけ！　唯一予想してなかったのは、ニュースがあたし個人に関するものだったことだけね。

エズラ・フィリップス（ポップカルチャー評論家）
エンターテインメント系ニュースサイトのTMZは速報アラートを出した。ほら、例のパトランプ絵文字だ。見出しも覚えているよ——「ＴＶプロデューサーと刑事のロマンチックな陰謀」だ。つづいて、ＴＭＺはすべてをすっぱ抜いた。記事のメインはケイシーとカルデロン刑事が寝ていることだった。「熱い前戯」「はしゃぐふたり」「秘密のラブ・ミーティング」「カルデロン刑事は事件Ｙ《ケイス・イー》にベッタリ」……さまざまな表現を駆使していたね。匿名の〝事情に詳しい関係者〟によるデートの夜の詳細と、どんなセックスをしたのかという憶測。クズのようなゴシップ記事だと判断して、ぼくは無視するところだった。大人の男女がおたがいに同意してのことなんだから、問題はなにもないはずだ。しかしそこで、待てよと思った。ほかの多くの人たちもそうだったと思う。これはたんなるゴシップなんかではない。ひとりは少女失踪事件の捜査担当者だし、もうひとりはその事件を題材にしたリアリティ番組を制作している……このふたりの組み合わせは、どこか明らかに間違っていた。

　大多数の人たちにとって、このスキャンダル報道はサラ・パーセル事件がたんなる犯罪事件からサーカスに変わった瞬間だった。大衆はすでに、事件に注目していた。しかし、それが突然、事件をとりまく関係者の私生活や行動にも興味を持ちはじめたんだ。事件に対するメタな視点が導入されたといってもいい。事件の記録報道者だったケイシーは、自分自身があの番組の取材対象になったんだよ。

ケイシー・ホーソーン（プロデューサー）

最初は、いったいどうして気づかれたのかわからなかった。あたしたちは慎重に行動してたから。事情を知ってるのはフェリックスとうちのスタッフだけだと思ってたの。まあ、それが答えだったわけだけど。アレクシスが番組制作から降りたところで、答えは明らかになった。あの子は手榴弾《しゅりゅうだん》を投げてから、空港めざして逃げ去ったのよ。

アレクシス・リー（アソシエイト・プロデューサー）

ケイシーは苦境に陥っていて、事態をコントロールできなくなっていたんです。彼女はあの番組を、本物の捜査に取材した本物のドキュメンタリーだと見せかけようとしていました。でも実際には、状況を操ったり、罪のない人たちを罠《わな》にはめたり、視聴率のためならなんでもやっていたんです。それでいながら、自分はすぐれたジャーナリストなんだって顔をして、偉そうに歩きまわっていました。

でも、わたしは思ったんです――事件担当の刑事とファックしてたら、客観的な観察者になんかなれないって。そうですよね？　わたしは誰もが――うちの番組の視聴者も、パーセル家の人たちも、フレデリックの住民も――真実を知る権利があると思ったんです。

それまでもずっと、わたしはタブロイド新聞にネタを売って小銭を稼いでいました。みんなやっているることです。なにか番組を担当していると、レポーターたちがつぎつぎにやってくるんですよ。だからときどき、ネタをあげるんです。誰それがセットでかんしゃくを爆発させたとか、あの女優が豊胸手術をしたとか。この業界ではよくあることです。しかも、誰もが得をするんです――ウェブサイトはコンテンツを手に入れる、うちの番組は宣伝になる、そしてわたしはすこし儲ける。フレデリックに着いてからしばらくして、ＴＭＺにいる知り合いの記者が電話をかけてきたんです。なにかおいしい話はないかって。その日はちょうど、ドレッシングが間違っているといってケイシーがサラダを突き返してきた日でした。すべてがいやになっていたわたしは彼にスクープを売り、番組がドカンと爆発するのを待ったんです。

ケイシー・ホーソーン（プロデューサー）

なのにあの子は、この街で仕事がもらえなくなったのはなぜだろうと首をひねってるのよ。それに二百ドルの価値があったことを願うわ。

ゼイン・ケリー（カメラマン）

なにかが起こってるのはみんな知ってたさ。でもニュース価値があるかどうかなんて考えもしなかったし、おれにはどうでもよかった。ケイシーはラッキーだったな、と思ったよ。カルデロンはホットな男だったからさ。なんかちょっと〝警官の制服を着た男性ストリッパー〟って感じがあるんだよ。あいつとスキャンダルを起こしたのが自分だったらよかったのにと思ったね。

マーカス・マクスウェル（TNNネットワーク社長）

ああ、あの件か。ケイシーの悪名高き失策ってやつだな。そりゃもちろん嬉しくはなかったがね。そもそもの最初から番組のコンセプト自体に不安があったしな。しかしケイシーには全幅の信頼をおいていた。彼女にはなんの監視もつけてなかったし、セイフティネットも用意してなかったよ。しかし、「事件の関係者とは寝るんじゃないぞ」と釘を刺す必要があるとは思わなかったよ。

アシスタントがTMZのリンクを送ってきた。インボックスにそのメールが入ってるのを見たとたん……きょうは一日ちゃくちゃになると覚悟したね。弁護士たちをはじめ、人事部やマーケティングの連中がパニックを起こすのが聞こえるようだった。みんなもう、敵に包囲されたみたいに戦々恐々としてたよ。しかし本格的な攻撃がはじまるまえに、わたしはケイシーに電話した。そして怒鳴りつけたんだ。洗いざらいすべて話せとね。

それで気分がよくなったかって？　ああ、なったとも。わたしにとって、大声で怒鳴りつけることは重要な危機管理プロセスのひとつなんだ。そのあとで、つぎにどうすればいいかケイシーに訊いたよ。ケイシーのほうがわたしより頭が切れることはわかってたからな。

ケイシー・ホーソーン（プロデューサー）

悲しくはあるけど、ほんとのことよね。どんな宣伝でもいい宣伝。あたしは嘘はつかなかった。法も犯さなかった。うちの番組はフェリックスにスポットを当てたことさえなかった。世間の人間があたしの噂をしたいんなら、それは彼らの権利よね。でもあたしは、それに反応するつもりはなかった。

マーカスにはいったの。あなたはあなたのすべきことをして、あたしにはあたしの仕事をさせてって。

ゼイン・ケリー（カメラマン）

パパラッチが集まりはじめてさ、おれたちが撮影してるところを写真に撮るんだ。遊園地のミラーハウスみたいなもんさ。おれは撮影現場に缶詰になってたようなもんだから、〈サラを探して〉がどれだけ反響を呼んでるかがよくわかってなかった。視聴率一位だろうとは思ってたけどな。
正直いって、あんなふうに写真を撮られるのはカンベンだったな。プライバシーもへったくれもあったもんじゃない。鼻をかくだけでも自意識過剰になって、アホみたいに見えないか心配になる。自分たちのやってることはどうなんだといわれるかもしれないけどさ。でもすくなくとも、おれたちが撮影してた相手はちゃんと契約書にサインしたわけだろ？

アンソニー・ペナ（ビデオ編集者）
ケイシーは火遊びをしてやけどした。火遊びだからこそ魅力的だったって部分も、たぶん最初はあったんだろう。でもぼくは、ある種の危険な関係ってやつを蔑《さげす》むつもりはない。ただケイシーには、これからどうするんだいとは訊いたよ。すると彼女はいった。「ここにきた目的を果たすだけよ。サラを見つけるの……捜索活動をドキュメントして……パーセル家の人たちの苦しみを世界に向かって発信するの」彼女はそれまで以上に仕事に打ちこんだ。あのニュースが流れるまで、彼女はあの仕事にプロとしての自分の評価がかかってると考えてた。しかしいまやそれが、個人的な話になっていた。もしぼくたちの番組が、サラを無事に探しだす役に立たなかったら、ケイシー個人が非難されることになる。彼女の選択や判断が、失敗の原因になるかもしれない。いまやケイシーのすべては、事件がどうなるかにかかってたんだ。

モリー・ロウ（社会学教授）

利害の抵触は明らかでした。しかし、わたしが注目したのはそこではありません。利害の抵触の件は法律の専門家におまかせします。わたしにとってケイシー＝カルデロン・スキャンダルは、わが国のエンターテインメント業界におけるセックスと暴力の相互作用を象徴するものでした。ケイシーとカルデロンは、これまで声高には語られてこなかった部分をさらけだしたのです。犯罪実話《トゥルー・クライム》の爆発的な人気の理由はいったいどこにあるのか？　その中心的原則をうっかり告白してしまったといってもいいでしょう——そう、暴力はわたしたちの性欲を刺激するのです。

ふたりのうちひとりは事件の捜査を担当しており、もうひとりは事件を報道していました。関係を持つ以前から、事件に非常に近い存在だったのです。ふたりはベッドをともにすることで危険には中毒作用があることを証明し、不変の真理を明らかにしました——暴力は肉体的にも精神的にも性欲を刺激する。わたしたちはこれまで、この真理を正しく考慮してきませんでした。それどころか——暴力をごくありふれたものだとみなし、もっとも人気のあるエンターテインメントとして流通させてきたのです。ケイシーとカルデロンはこの状況をさらに一歩押し進めました——ふたりの身近にあった暴力は……本物でした。では、本物の暴力を催淫剤《さいいん》として使ったら？　これ以上強力なものはないのです。

ベッカ・サンタンジェロ（サラ・ベアーズの創設者）

ケイシーとカルデロン刑事のニュースが流れたとき、わたしたちはすっごいと飛びつきました。うちのグループには、すでにふたりをカップル化してる人もいました。〈ケイシー＝カル〉ってハッシュタグをつくって！　ふたりが元サヤに戻ってほしいとわたしはずっと思ってます。ほんとキュートなカップルでしたから。ケイシーのインスタグラムをずっとフォローしてるから知ってるんですが……彼女はその後、もっといい相手を見つけられずにいるみたいなんです。

ブルース・アレン・フォーリー（陰謀論グループの指導者）

ハリウッド的には大事件だよな——現場でロマンスってやつだろ？　罪深きショービジネス界の野蛮人どもは自分を抑えられないんだ。だからって非難できるかい？　あいつらはそもそもまともじゃない。底抜けに孤独な人生を送ってるもんだから、自分たちのつくったデタラメな物語でそれを覆い隠し、うわっつらな関係を結んだり解消したりをくりかえしてるんだ。

あのふたりの関係は本物だったのか、それとも芝居だったのか？　それはおれにもはっきりはわからない。でもこれだけはいえるね——インチキな犯罪のインチキな捜査から世間の目をそらしたいなら、おなじみのセックス・スキャンダルほど効果的なもんはない。平均的なアメリカ人がどれほどバカかは驚くほどだ。ピカピカ光るもんを目の前に差しだされれば手を振ってのこのこ追いかけてく。それでいて、本物の現実がそばをかすめても気づきもしない。ルインスキーって女が例のスキャンダルで世間の注目を集めてたとき、クリントン大統領がフォートノックスでなにをしたか知ってるかい？

マイク・スナイダー（地元テレビ局のニュースレポーター）

ケイシーに関しては、プロ失格としかいえないと思う。でも、パーセル家の人たちは地元のプロを信頼せずに、ハリウッドからどやどややってきた連中を選んだんだ。ああいうことになっても文句はいえないよ。

ネリー・スペンサー（友人）

〈サラを探して〉と〈セックス・スキャンダル〉って文字が目に入ったときは思わず気絶しそうになっちゃった。でもありがたいことに、あたしとウォーカー・コーチのことじゃなかった。あたしたちの関係は、フレデリックの街で唯一暴かれなかった秘密ね。

ケイシーのニュースはべつにたいしたことだとは思わなかった。いい男をつかまえてよかったじゃないって思ったくらい。男と女はくっつくもんでしょ？　他人がとやかくいうことじゃないわよ。

オリヴィア・ウェストン（友人）

ケイシーには失望しました。わたしは尊敬してたんです。親友のサラを探そうとしてくれてるとばかり思ってたのに。

ブランドン・グラスリー（近所に住むクラスメート）

あの一件のせいで、サラはぜったい見つかるはずだって気持ちを失ったとこはあったな。警察やテレビ番組がこんなことをしてるんなら……もうちょっとましな方法があったはずなのに。

トラヴィス・ヘインズ（バス運転手）

ケイシーはとんでもない悪党だよ。自分を止められないし、止めるつもりもないんだ。

フェリックス・カルデロン（刑事）

なにをいうことがある？　世界じゅうの人間がプライバシーに足を踏みこんでくるんだ。そりゃひどいもんさ。シェルのガソリンスタンドでマニー・クローフォードの死体を検分してたら、なんの警告もなしにいきなり、すべてが自分の上になだれ落ちてきたんだ。上司が電話をしてきて、大至急戻ってこいという。ガレージにいたほかの連中は、自分たちの携帯から目を上げてこっちを見てた。おれは通話を切ってニュース記事を見た。その瞬間悟ったね……こりゃダメだって。

たいした販売外交員もいたもんだ……最初から気づいてるべきだったんだ。

おれは署に戻った。処分は迅速《じんそく》だった——監察終了まで無給停職。バッジと拳銃を返却し、追って通達のあるまで自宅待機。みんなにじろじろ見られながら署を出て、駐車場に行き、車に乗って帰宅し、ソファに腰かけ……そこでいきなりすることがなくなっちまった。サラは依然として行方不明のまま。マニー・クローフォードは殺されたばかり。おれはすべての捜査から手を引けときっぱり申し渡され、ソファにすわってる。なんとも屈辱的だったね。

もちろんケイシーを責めたさ。彼女とのことをおれは誰にも話してなかった。ってことは、彼女のほうから漏れたにちがいない。そりゃ、自分でリークしたんじゃないかもしれない。しかしあいつが口をすべらせたんだ。おれにわかってたのは、こいつは彼女がやってるゲームの一部だってことだけだ――ゲームの相手はおれなのか、自分の番組なのか、それはわからなかったがな。おれはウィスキーの栓を開け、したたかに酔っぱらい、こんどあの女に会ったらどうしてやろうかと考えた。

クリスティーン・ベル（地方検事）
カルデロン刑事は淫《みだ》らで不名誉な行動によって法執行機関の名誉に泥を塗ったんですからね。わたしたちとしてはすぐに任務を解くほかなかった。彼が郡の職を解かれたあとで起こした私的な逸脱行為に関しては……遺憾《いかん》だと考えてるわ。

ドミトリー・ルッソ（巡査）
ぼくには信じられませんでした。彼はいつだって厳密に規則を守ってましたからね。それに、感情的にはロボットみたいだったし。普通、休日はみんな家族と過ごしたがるのに、ずっと働いてましたよ。飲み会に顔を出したこともなかった。デートしている姿なんて想像もできません。ケイシーが誰だかわかったあとも関係をつづけてたってことは……本気だったんじゃないですか？

デイヴ・パーセル（父親）

ああ、あの件か。あれには驚かされたね。そりゃそうだろう？　当然、最初はパニックを起こしそうになった。わたしはケイシーとカルデロンを必死に騙そうとしていた。ところがなんと、そのふたりがデキてるっていうんだからな。こいつはまずいと思ったよ。もしふたりが額を寄せ合ってメモを見せ合ったら？　わたしの作り話にあれこれ穴のあることが露見するにちがいない。しかしその一方で、わたしはあのふたりがいっしょにいるところを見ていた――どう見たって憎み合ってるようにしか思えなかったからね！　それからしばらくして、恋愛関係のもつれってやつだとわかってきたんだ。いまやふたりは敵同士になっている。こいつは好都合だと思ったよ。ふたりはすでに、アクセス権や情報に関して自分の縄張りを主張しはじめていた。ふたりのあいだでは、いっさい情報交換がなかったんだ。しかもわたしは、彼らのささやかな秘密を知っていた。これを利用しない手はないと思ったね。

ジャネット・パーセル（母親）

いまにして思えば、わたしたちを助けてくれるはずの人たちに、あそこでも嘘をつかれていたんですね。ケイシーに撮影許可を出したことで、あの刑事はわたしたちを厳しく非難したんですよ。なのに裏では、あの女の尻を追いかけまわしていたなんて!
まずデイヴが嘘をつき、それからつぎつぎと、ほかのみんながそれぞれの嘘を積み重ねていった。みんな自分の利益のことしか目になかった。そうした嘘の連鎖の末に、サラが死んでしまったんです。

デイヴ・パーセル（父親）
ケイシーとカルデロンのニュースが発覚したのは、まさに絶好のタイミングだった。あれは警察がマニーの死体を発見した朝だった。わたしは慌てて現場を逃げだしたから、警察がどんな証拠を見つけるか、まったく予想がつかなかった。彼らが逮捕にくるのを待ち受けていたよ。あの日、もし警察がうちに車を乗りつけていたら、わたしはジャネットにサラを迎えに行けというつもりだった。万事休すだと思っていたからね。ところがそこで、わたしの周辺を嗅ぎまわっていたふたりが、自分たちのプライベートな問題に無駄なエネルギーを使っていたことがわかったんだ。その結果、この町にたったひとりしかいない有能な刑事が事件の担当を解かれることになった。あれはまさに奇跡だったね。
申し訳ない――誤解されたかもしれないが、喜んでいたわけじゃない。あのときのわたしは、マニーの件ですっかり動顛していたんだよ。事故だったとはいえ、責任はわたしにあった。彼には家族がいることも知っていた。娘もふたりいたはずだ。そもそもの最初から、わたしはずっと言っていたんだ。このささやかな計画で傷つく人間はひとりもいないとね。フランク・グラスリーはすこし痛い目にあったが、誰かを物理的に傷つけるつもりなどなかった。なのにマニーが死んだ。うちの家族には金が潤沢に入ってきてるのに、マニーは命を落とした。正しいことじゃない。わたしはそれまで、すべてうまくいくと自分に言い聞かせていた。しかしいまや、その幻想を捨て去る必要があった。しかし、あれこれ悔やんではいられなかった。いくら考えても、引き返してやり直せるわけじゃない。進みつづけるしかなかったんだ。

イヴリン・クローフォード（マニーの妻）

うちの人は冷酷に殺されて、薄汚い修理作業用ガレージの床に置き去りにされたの。マニーに脅迫されてたんだとかなんだとか、デイヴはデタラメを垂れ流してますけどね。あたしは聞く耳なんか持っちゃいませんよ。あたしはずっと昔に学んだんですよ――デイヴ・パーセルが嘘をついてるときは、どうすれば見分けられるか？　それはね、あいつが唇を動かしてるときですよ。

フェリックス・カルデロン（刑事）
あのときリビングルームにいたのは、おれとウィスキーのボトルだけだった。マニー・クローフォードは死んだ――一杯。サラ・パーセルは依然行方不明――一杯。イカサマと破壊のハリウッド・クイーン、ケイシー・ホーソーン――一杯。数時間ほどひとりであれこれ考えたあとで、おれは慰め会の会場をホテルのバーに移すことにした。そのうちぜったいにケイシーが通りかかるはずだとわかっていたからな。

ケイシー・ホーソーン（プロデューサー）
その日の撮影を終えてホテルに戻ると、フェリックスがバーにいたの。すっかりケンカ腰でね。彼はロビーの向こうからあたしに向かって金切り声をあげたわ。「おまえはいったいなにをしたんだ！」って。

フェリックス・カルデロン（刑事）
おれは金切り声なんてあげてない。声を荒らげたことさえないね。

ケイシー・ホーソーン（プロデューサー）
フェリックスはよろよろとこっちに歩いてくると、あたしの顔に指を突きつけたの。

実際にあごを突いたのよ。彼のことがすごく恥ずかしかったわ。みんなこっちを見てるし、スマホで動画を撮りはじめるし。

フェリックス・カルデロン（刑事）

おれは訊いたんだ。どうしておれの人生をめちゃくちゃにしたんだって。

ケイシー・ホーソーン（プロデューサー）

情報をリークしたのはあたしじゃないといってやったわ。

フェリックス・カルデロン（刑事）

おまえは嘘つきの売女《ばいた》だといってやった。おれはあいつのキャリアや番組の話をしてたんだが、彼女は誤解したらしい。

ケイシー・ホーソーン（プロデューサー）

とてもじゃないけど許しがたいことをあれこれ言われたわ。だからその場ですぐに反撃してやった。あんたなんかお笑いぐさの負け犬だって。プレッシャーに負けて本物の街から逃げだしてきたんでしょ？　ここでもまたおなじことのくりかえしじゃない。サラを見つけだせないもんだから、誰か責任を転嫁する相手を探してるのよ。鏡を見たらどう？

フェリックス・カルデロン（刑事）

おまえに鏡なんかのぞけるのかって訊いてやったよ。おれたちの町に乗りこんできて、他人の不幸につけこんで儲けやがって。本物のアーティストとして成功できなかったもんだから映画の道はあきらめて、ゾンビ相手の愚かしいカスみたいな番組をつくって荒稼ぎしてるんだろ。おまえなんぞ死の商人さ。

ケイシー・ホーソーン（プロデューサー）

あたしは言ってやったわ。たぶんサラは死んでるでしょうよ。あんたが無能なせいでね。

フェリックス・カルデロン（刑事）

おまえはそれが嬉しいんじゃないか？　番組の幕切れにはぴったりだからな。

ケイシー・ホーソーン（プロデューサー）

あたしの目の前から消えて、二度と話しかけないで。

フェリックス・カルデロン（刑事）

それこそおれの夢さ。二度とおまえを見ないことがな。

ケイシー・ホーソーン（プロデューサー）

で、あたしは思ったの。実際にそうなるだろうなって。あたし自身、そうなることを願ってたし。ふたりの歩む道が二度と交差しないことをね。

でも、ありがたいことに交差したのよ。さもなければ、あたしはいま生きてないわ。

第13章　命を賭けて戦うとき

ケイシー・ホーソーン（プロデューサー）

あのときのことでいちばん記憶に残ってるのは、町全体が倦怠感《けんたい》みたいなものに包まれてたことね。毎日雨が降ってて、みんなおなじ風邪《かぜ》を引いてた。うちのスタッフはフレデリックの町に拘束されてることにうんざりしはじめてたわ。アレクシスの裏切りからはなんとか立ち直ってたけど、どうしても人手が足らなかった。あたしはインターネットでさんざん叩かれるし、フェリックスには怒鳴りつけられるしで、すっかり消耗してた。パーセル夫妻は番組に協力的じゃなかったし。もうネタが尽きてきたのは感じてたわ。

そのうえ、いまや大きな黒雲がすべてを覆いつくしてた。サラはもう見つからないんじゃないかっていう空気が流れはじめてたのよ。

オリヴィア・ウェストン（友人）

わたしは祈禱集会があった広場に毎日通っていました。毎回、サラになにかを持っていってたんです。カードとか、小さなギフトとか。わたしたちが好きな曲を焼いたCDも。でも何週間かすると、もうそれができなくなったんです。生活は平常に戻りつつありました。サラがリレーに参加しないはじめての陸上競技会があって、わたしたちは彼女のランニングシャツやジャージをフェンスに飾ったんです。でも、そんなことするとサラがほんとに死んだみたいだっていう人たちが出てきちゃって。いろいろ話し合った末に、競技会にサラの運動着を持ってくのはやめるようになりました。なんだか、彼女がもう消え去りはじめてるような気がしました。

ミリアム・ローゼン（音楽教師）

すでに、希望を持つよりも悲しむほうが妥当に思える時期に入っていたんだと思います。誰も口に出してはいませんでしたが、そういう空気が流れはじめていたんです。強く結びついたコミュニティの住人は、捜索活動のために招集されたものの……すっかり疲れきり、現実を見つめる準備ができていたんです。

トミー・オブライエン（ギアリー・ホーム＆ガーデンの従業員）

ぼくたちは捜索をやめた。正直いってほっとしたね。最初の何日かを過ぎてからは自分でも意識してたからね。「ぼくはもう、サラを探してるんじゃない。サラの死体を探してるんだ」って。彼女の死体を見つけるような羽目になるのは、ぜったいに願い下げだった。

マイク・スナイダー（地元テレビ局のニュースレポーター）

あれはサラの失踪から十九日目だったと思う。うちの局でも、サラの失踪事件がついにトップニュースからはずされたんだ。あの日のトップニュースは、新しい都市計画法が施行され、自宅の地所内にふたつめの住居を建てることが認可された件だった。ニュース編集室で激しく議論したのを覚えてる――サラ・パーセルが見つからなかったというのもとおなじ残念なニュースよりも、こちらのほうが視聴者の生活にとって重要か？　答えはイエスだった。

番組のどこかでサラの捜索について触れることはまだあった。でも、最初の熱狂が過ぎてからは、新しいニュースはなにもなくなっていたからね。サラは跡形もなく消えてしまったんだ。トラヴィス・ヘインズやフランク・グラスリーの容疑が晴れ、デイヴに不審な点はなにもないことがはっきりしてからは、新しい手がかりはなにも見つからなかった。困惑はしたけど、報道することがなにもなかったんだ。

ケイシー・ホーソーン（プロデューサー）

第六エピソードの内容をどうするかを考えなくちゃならなくて、結局、サラの友だちがこの状況とどう向き合ってるかに焦点を当てることにしたの。すごく退屈な回になるのはわかってた。マーカスから電話がかかってきて、このシリーズはどこに向かってるんだって訊かれたんだけど、あたしには答えの用意がなかった。莫大な視聴者は解決を求めてる。でもそういうリスクがあることは、リアルタイムの番組にすると決めた時点でわかってたわけでしょ？――事件は解決に至らないかもしれないって暗黙の了解があったわけよ。あのときのあたしは、どうやら賭けに負けたらしいって思いはじめてた。

アンソニー・ペナ（ビデオ編集者）

フレデリックとおさらばする準備はできてた。コーチェラ野外音楽フェスティバルが近づいてたからね。それまでにはカリフォルニアに戻っていたかったんだ。

ケイシー・ホーソーン（プロデューサー）

フェリックスとのスキャンダルが明るみに出たことで、マーカスとの関係はすごく微妙になってたわ。あたしに仕事をつづけさせることは、彼にとってはかなりリスキーだったわけだから。シリーズの幕切れはなにかきちんと考えるって約束したんだけど、彼は大々的なプロモーションを打って大げさに宣伝したがってた。あたしは待ってと頼んだわ。すくなくとも、どうやって締めくくるかを思いつくまではって。

ちょうどそのとき、デイヴとジャネットが会いたいっていってきたのよ。

デイヴ・パーセル（父親）

マニーの件と自分が結びつけられていないらしいとわかってきて、わたしはすこしだけ気が楽になっていた。死刑囚監房に引っ立てられるどころか、話を聞きにくる者さえいない。ケイシーの番組が勢いを失ってきてることには、わたしも気づいていた。だから、ここらで計画を締めくくろうと思ったんだ。

ジャネット・パーセル（母親）

デイヴはサラを家に連れ戻りたがっていました。もう頃合いだと判断したんです。わたしは嬉しくてドキドキしましたけど、同時に不安にもなってきました。もちろん、あの子には死ぬほど会いたかった。でも、ここですこしでもヘマをしたら、すべてが吹っ飛ぶこともわかっていましたから。デイヴには計画がありました。すごくいい計画というわけではなかったんですけど、わたしはこれならなんとかなると思ったんです。

デイヴ・パーセル（父親）

最初の計画では、サラは森を出てあらかじめ決めた場所へ行き、マニーに拾ってもらうことになっていた。マニーが死んだときには、こりゃまずいことになったと思ったよ。しかし、そこで気づいたんだ――マニーの存在が重要だったのは、報賞金を山分けするには秘密の共犯者が必要だったからだ。覚えているだろう？　そもそもこの計画は、地元の誰かが報賞金ファンドを起ちあげることを見込んで立てたものだった。しかし、もう報賞金なんか必要ない。ケイシーの番組から入った金がある。報賞金のほうは正直な善きサマリア人にくれてやればいい！　自宅の玄関前で銀行の口座通知書を掲げながら約束したはした金をそこにプラスしたってよかった。

しかも新しい計画では、マニーどころか、誰の助けも必要がなかった。最後にサラに会いに行ったときに、わたしは新しい指示を出しておいた。あと一日だけ待って、荷物をまとめてキャンプ場を出る。森から道路に出れば、誰かが見つけてくれるだろう。警察に保護されたあとで質問されたら、もともとのシナリオどおりに答えればいい――監禁されていたあいだのことについてはぼんやりとしか覚えていない、いまは疲れきっている、家に帰れて嬉しい。いったん家に戻ったら、ジャネットとわたしで守り抜き、おなじ質問をくりかえさせたりはしない。監禁されていたときのことは思い出したくないといえば理解してもらえるだろうし、誰もがその気持ちを尊重してくれるだろう。誘拐犯は誰かという疑問には、当然答えが出ない。しかし、家に戻れたという奇跡が、そうした疑問を吹き飛ばしてしまうはずだ。

ジャネット・パーセル（母親）
カメラの前でインチキ芝居をするなんて、考えるだけでもいやでした。サラが戻ってきたと喜んでいるふりをする？　そんな演技がうまくできるとは思いませんでした。だからデイヴにいったんです。「番組をいま終わらせれば？　番組の撮影がつづいているうちにサラが見つかる必要はないでしょう？」って。

デイヴ・パーセル（父親）
ジャネットのいうとおりだった。ケイシーと撮影スタッフが去ってしまってからサラを連れ戻す。そうすれば大きな注目を浴びなくてすむし、あれこれ詮索もされずにすむ。演技する必要も減って、捕まる危険も小さくなる。金ならすでにたっぷりとあるんだ。これ以上欲をかく必要はない。
ケイシーが喜ばないのはわかっていた。しかし、わたしたちは彼女を家に呼び、もう終わりにしようと伝えた。

ケイシー・ホーソーン（プロデューサー）

彼らは唐突に番組をキャンセルするといいだしたの。いきなりネットワークのお偉方みたいな態度をとって、これといった説明もせずに、手を引くって宣言したのよ。なんだか怪しいと思ったわ。こんなことをいうの。番組は当初考えていた路線からはずれてしまっている。もうそろそろプライバシーを取り戻したい。それに、これがサラを見つけだす役に立っているとは思えない。

あたしはがっかりだった。真意がいったいどこにあるのかはわからなかったけど、あなたたちは間違ってるとはいえなかった。何百万もの視聴者をサラの捜索に協力させるっていうヴィジョンは、なんの成果も生んでなかったから。あたしたちが開いたSNSのアカウントには何千もの情報が寄せられてた——サラがオーストラリアでハイキングをしていたとか、レンタカーの車内に彼女のお下げが落ちていたとか、ありとあらゆる情報があったわ——でも、有力な手がかりになるものはなにひとつなかった。

デイヴとジャネットには、いつでも番組を中止できるという契約上の権利があった。それでもあたしは、気持ちのこもらない説得をつづけたわ。いまここですぐに手を引いてしまうのは……すごく未消化な感じだった。あたしはいったわ。あなたたち家族に時間やお金を捧げているファンが何百万もいるの。捜索活動がなにも成果を上げられなかったにしても、今後への希望と感謝を伝えるはっきりした声明を出すことはできるはずよって。

デイヴ・パーセル（父親）

ケイシーは自分の考えを論理だてて説明し、あれこれ理由をまくしたてた。しかしわたしたちは、彼女のことなどもう必要なくなっていたんだ。

ケイシー・ホーソーン（プロデューサー）

ふたりの答えはノーだった。おかげであたしはとんでもなく厄介なことになっちゃったわけ。パーセル夫妻、視聴者、会社のボス——たくさんの人たちに大きな期待を持たせちゃってたから。だけどもう、番組をうまく終わらせる秘策なんてどこにもなかった。

あたしはすっかりうちひしがれ、屈辱にまみれてホテルに帰ったの。ロビーに入ったところでマーカスから電話が入ったんで、しぶしぶニュースを伝えたわ。彼は大声でわめきたてた。だけど、エレベーターに乗りこんだところで、電波が切れちゃったのよ。

考えがまとまらなくてぼんやりしてた。ほんとはもっと注意してなきゃいけなかったのに。おかげで、誰かが後ろからついてきてることにも、自分の身に危険が迫ってることにも、手遅れになるまで気づかなかったの。

フェリックス・カルデロン（刑事）

ホテルのロビーでケイシーと喧嘩したあとで、自分がどうやって家に帰ったかは覚えてない。ただ、ありがたいことに自分で車を運転してなかったことだけはたしかだ。しかしそれは、自分の車をホテルの駐車場においてきたってことでもあった。朝になって目を覚ましたときは、かなりひどい二日酔いだった。とはいえ、出勤する必要はなくなってたんでね。午後遅くになってから、憂鬱《ゆううつ》な気分をかかえたまま、はるばるホテルまで歩いて戻ったんだ。

駐車場でおれは、ブルース・アレン・フォーリーの車が駐まってるのに気がついた。傷だらけの古いベージュのヴァンで、〈地球は平らだ〉とかいったバンパーステッカーがそこらじゅうに貼ってあった。ハイウェイで見かけたら絶対に車間距離をおきたくなるような車さ。

それまでの数週間、おれはずっとやつに目を光らせてた。署の人間は全員、とっくの昔に学んでたんだ——やつが姿を見せたら、かならず騒ぎが起こるとね。あのヴァンがホテルに駐めてあるからといって、なにもとんでもなく不審だったわけじゃない。しかしおれは、わざわざ遠回りしてそのヴァンのすぐわきまで行き、すばやく観察したんだ。なかには誰も乗っていなかったが、運転席の窓の下にタバコの吸い殻が山になってた。しばらく誰かが運転席にすわってたんだな。しかも、吸い殻のひとつからはいまだに煙が立ちのぼってた。

停職中のおれにはもう関係のない話じゃないか。そうだろ？ 最初はそう思った。実際、そのまま自分の車に乗って帰ろうとしたんだ。しかしおれは自分を抑えられず、ロビーに向かった。あの男がなにか騒ぎを起こしてないか、確認しようと思ってね。しかし、ロビーにやつの姿はなかった。そこでフロントデスクに行き、係の女性にあいつを見かけなかったか訊いてみた。その頃には、町の人間はみんなあの男のことは知ってたからな。しかもたいていの人間は嫌ってたよ。フロントの女性は、あの男なら数分ほどまえにロビーを通りすぎましたと答えた。

おれは一瞬考えた。なにかおかしいって気がしたが、見たところなにも起こっていない。そもそもおれは停職中だったし、バッジもなければ銃もなかった。第一、自分がなにを心配してるのかさえ定かじゃなかった。だから、外に出て自分の車のほうへ歩いていったんだ。

駐車場の途中で、立ちどまってホテルの建物を振り返った。ここでも、自分を抑えられなかったのさ。八階の角の部屋。ケイシーの部屋だ。おれはブラインドに目をこらした。ブラインドはぴったり閉まってて、ついでに厚いカーテンまでかかってた。その場に立ったまま、おれは見つめつづけた。ケイシーから、自然光起床法とかいうバカげた健康法を聞かされたことを思い出してたんだよ。最初の晩、彼女の部屋に泊まったとき、あいつは自然の光で目覚めるのがいかに身体にいいかって話を得々と披露したんだ。目覚まし時計は使わない。ブラインドは完全に開けておく。すると太陽がのぼってきたときに……「まぶたを愛撫《あいぶ》してくれる」っていうのさ。まあ、そりゃどうしたって目が覚めるだろうさ、と思ったよ。ところが彼女は、つぎの朝、おれにそれを実践させたんだ。セロトニンが分泌されるとかいって。

おれは駐車場に立って彼女の部屋のカーテンを見つめながら、こりゃおかしいぞと思った。ケイシーがあんなふうにカーテンを閉めとくはずがない。気は進まなかったが、おれは電話をかけてみた。すぐに彼女が出て、怒鳴りつけてくるだろうと思いながらね——ほら、わかるだろ？「あたしをストーキングするのはやめてよね、カス！」とかさ。しかし、彼女は出なかった。メッセージも送ってみたが、それにも返事がない。おれは自分の車に乗りかけた。っていうか、たしかいったん乗ったはずだ。しかし、そのまま走り去ることはできなかった。気づいたときには、ホテルに戻って足早にロビーを横切ってた。

エレベーター、心臓の鼓動、噴きだす汗。何度も何度もボタンを押したよ。そうすりゃすこしでも早く動くんじゃないかと思ってね。八階で降りると、足早に廊下を急いだ。いつしか駆け足になっていた。ケイシーの部屋に着き、ドアの前で耳をすました。なにも聞こえない。ノックした。名前を呼んだ。この時点でおれが心から望んでたのは、スウェットパンツ姿のケイシーが出てきておれにまた罵声を浴びせることだった。いまの不安が的中するよりも、そのほうがよっぽどよかった。しかし、彼女は返事をしなかった。

おれは携帯を出して、もう一度ケイシーに電話した。返事はなかった。署に連絡してSWATを呼ぶべきか？　しかし、到着までに十五分はかかる。一方のおれはドアの前にいる。たぶん十五分の猶予《ゆうよ》はない。ドアをぶち破りたかったが、厚くて頑丈なのは見ただけでもわかった。鋼鉄製で、補強材までついている。しかしやってみることにした。やってみなきゃならなかった。もしケイシーがなかでトラブルに巻きこまれているなら――いや、なかにいるのが誰にしろ、トラブルに巻きこまれているんなら――やってみるしかない。おれは何歩か後ろに下がり、ドアに突進しようと全身に力をこめた。そして、いままさにダッシュしようとしたそのとき、おれは気がついた……

いまおれはジャケットを着てる。たしかこのジャケットのポケットに、ケイシーがカードキーをすべりこませたんじゃなかったか？　ポケットに手をつっこむと、キーはそこにあった。おれはそれを取りだすと、ドアの前に立った。ためらったりはしなかった――おれはキーをすべらせ、ドアを押し開けた。

ケイシー・ホーソーン（プロデューサー）

エレベーターを降りると、マーカスにすぐ電話をかけ直したの。おなじエレベーターに乗ってた誰かがいっしょに降りたのには気がついてた。その誰かが廊下を歩いていくあたしについてきてることにも。

残念なことに、世の中の女性は誰もがこういうことに対処しなきゃならないのよね。どうすればいいかはわかってた。タマを蹴るとか、喉を突くとか。でも、そんなことにはならないと思ってた。たんに自分が偏執的になってるだけだって。早く電話がつながらないかとやきもきしてたわ。マーカスが電話に出れば、不審者はそれであきらめるだろうと思ってたから。ところが、マーカスが電話口に出た瞬間、廊下の男があたしに追いついたの。あたしは振り返って反撃し、大声を上げようとした。ところがそのとき、背中に拳銃を突きつけられるのがわかったのよ。

すごく穏やかな小さな声で、男が耳元でささやいた。「電話を切って静かにしろ。そのまま部屋まで歩くんだ」男の息を首筋に感じるのは……すごく気味が悪かった。どうしていいかわからなかったわ。なにをどうしようにも、悪い選択肢しか残されてないんだから。銃口で肋骨《ろっこつ》をぐいと突かれるのがわかった。だからおとなしく指示に従ったの。

ドアのロックをはずして、なかに入った。後ろでドアが閉じた瞬間、気分が重くなったわ。つぎにどうなるかと思うと怖かった。それから、振り返って男の顔を見たの。例の頭のおかしな男、ブルース・アレン・フォーリーだった。

ブルース・アレン・フォーリー（陰謀論グループの指導者）

それまでやってきたことはすべて、あの瞬間に向けての助走みたいなもんだった。おれは〈聖なる暴露〉って呼んでたんだけどね。おれたちの活動にはああいうもんが必要なことは、ずっとまえからわかってたんだ。陰謀の中心で巧みに嘘をつくりあげてる指導者の告白だよ。ああいう子供の誘拐事件は国民を欺いてプライバシーを手放させるためのトリックでしかないことを、自白させたかったんだ。おれたちの組織は、自分は金をもらって演技してるだけのクライシスアクターだと認める告発者をずっと探してた。なのに、誰も名乗りをあげてこない。もう待てないとおれは判断した。サラ・パーセル事件は、おれにとって最後の一本の藁《わら》だったんだ。自分から密告してくるやつがいないんなら、選択肢の余地のない状況にこっちから追いこんでやるしかないと決心したのさ。

ケイシーはまさにうってつけの人間だった。美人で、ブロンドで、カリスマ性があって、テレビ映りがいい。しかも彼女は、たんなる下っ端のクライシスアクターじゃない。陰謀を指揮する立場にいる。さもなきゃ、あんな重要な役をまかされるわけないだろ？　もちろん、上には上がいるのはわかってた。でも、そういう上層部の人間たちは自分の顔をさらしたりしない。ＣＩＡの長官を誘拐してライブ配信サイトで自白させるなんて、簡単にはできないからな。

そいつがおれの計画だった。ケイシーを監禁し、カメラの前にすわらせ、ライブ配信サイトで世界じゅうに向かって真実を自白させる。おれは数日前から、このイベントの日がくることを、いろんなところで思わせぶりに匂わせていた――〈聖なる暴露のとき来《きた》る〉とフェイスブックにアップしたり、シグナル・アプリで拡散したりとかしてな――みんな熱くなって、あいつはいったいなにをするつもりなんだろうと予想を立ててたよ。おれはシンパのやつらに向かってヒントを出しつづけた――このイベントはおれたちグループの正しさを証明する決定的一撃になるだろうとね。

そこでおれは、機材をいくつか用意して、駐車場でケイシーを待ち伏せた。そして、あの女を部屋まで尾《つ》けていったんだ。

ケイシー・ホーソーン（プロデューサー）

あの男は拳銃をずっとこっちに向けてたわ。なにが望みなのって訊くと、おまえの手首を結束バンドで縛りあげたらぜんぶ説明するって言うの。縛られるのはいやだったけど、あたしは震えあがってて、言いなりになるしかなかった。つぎにあいつは、あたしをデスクの椅子にすわらせて縛りつけ、大声を上げられないようにガムテープで口を封じ、カーテンをぴっちり閉めて電話線を抜いたの。

とんでもない間違いをしでかしたことに気づいて、あたしは泣きはじめた。突然、何年かまえに護身術のエキスパートから教えてもらったことを思い出したのよ。自宅にいるところを襲われた場合、これだけは忘れるな。もし相手がガムテープを持ちだしてきたら、命を賭けて戦うときだ。ひっかいてもいいし、爪を食いこませてもいい。自由を取り戻すか、相手の息の根をとめるまで、とにかくなんでもやれ。なぜなら、それがたぶん最後のチャンスだからだ。だけどもうガムテープは取りだされたあとだったし、あたしは最後のチャンスを見逃してしまった。縛りあげられ、口を塞がれ、あいつのいいなりだった。

ブルース・アレン・フォーリー（陰謀論グループの指導者）

　ケイシーを傷つけるつもりなんてこれっぽっちもなかった。おれは平和主義者なんだ！

ケイシー・ホーソーン（プロデューサー）

　あたしを縛りあげると、フォーリーはバッグを開けて撮影カメラと機材を取りだしたの。三脚を広げて、照明用のリングライトを設置して、カメラを据えつけて、ノートパソコンにつないで。Wi-Fiはどうなってるって訊かれたけど、あたしはテープで口をふさがれてた。フォーリーは部屋に備えつけてあるバインダー式のマニュアルを持ってきて、ページをぱらぱらやってインターネット設備の説明ページを探したわ。ルームサービスのメニューを見て講釈を垂れたりもしてた。なんだかすごくシュールだったわね。人質事件のまっただなかだっていうのに、ひどく日常的な光景が展開してるんだもの。それから、Wi-Fiがようやくのことでつながると、フォーリーはあたしになにをさせたいかを説明したの。

　ああいう連中の存在については、何年もまえからそれとなく知ってたわ。もちろん、フォーリーのことは数週間前からはっきり知ってたわけだし。頭がおかしくて、ちょっとした有名人で、〈アンファウンデッド〉ってグループの看板的な存在。あいつはパーセル家の前で迷惑行為をくりかえし、デイヴと乱闘を演じ、あたしたちが撮影をしてると仲間を引き連れてかならず姿を現わし、厄介を起こしてはみんなに嫌われてた。でもあたしは、あいつらのことを気色の悪いアホだとしか思ってなかったの。テロリストとか粗暴犯罪者とかいった人間だとはぜんぜん考えてなかった。でも、あたしが過小評価してたってことよね。ほんとなら、あいつの名前を聞いたときに気づくべきだった——ミドルネームを使う人間なんて、連続殺人鬼くらいのもんでしょ?

椅子にすわったまま完全に身動きできない状態で、あの男から説明を聞かされたわ。あいつはあたしに、世界に向けて告白しろっていうの。自分は子供の誘拐事件をデッチあげる世界的規模の陰謀に加担している。ああいう誘拐事件はどれも作り話で、市民の自由を奪うための策略にすぎない。自分はデッチあげの誘拐事件を大げさに騒ぎ立て、テレビで報道することで、アメリカの国民を意図的に騙しているのだ。しかもあの男は、そうした作戦をすべて詳細に説明しろっていうの。ガムテープ越しに思わず笑っちゃいそうになったわ。でも笑わなかった。心底怯えてたから。

ブルース・アレン・フォーリー（陰謀論グループの指導者）

ケイシーがすべてをすんなり自白するとは思ってなかった。抵抗したり話をごまかしたりする訓練を受けてるのはわかってたからな。しかし、そういうときのためにこそ、銃があるんだ。

ケイシー・ホーソーン（プロデューサー）

もしいうとおりにしなければ殺すっていうの。もちろん完全に信じたわけじゃない。でも、あいつの脳みそがとんでもなく澱んでるのはわかってたし、なんだってやりかねないのもわかってた。あの男の人生はその陰謀論とがっちり結びついてた――身動きひとつできない無防備な状態であの男と討論をしたいとは思わなかったわ。とにかく、いわれたとおりにするって答えたほうがいいと判断したの。その結果どうなるかも考えた。たぶん、殺されずにすむ――それがなにより大事だった！〈アンファウンデッド〉のグルーピーたちは、自分たちが正しかったことが証明されたと思う――いいじゃない、それがどうしたっていうの？　それ以外の人たちは、あたしが助かるために嘘をついたんだと考える――総合してみれば、決して悪い結末じゃない。そこであたしは、あの男の壮大な妄想を満足させるにはどんな話をすればいいか考えはじめたの。わかるでしょ？……大統領のシークレットサービスは郵便受けにチョークで印をつけておく。あたしは変装してそこに行き、つぎのインチキ誘拐事件の指示書を取りだす。生半可な気持ちでやったんじゃだめなのはわかってた。自分の命がかかってるんだから。あたしは底抜けにデタラメなホラ話を紡ぎだす用意を整えたわ。

そのとき、ドアをノックする音がしたの。

ブルース・アレン・フォーリー（陰謀論グループの指導者）

おれはケイシーを見て、音を立てないほうが身のためだぞとささやき、拳銃を彼女の頭に突きつけた。

ケイシー・ホーソーン（プロデューサー）

楽しい気分じゃなかったわよね。こめかみに銃口を押し当てられてるんですもの。廊下で誰かがあたしの名前を呼ぶのが聞こえた。フェリックスなのはすぐにわかったわ。

ブルース・アレン・フォーリー（陰謀論グループの指導者）

あのいまいましい刑事だった。本気でこの女に惚《ほ》れてたんだなと思ったよ。ストーカーみたいにまとわりついてるわけだからさ。あいつはまたノックした。ドアの向こうで待ってるのが気配でわかったよ。

ケイシー・ホーソーン（プロデューサー）
　ドアの向こうに彼がいるとわかった瞬間、ものすごくほっとしたわ。でも同時に、彼があのドアをぶち破って入ってきたりしたら、フォーリーがパニックを起こしてあたしを殺すにちがいないって気づいたの。身体の震えが止まらなかった。でも、ただその場にすわって待つしかなかった。フェリックスがなにかいい救出方法を思いつくのを。

ブルース・アレン・フォーリー（陰謀論グループの指導者）
　そのまま一、二分待ってから、おれは身体から力を抜いた。あきらめて帰っちまったと思ったんだ。そのとき、カードキーの音がした。つづいて、カチッって音が響いたかと思うと、いきなりロックが解除され、ドアが手前に開きはじめ、あの男が踏みこんできた。おい待て冗談だろ？　こいつ、キーを持ってたのか？

フェリックス・カルデロン（刑事）
　なかに足を踏み入れた瞬間、口をふさがれたケイシーが目に入った。カメラの前の椅子に縛りつけられ、ブルース・アレン・フォーリーに拳銃を突きつけられていた。おれははっと足を止めた。後ろでドアが閉まった。部屋にいるのはおれたち三人だけだった。

ブルース・アレン・フォーリー（陰謀論グループの指導者）
おれたちのささやかなライブ配信パーティへようこそ、と思ったね。共演者の出演はいつだって歓迎だ！　しかし、やつに警告はした。おまえはおれのいうことを聞かなきゃならないとね――「おかしな真似はするなよ。両手を合わせて、ベッドのフレームに押し当てろ」

フェリックス・カルデロン（刑事）
そんなことをする気はないといってやったよ。おれはケイシーを見た。あいつは目で話しかけてきた。怯えきってたな。

ブルース・アレン・フォーリー（陰謀論グループの指導者）
おれはいったよ。いわれたとおりにしろ、さもなきゃケイシーを殺す。

ケイシー・ホーソーン（プロデューサー）
銃口が文字どおり頭に押しつけられてた。あたしはできるかぎりじっとしてたわ。

フェリックス・カルデロン（刑事）
　おれはふたりのほうへ足を踏みだした。ケイシーはそのままこっちにきてとおれに訴えつづけてた。目を見ただけでわかったよ。彼女がおれを必要としてることも、信頼してることも。
ブルース・アレン・フォーリー（陰謀論グループの指導者）
　おれは大声を上げて銃をやつに向けた。なのにあいつは、歩みを止めなかった。
フェリックス・カルデロン（刑事）
　フォーリーに手が届くくらいそばまで近寄った。やつにタックルする代わりに、おれは腕を伸ばしてやつの肩に手をおいた。そして、反対の手を広げて差しだした。銃を渡せといってね。
ケイシー・ホーソーン（プロデューサー）
　見ているしかなかったわ。呼吸さえできなかった。

ブルース・アレン・フォーリー（陰謀論グループの指導者）
おれは銃を渡した。そもそもあれは、本物でさえなかったんだ。安っぽいプラスティック製のおもちゃさ。さっきもいったとおり、おれは平和主義者なんだ！

ケイシー・ホーソーン（プロデューサー）
あたしは泣きはじめちゃったの。安堵感がどっと押し寄せてきて。

フェリックス・カルデロン（刑事）
おれはフォーリーをベッドのわきに連れていくと、うつ伏せに押し倒し、左右の手首を背中で縛りあげた。それから床に転がした。すべてなされるがままで、抵抗ひとつしなかったよ。
つぎにケイシーのところへ行き、口からテープをはがして、だいじょうぶかと訊いた。彼女はイエスと答えた。縛《いまし》めを解いてやると、彼女は飛びあがっておれに抱きつき、離れようとしなかった。

ケイシー・ホーソーン（プロデューサー）
あんなに感情的になるなんて、自分でも思ってなかった。怖かったけど、助かるためのプランがあると思ってた。フォーリーが望んでるとおりの話をすれば、傷つけられることはないと思ってたの。でも、フェリックスはフォーリーがはったりをかましてるだけだってことも、銃が偽物だってことも知らなかった。彼はなにが待ってるかもわからない部屋に、まったく無防備なまま入ってきた。あたしを救うために。マヌケなおとぎ話のプリンセスみたいだって思われるかもしれないけど、あたしは彼にゾッコンになっちゃったのよ。

ブルース・アレン・フォーリー（陰謀論グループの指導者）

ふたりで部屋でも取れよって感じだったよ。いやいや、ただの冗談だって。あんなふうにしてるふたりを見て、胸がキュンとしたね。

フェリックス・カルデロン（刑事）

おれはケイシーの腕を無理やりほどいて署に電話を入れた。彼らはすぐにやってきて現場を掌握し、おれたちの証言を取り、フォーリーをしょっぴいた。

ブルース・アレン・フォーリー（陰謀論グループの指導者）

連行されるまえに、おれはケイシーに謝った。ただし、自白を引きだそうとしたことをじゃない。それについちゃ、いまでも正しかったと思ってる。謝ったのは、脅して怖がらせたことだ。あれはいいことじゃなかった。しかしほんと残念だったよ、あとちょっとで〈聖なる暴露〉だったのに！　それが唯一の悔いだね。
しかし、いつかかならず実現してみせるさ。

フェリックス・カルデロン（刑事）
最終的に、部屋にはおれとケイシーだけになった。彼女はまだ震えていた。文字どおり震えてたんだ。彼女はおれを見つめつづけた。もうしばらくいっしょにいてくれないかと訊かれたよ。

ケイシー・ホーソーン（プロデューサー）
泊まってほしかったの。頭がすごく混乱してた。まえの日にはあんなに憎んでたのに。でも、男の人が危険を冒して命を救ってくれたら、女の子の気持ちは変わるものよ。

フェリックス・カルデロン（刑事）
それについては考えた。彼女はぱちぱちまばたきしながら青い目でおれを見つめてた。しかし、まえの日の夜にロビーで浴びせられた言葉を忘れちゃいなかったからな。あいつのせいでおれは担当をはずされ、キャリアをめちゃくちゃにされたんだ。サラはいまだに行方不明のままで、ケイシーはそれに関するテレビ番組をまだつくってた。おれがどれだけムカついたか、忘れられっこなかったね。
だからノーと答えたんだ。

ケイシー・ホーソーン（プロデューサー）
胸が痛んだわ。部屋を出ていく彼を見て、自分の気持ちが純粋だってことに気づいたの。でも、自分が彼を傷つけてしまったこともわかってた。あたしは彼の人生を吹っ飛ばし、なにもかもめちゃくちゃにした。なのにあの人は、あえて危険を冒してあたしを救ってくれた。あたしは彼に借りがあった。ふたりの仲を修復する方法はひとつしかないこともわかってた。口でなにをいってもどうにかなることじゃなかった。魂をさらけだして甘い言葉で愛をささやいても、ふたりの不思議な相性を語っても、スペインのオリーブ畑で一生キスしてすごしましょうと約束しても、どうにもなりはしない。
方法はひとつだけ。それは――
この手でサラを探しだすこと。

第14章　わかった！

ケイシー・ホーソーン（プロデューサー）

サラ・パーセルは実在する人間だった。ブルース・アレン・フォーリーがどう考えてようと、クライシスアクターなんかじゃなかったし、誰かの想像が生んだ虚構の存在でもなかった。友人も家族もいる十六歳の少女で、ある朝、学校に出かけたまま帰らなかった。どこにいるかは誰も知らない。でも、間違いなくどこかにいる。あたしはそれを突きとめなきゃならなかった。

マーカスには、番組の幕切れにふさわしいフィナーレを用意すると約束してあった。デイヴとジャネットには、かならず正当な扱いをうけられるようにすると請け合った。フェリックスに対しては、名誉を回復するチャンスを提供する義務があった。いえ、それだけじゃないわ。あたしはあの人に、いまとは違う目で自分を見てもらいたかったた。そうしたすべてのことが、サラを見つけられるかどうかにかかっていたのよ。

そこであたしは、原点に戻ってみたの。疑いの余地なく明確にわかっていることはなにか？　サラはスクールバスに戻り、以来、誰にも目撃されていない。筋のとおった説明もつかなければ、証拠もないし、容疑者もいない。それがこの事件を決定づけてる特徴だった。それってどこかおかしいわよね？　なにか見落としてる。あたしたち全員が。

そのことを考えれば考えるほど、答えはひとつしかないと思えてきたの——真相解明の鍵はデイヴが握ってるはずだって。あの男の行動、初対面以来の物腰や態度、そのすべてがどこか釈然としなかった。彼は怪物なのか？　詐欺師なのか？——あの男がいったいなにをしたのかはわからなかったわ。でも、そこに焦点を当てるべきなんだと気づいたのよ。デイヴはどんな人間なのか、なにを隠しているのか——それをできるだけ深く掘り下げてみることにしたの。

あたしは机にすわってノートパソコンに向き合った。人質になったときにすわらされたのとおなじ机で、椅子にはあたしが結束バンドをこすりつけた跡が残ってた。あたしはまず、デイヴ・パーセルに関する情報をすべて探しだすことにした。ところが、たった五分で行き詰まっちゃったの。どういうわけか、インターネットを利用した痕《こん》跡《せき》がぜんぜんないのよ。ＳＮＳはやってない。グーグル検索にもひっかからない。犯罪記録もない。まるで、公的な生活をいっさいしてないみたいだったわ。イライラしちゃった。

そのとき、ふと思い出したの。インスタグラムやフェイスブックなんかで、あたしはデイヴを数えきれないほど何度も見てた。でもあれは、彼のアカウントじゃなかったんだって。あれはどれもジャックのアカウントだったのよ。ジャックは典型的なハイテクオタクの十一歳だった。あの子のソーシャルメディアは、ほぼあの一家の日誌になってたわ。あたしはあの子のアカウントをぜんぶべつべつのタブにアップして、片っ端から読んでいった。

どんどんどんどんスクロールして、何年もまえにアップされた投稿までさかのぼっていくと、パーセル家の日々の生活がくっきりと見えてきた。あの一家のちょっとおかしなところまでね。たとえばジャネットは、毎朝いつもおなじ格好をしてるの――すごくぶかぶかのスウェットシャツに、もふもふのピンクのスリッパ。デイヴが週末にかならずやっている家事や、始終壊れてばかりいる軒樋とのいつ果てるともしれない戦い。リサイタルとか陸上競技会とか、サラの用事にいつもいやいや付き合わされるジャック。

あたしはどんどんメモをとっていった。リーガルパッドは刑事ドラマの掲示板みたいになってたわ。ほら、よくあるでしょ、容疑者の名前が赤い線でごちゃごちゃとつないであるようなやつ。するとそのうちに、頭のなかでアイディアが形になってきたのよ。ま、アイディアというより当て推量といったほうが当たってるわね。でも、どうしても無視はできなかった。デジタルのパンくずを追いつづけていくと、これはって投稿がぴょんぴょんと飛び出してきて、どんどん重要な意味を持っているように見えはじめたの。

森のなかでデイヴとサラがキャンプしてるインスタグラムの写真。父さんがサラと「秘密のプロジェクト」の件で出かけてしまったんでオリオールズの開幕戦に行けなかったと、ジャックが不平をいっているツイート。事件が起こった当初フェイスブックにアップされた憔悴《しょうすい》しきったジャネットの写真と、髪をセットしてしっかり化粧をしている二週間後の写真。

あたしの頭は回転しはじめてた。ひたすらクリックしつづけたわ。それから突然、すべての発端となった例のバイラル・ビデオをもう一度見たい衝動に襲われたの――デイヴとジャネットが玄関広間で抱き合い、涙を流し、おたがいに強くなろうと約束し合ってるやつ。いま見返しても感動的だった。だけどそこで、バイラル・ビデオとして流通してるバージョンは、あたしが最初に見たものよりも短いことに気づいたの。

あたしはジャックのユーチューブ・チャンネルに飛んだわ。そして、スクロールバックして全長版を見つけたの。全長版といってもほんの数秒長いだけで、違いもほんのわずかしかなかった。でもすぐに、これだって瞬間が見つかった。デイヴが妻を抱きしめて励ますとき、その顔に不審な表情が浮かぶのよ――もちろん彼は撮影されてるなんて思ってない。しかも、ジャネットには自分の顔が見えてないのがわかってる。そのとき彼はガードを下ろし、演技をやめるの。その瞬間のデイヴの顔はどう見たって……

娘の心配をしてる男の顔じゃなかった。抱擁《ほうよう》して語りかけてるのは、ジャネットに対する演技にすぎない。ジャックのビデオにはそれがはっきり映ってる。世間の人たちは先入観で見てたから気づかなかったのね。心配する両親、悲劇的な状況、元気を出そうと奮起するふたり。でもビデオの最後の最後に、デイヴがうっかり馬脚を現わす瞬間が映ってる。あの男は嘘をついているのよ。

背筋に寒気が走ったわ。その瞬間、デイヴが詐欺を働いてるのがわかった。すると、すべてがどんどん意味を成しはじめたの。

あたしがはじめて自宅に行ったときのデイヴの反応。ダイナーでの交渉。

なぜ番組の制作に応じたのか。

なんの説明もなくいきなり制作中止を言い渡してきたのはなぜか。

すべての出来事が頭のなかを駆けめぐっていった。そしてはっきりと見えたの――デイヴは最初からすべてをコントロールしてた。娘の身を案じてなどいない。あたしやほかの人間をうまく操れるかどうかだけを心配してる。それを認めるのはショックだった……真相に気づいて気持ちが高揚すると同時に、してやられたっていう敗北感もあった。

ただ、この計画がサラにとってどういう意味があるのかはまだわからなかった。彼女はどこにいるのか？ 生きているのか、死んでいるのか？ 真相まであと一歩なのはわかっていたけど、パズルの最後のピースがどうしても見つからなかった。

そこで思ったの。フェリックスに連絡しなきゃって。

フェリックス・カルデロン（刑事）

ケイシーが電話をかけてきたんだ。それも真夜中にね。おれはあいつをホテルにおいてきた。だから電話には出なかった。安全なのはわかってたからな。ブルース・アレン・フォーリーは留置場だし、彼女の部屋には警察の警備がついている。彼女がなにを求めてるんだかわからなかったが、こっちにはエネルギーなんて残っていなかった。ところが、しつこく何度もかけてくるんだ。最後には根負けしてね。あいつはサラの行方がつかめそうだといった。しかし、それにはおれの助けが必要だというのさ。

おいおい冗談だろ？ もちろんおれは信じなかった。それに、ケイシーといっしょに捜査をしてヒーローを演じるつもりはなかった。おれはいま停職中なんだといってやったよ。デタラメな話を並べたりしてないで、そっとしといてくれってな。しかしあいつは、とにかく話を聞いてくれといってきかない。自分が突きとめたことをすべて聞いたうえで、欠けてるピースを探すのを手伝ってほしい。おれはノーと答えた。そして、そのまま通話を切ろうとしたんだ。

するとあいつは、もしここで手を引いたらヒューストンの二の舞よといった。その手をまた血で濡《ぬ》らすことになるのよ、と。おれは通話を切り、壁を殴りつけた。

ケイシー・ホーソーン（プロデューサー）

ああ言うほかなかったの。あの件を持ちだすつもりはなかったし、武器として使うつもりもなかった。でも、状況が状況だったから。フェリックスが傷つくのはもちろんわかってた。でも、もしまだサラが生きているとしたら、救えるのは彼だけだった。彼に重たい腰をあげてもらうには、あの話を持ちだすよりほかになかったのよ。

フェリックス・カルデロン（刑事）

ヒューストンの件か？　ああ、それならこういうことさ。

あの事件の六年前、おれはヒューストン九分署の特殊被害事件捜査班に所属してた。そのときおれは、失踪事件を捜査中だった。四歳と二歳のふたりの子供が祖母の家の裏庭で遊んでいて、昼のひなかに拉致《らち》されたんだ。すべての手がかりは、子供たちの母親の元ボーイフレンド――子供たちの父親――を指していた。ただしこの男にはアリバイがあって、尋問にも証言をひるがえさなかった。しかしおれには、そいつが犯人だって確信があった。

こうした事件では、一分一分がとてつもなく貴重になる。おれは捜索令状を出してほしいと判事に懇願し、必要な書類を揃《そろ》えた。そして男の家に急行し、室内を徹底的に捜索した。その男が汗を流して待ってるそばでな、そこらじゅうを探したが、なにも見つからなかった。しかし、なんの収穫もなく家を出るときも、おれはあいつが犯人にちがいないと確信してた。

二カ月後、やつの家の近くに住んでる男が交通違反で職務質問をうけ、コカイン所持で捕まった。テキサス州の法律では、逮捕が三度つづけば問答無用で終身刑だ。そこでその男は、終身刑をなんとかまぬがれるために、自分の知ってる犯罪者を見境なく売りはじめた。ヤクの密売人たち、解体屋ども、無免許でデイケア・センターを開いてるばあさんたち――思いつくままに片っ端からな。そして、自分はよき市民であると訴えるための大芝居の過程で、さっき話した元ボーイフレンドがしばらくまえに子供を誘拐したと告発したんだ。

同僚たちはおれがあの事件に入れこんでたのを知ってたんで、尋問に同席させてくれた。タレコミ野郎はおれにもおなじ話をくりかえした。例の元ボーイフレンドは屋根裏かなんかに子供たちを隠してたっていうんだ。自分はあの男といっしょに働いている友だちの友だちから聞いたんだといってな。たんなる又聞きの噂にすぎないわけだから、最初はあまり期待していなかった。だからいったんは取調室を立ち去りかけたんだ。事件直後に家宅捜索はしたが屋根裏部屋なんかなかった。パクられて口が軽くなったやつは、なんだって売ろうとする。だから思ったのさ。この男は、適当にダーツを投げて当たればラッキーくらいに考えてるんだろうってね。

「おいおい嘘じゃないってホントだよ」とそいつは言い張った。そして、あの男がなにやって生計を立ててるか知ってるか、と訊いた。おれの捜査がじゅうぶんじゃなかったみたいな口ぶりでな。そんなことはもちろん知ってたよ。工事作業員だ。当時あいつが作業をしてた建設現場にも足を運んだ。しかし子供たちの姿はそこにもなかった。「クロゼットだ」とタレコミ野郎はいった。「そいつはクロゼットのことばっか話してたらしい……ダチが聞いた話じゃ、クロゼットに秘密の隠し部屋を作ったと自慢してたそうだ……そこにいろいろ隠しておけるんだってさ――秘密の棚でも金庫でもなんでもさ。おれのダチはいってた。そいつはちょっとイカれた様子で、なにかを自慢したがってたらしい。ただ、それがなんなのかはいわなくて……子供たちをさらったのがあの変質者だってことはみんな知ってた……あいつの家のクロゼットを調べてみろって」

おれはすでにドアから外に走りだしていた。令状なんてこの際クソくらえだった。やつの家に急行したよ。誰もいなかった。どうとでもなれという気持ちでドアを蹴破り、二階へ急いだ。奥の寝室。クロゼット。前回きたときになかは調べていた。しかしこんどは、もっと入念に観察した。すると、壁板がどれも……新しすぎた。しかも作業の仕上げが……丁寧すぎた。おれは懐中電灯を手に壁をくまなく指でなで、ようやくのことで掛け金を見つけた。クロゼットの奥の壁は本物の壁じゃなかった。引き開けると、奥に隠し部屋があった。床にはゴミ袋につっこまれた小さな死体がふたつ転がっていた。

ケイレブとアシュレイだった。

最初に捜索したとき、おれは子供たちからたった六インチのところまできてたんだ。壁にだって手を触れた。誘拐当日から二日しか経っていなかった。あのときはふたりはまだ生きてたんだ。もしかしたら、ふたりが息をしているのが聞こえていたのかもしれない。あと六インチのところまで行きながら、おれはその場をあとにした。筆舌に尽くしがたい悪夢のどまんなかにふたりを置き去りにし、死なせてしまった。なにも気づかずに。

おれはすっかり打ちのめされた。パニックに襲われ、眠れぬ夜がつづいた。どこに行っても衝動的に壁を探って秘密のドアを探してしまうし、公園の遊び場のわきに車を駐めて子供たちを見守りつづけてしまう。結婚生活は破綻《はたん》した。もうすっかりボロボロだった。

そこで特殊被害事件捜査班から異動を願い出た。おかげで状況はやや改善したが、たいしたことはなかった。都会での勤務がもはや重荷になっていたんだ。フレデリック警察にポストの空きがあることをネットで知り、あの町に移った。幼い子供がクロゼットに閉じこめられるような事件は起きそうにないと思ったからだ。しばらくのあいだはうまくいっていた。おれはだいぶ回復した。しかしサラ・パーセル事件のおかげで、すべては振り出しに戻っちまった。

ヒューストンでの件をなぜケイシーに話したのかはわからない。でもあれは、あの女が嘘つきだとわかるまえだった。おれは彼女と本音で話をしてた。なのにあいつは、おれの話をファイルにしまっておき、ここぞというときに投げつけてきたんだ。

ケイシー・ホーソーン（プロデューサー）
思ったとおりうまくいったわ。フェリックスは通話を切ったけど、二十分後にホテルのあたしの部屋にやってきた。
ヒューストンの件を持ちだしたことで、彼は食ってかかってくるにちがいないと思ってた。でも違った。その件は口にもしなかった。ただビジネスライクにいっただけ。

「きみが入手した手がかりとやらを見せてくれ」って。

フェリックス・カルデロン（刑事）

ケイシーはおれをノートパソコンの前にすわらせた。ジャックがソーシャルメディアにアップした投稿のあれこれにブックマークがつけてあった。彼女はそれをおれに見せていった。彼女がなにをいいたいのかがわかってきた。ケイシーのいうとおり、すべてはそこにあった。あの一家はおれたちに嘘をついてたんだ。おれは一時期、デイヴは殺人犯じゃないかと疑ってた。しかしそうじゃない――やつが仕組んでたのは詐欺だった。

しかし、ケイシーにはサラの居場所が突きとめられなかった。おれは彼女に、もう一度すべてをざっと見せてくれと頼んだ。ジャックは意図することなく家族の生活をすべて記録していた。結果として、水も漏らさぬ監視作業をつづけていたも同然だった。そのときのおれとケイシーは、デジタルの干し草の山のなかから針を探しだそうとしてた。そしておれは、見つけるまでぜったいにやめるつもりはなかった。

ケイシー・ホーソーン（プロデューサー）

隠れ家がどこかに気づいて「わかった！」と叫んだのはフェリックスだった。彼がすべてを見抜いたの。前の年の六月にフェイスブックにアップされた写真。その前の年の夏にも、さらにその前の年の夏にも、パーセル家の人たちは全員で、ティンバー・リッジっていうボーイスカウトのキャンプ場にジャックを送り届けてた。明らかに、毎年の行事だったのね。四人は安っぽいキャビンの前でポーズをとってた。ジャックはボーイスカウトの制服を着てて、その後ろに立ったサラは、ジャックの頭にウサギの耳みたいに指を二本立ててた。

なにを考えてるのってフェリックスに訊いたわ。彼はひどく真剣な顔であたしを振り返り、サラは生きていると思う、っていったの。近くに誰もいない場所で――ただし絶対に安全な場所で――自給自足の生活を送ってるんだろうって。もしそうだとしたら、場所はボーイスカウトのキャンプ場にちがいないって。

調べてみると、地図に場所が載ってた。町から車で一時間ほどのところで、シーズンオフは閉鎖されてるのがわかった。たぶん施設に人はいない。サラとデイヴにはおなじみの場所。人里離れたなにもない場所だけど安全。フェリックスもあたしも確信は持てなかったけど、たぶんここにちがいないって思ったわ。あたしたちは荷物を用意して部屋を出た。そして、夜明けと同時に彼の車に飛び乗って、キャンプ場に向かったの。

フェリックス・カルデロン（刑事）

テレビカメラはなし。妙な駆け引きや裏工作もなし。ケイシーの態度が変わってることはおれの目にも明らかだった。番組のことは忘れ、ようやくのことで真剣に取り組んでたよ。おれはアクセルを踏みこみ、スピードを緩めなかった。キャンプ場に着いたらなにが待っているかはわからなかったが、一分一秒たりとも無駄にできないのはわかっていた。ああ、それだけはよくわかってたよ。

ケイシー・ホーソーン（プロデューサー）

ほとんど会話は交わさなかった。話すことがどっさりあることはふたりともわかってた。ＴＭＺのスキャンダル記事。ホテルのロビーで口論したときに、どちらも許しがたい暴言を口走ったこと。フォーリーの一件。ヒューストン。パーセル一家があたしたちを騙していたこと。うっかりドアを開けてしまったら、いまの平和と一体感は簡単に失われてしまう。あたしたちは、これから自分たちが見つけるものが、すべてを永遠に水に流してくれることを願ってた。

フェリックス・カルデロン（刑事）

おれはそんなことなどこれっぽっちも考えてなかった。すべてをセラピーセッションに変えちまったのはケイシーなんだ。おれはサラを見つけだしたかっただけさ。

アパラチア山脈のふもとを走っている曲がりくねった未舗装道路を抜けると、キャンプ場の入口が見えてきた。錆びたチェーンが道に渡してあった。車を駐め、おれたちはキャンプ場に足を踏み入れた。

人っ子ひとり見当たらなかった。目に入るのは、食堂みたいなでっかい建物と、石で作ったファイヤーピット、ピクニックテーブル、テザーボール用のコートといったものだけだった。さらに進んでいくと、敷地の周囲に沿って小さな木造のキャビンが馬蹄《ばてい》型に並んでいて、その向こうにトウヒの森が海のように広がっていた。どのキャビンの窓もすべてシャッターが閉まってた。

ただひとつをのぞいて。

ケイシー・ホーソーン（プロデューサー）
フェリックスとあたしは目を見合わせた。やったという誇らしげな気持ちはあったけど、どちらも笑みは浮かべなかった。
あたしたちにはわかってた。彼女を見つけたんだってことが。フェリックスがこれまでとは違う目であたしを見てるのも感じとれたわ。

フェリックス・カルデロン（刑事）

ケイシーとおれはキャビンに近づいていった。そのキャビンだけ、ドアに錠がかかっていなかった。ドアの前のぬかるんだ地面には足跡がたくさんついていた。男物の大きなブーツの跡もあった。おれは拳銃に手をかけようとして……持っていないことを思い出した。クソッ。しかしそこで引き返すわけにはいかなかった。おれたちは三段のステップをゆっくりと上がった。おれは声をかけた。「やあ、サラ。フレデリック警察の者だ。なかに入るよ」返事はなかった。おれはドアを押し開けた。首筋にケイシーの息が感じられた。おれたちはなかに足を踏み入れた。

そのとき、彼女が目に入ったんだ。

ケイシー・ホーソーン（プロデューサー）

サラだった。死んで床に横たわってた。目を大きく見開いて。穏やかな顔、といってもよかったわ。誰かが両手で絞め殺した跡が首に残っている以外は。

フェリックス・カルデロン（刑事）

おれは振り返ってケイシーを見ずにはいられなかった。最初に思いついたのはほんとにそれだったんだ。

ケイシー・ホーソーン（プロデューサー）

フェリックスはなにもいわなかったけど、いう必要なんてなかった。彼の怒りと非難が感じられた。なにを考えているのか、すべてがはっきりとわかった。この少女が死んだのはおまえのせいだ。

そしてあたしは、それが真実であることを知っていた。

第15章　すべてが終わった

ケイシー・ホーソーン（プロデューサー）

ただもうショックだった。あたしは悲鳴を上げた。死体に駆け寄ってわきにひざまずいた。フェリックスに引き戻されたわ。あたしは彼に向かって、この子を助けてと叫んだ。なぜ彼が助けようとしないのかわからなかった。

「彼女は死んでるよ、ケイシー」と彼はいった。「間違いない。おれたちは犯行現場を保存する必要がある」

なにも手の打ちようがないなんて、信じられなかった。フェリックスが冷酷なのも信じられなかった。当人はあれをプロフェッショナルな態度って呼ぶんでしょうけどね。でもあたしには、意味がわからなかった……あたしたちはあのキャンプ場にサラが隠れてると思ってた。あの子も詐欺に加担してるんだと思ってた。なのに、あたしたちが見つけたのは彼女の死体だった。

フェリックス・カルデロン（刑事）
おれはケイシーを死体から引き離し、ひざまずいて脈を探った。彼女は死んでいた。すでに冷たくなっていたよ。おれたちにできることはなにもなかった。サラ・パーセルはもう行方不明者ではなく、殺人の被害者だった。

いまやキャビンは犯行現場だった。犯人逮捕につながる手がかりが残されている可能性が高い。おれは部屋を見まわし、すべてを頭に叩きこもうとした——寝袋のおかれた寝台、折りたたみ式のキャンプ用チェア、服の詰まったスーツケース、本、雑誌、ラジオ、大量の食料、コンロ、水の入った容器、洗面用具、ゴミ用の袋。ティーンエイジャーの娘がここで三週間過ごすのに必要なものばかりだった。

おれは外に出て州警察に電話を入れた。ケイシーも出てくると思ってドアを手で押さえていたが、彼女は空っぽの寝台のひとつにすわったままだった。頭を両手でかかえ、静かに泣いていたよ。

ケイシー・ホーソーン（プロデューサー）
すこし時間が必要だったの。あんなにショックをうけたのは生まれてはじめてだったから。サラ・パーセルは現実の人間だった。番組の視聴者を惹きつけるためのキャラクターじゃなかった。なのに十六歳で命を失った。死体を見るかぎり、残虐に殺されて。もちろん、実際に会ったことはなかった。だけどあたしは……彼女とつながっているように感じてた。ほんとの知り合いで、ふたりのあいだにはささやかな絆があったみたいに。あたしはそこで彼女とすわっていたかった。だけどフェリックスに無理やり引き離されたの。あとになってから、キャビンにいる彼女を撮影しておけばよかったと思ったわ。すくなくとも、スマホかなんかで撮っておくことはできたわけだから。あの子の死はストーリーの一部だし、記録しておく価値があった。でもあのときのあたしは、すっかり動顚していてそれどころじゃなかったし、そのために戦う熱意も気力も残っていなかった。

ゼイン・ケリー（カメラマン）

あの日ケイシーはおれたちに、いつでも撮影できる態勢を整えて待機してろって指示したんだ。なにかでっかいことがあるかもしれないといってね。ところが朝がきて昼になっても連絡はない。なんでかはよくわからなかった。
おれたちがあそこに行ったのは翌日になってからだ。犯行現場はもう封鎖されてて、キャビンには近づくことさえできなかった。だけどおれはBロールを撮って、キャンプ場の遠景ショットもいくつか撮影した。聞いたところじゃ、いまでもあそこを巡礼する人が絶えないらしいよな。

ベッカ・サンタンジェロ（サラ・ベアーズの創設者）

ティンバー・リッジにはもちろん行きました。みんな行ってます。第四キャビンのドア口に立って写真も撮りましたし、床にも横たわってみました。あそこにいると、サラの存在を間違いなく感じることができるんです。

フェリックス・カルデロン（刑事）

おれはキャビンに戻り、もう一度部屋を見まわした。スマホで何枚か写真も撮った。忘れないでほしいんだが、おれはあのときまだ停職中だった。だから、もう一度あの現場に入れるかどうかわからなかったんだ。

しばらくその場に立ったまま、サラとふたりきりの時間を過ごした。目を閉じ、あのおなじみの感覚が――ヒューストンのときに感じたのとおなじ感覚が――襲ってくるのを待った。罪悪感、嫌悪感、羞恥心《しゅうち》、恐怖。おれはそれにただ身をゆだねた。しかしどういうわけか、今回はそれほど激しく感情を揺さぶられなかったし、圧倒されることもなかった。たぶん、すっかりおなじみの感覚になってたからだろう――フレデリックにきてからはしばらく忘れていたが、あのときまた甦《よみがえ》ってきたんだ。ちょっと病的だと思われるかもしれないが、あの感覚をもう一度経験して、ほっとした部分もあったね。

ケイシー・ホーソーン（プロデューサー）

キャビンの外に出たところで話しかけようとしたんだけど、フェリックスにさえぎられてしまったの。大きな苦痛に襲われてるのが見てとれたわ。あたしは助けになりたかった。苦しみを分かち合いたかった。でもフェリックスは、あたしと関わり合うことを明らかに望んでいなかった。キャビンの外に立って警察の到着を待つ彼をその場に残し、あたしは歩み去ったの。

フェリックス・カルデロン（刑事）

おれは騎兵隊が到着するまで、キャビンのドアの前の階段に立っていた。二時間もすると、あたりは何十人もの人間で埋めつくされた。

上司の警部もやってきた。地方検事のベルもだ。おれはケイシーと自分がサラの死体を見つけた経緯を説明した。ふたりはおれを事件捜査に復帰させることで同意した。ただし、ケイシーとは今後二度と接触しないという条件付きだった。ふたりはすでに彼女をキャンプ場の敷地から退去させていた。ケイシーはサラ発見の功労者だったが、おれにはふたりの懸念《けねん》もよくわかった。その決定におれも不服はなかった。

たしかに、詐欺計画を嗅ぎつけたのはケイシーのお手柄だ。しかし、彼女の番組がなければ、あの悲劇は起こらなかったはずなんだ。彼女はヒーローになりたがってたが、実際にやってたことは、火にガソリンを注いでおきながら、バケツ一杯の水を運んでくるようなことだった。おれにいわせれば、あの殺人事件の道義的共犯者みたいなもんだね。

ケイシー・ホーソーン（プロデューサー）

道義的共犯者？　それって……ちょっと耳に痛いわね。フェリックスがいまもそんなふうに思ってるなんて残念だわ。あたしはサラを救いたかっただけ。でも、彼になにをいっても無駄なのはわかってる……あたしがしたことに対するあの人の考え方を変えたいっていう願いは、とっくの昔にあきらめたわ。

フェリックス・カルデロン（刑事）

鑑識官が現場を調べてるあいだにやっておくべきことがあった。この仕事の最悪の部分だ。車で町に戻って、パーセル夫妻にこの件を知らせなければならなかった。

デイヴ・パーセル（父親）

ドアをノックする音がした。ドアを開けたのはわたしだ。その瞬間、すべてが終わったことを悟ったよ。歩道わきにパトロールカーや警官が待機していることには、まだ気づいていなかった。カルデロンの顔を見たとたんにわかったんだ。目に嫌悪の色が浮かんでいた。

ただし、カルデロンがあのとき口にしたことには、心の準備ができていなかった――たんに逮捕されるんだと思っていたんだ。わたしたちの仕組んだ詐欺が発覚したんだとね。サラもいっしょなんだろうと思っていたくらいだ。警察があの子を見つけて、車で届けてくれたんだろうとね！　だから、ああそうだ……詐欺が失敗に終わったのはわかっていたが、自分の人生や、家族や、わたしたちの夢――それらがすべて砕け散ったとは思っていなかった。

ジャネット・パーセル（母親）

あの刑事さんはリビングルームに立って、わたしたちに腰を下ろすようにいいました。ジャックはなにかを見ていました。刑事さんは、ジャックには席をはずしてもらったほうがいいと言いました。その瞬間、わたしは気分が悪くなってきたんです。

ジャック・パーセル（弟）

最初はなにも感じなかった。その頃には、そばに警官がいるのはごく当たり前になってたからね。いろんな人たちが出入りしてた。ぼくは自分のｉＰａｄを持って二階に上がったんだ。

フェリックス・カルデロン（刑事）

できるかぎり明確に、警察は娘さんを死体で発見したと伝えた。それからふたりがどう反応するかを観察した。これからの数秒間にすべてが露呈されるとわかっていたからだ。

ジャネット・パーセル（母親）

死体を発見したと聞いた瞬間、ほっとしました。ああ、よかった、と思ったんです。発見されたのが死体なら、サラのはずはありません。誰か他人のはずです。誰かべつの家族にとってのサラ。もちろん悲しいことですが、うちの娘が無事なのはわかっていましたから。

デイヴ・パーセル（父親）

わたしも信じなかった。そんなはずはないからだ。あの子の居場所を知っているのはわたしだけだった。

ジャネット・パーセル（母親）

刑事さんには、なにかの間違いだといったんです。サラは死んでいないって。

デイヴ・パーセル（父親）

すると彼は、ボーイスカウトのキャンプ場の話をしだしたんだ。わたしの世界はそこで完全に終わった。

フェリックス・カルデロン（刑事）

最初に衝撃をうけたのはデイヴだった。ジャネットはそれを見て半狂乱になった。大声で悲鳴を上げはじめ、デイヴに襲いかかった。むせび泣き、拳を振りまわし、爪で引っかいた。デイヴは殴られてもなんの抵抗もせず、筋肉ひとつ動かさなかった。その顔からは生気ってもんがいっさい消えてたよ。ほとんど、現実と隔絶しているかのようだった。ジャネットはひたすら泣きつづけ、殴り疲れて床にくずおれた。おれはデイヴを見据え、単刀直入に訊いた。「彼女があそこにいることは、知っていたんだな?」あの男は答えなかった。ジャネットの泣き声が大きくなった。

ジャネット・パーセル(母親)
あの子に会わせてくださいといったんです。すると、解剖が終わったあとで死体安置所に案内するといわれました。本人確認をしてもらうためにと。

フェリックス・カルデロン(刑事)
ジャネットはまた泣きはじめた。あのふたりを敵にまわしたかったわけじゃない。娘をなくしたふたりに同情もしていた。しかしいまや、ふたりは事件の容疑者だった。

ジャネット・パーセル(母親)
うちのかわいい娘が冷たい金属の台に横たえられ、突かれたり刺されたりしている姿が頭に浮かび……耐えられなくなったんです。わたしはあの子を抱きしめたかった。平穏な気持ちでもう一度抱きしめたかったんです。

フェリックス・カルデロン(刑事)
デイヴはずっと静かだった。狂言芝居をあきらめたのか、あきらめていないのか、どちらとも判断がつきかねた。

デイヴ・パーセル（父親）

わたしはカルデロンに誰がやったのか訊いた。自分に訊けばいいと彼はいった。しかし、わたしはほんとうに知らなかった。ぜったいに嘘じゃない。なんでそんなことになったのか、まったくわからなかったんだ。

フェリックス・カルデロン（刑事）

おれは信じなかった。あいつの信用は地に落ちてたからな。おれはやつに逮捕を言い渡し、ミランダ警告を読みあげた。

デイヴ・パーセル（父親）

終わりだった。もうあらがうつもりはなかった。わたしはカルデロンにいった。詐欺の件に関してはすべてわたしの犯行だ、ジャネットはなにも知らなかったんだと。

フェリックス・カルデロン（刑事）

もちろんそんなはずはなかった。

デイヴ・パーセル（父親）
しかし、あの子を殺したのはわたしじゃない。
フェリックス・カルデロン（刑事）
そいつも信じられなかったね。
デイヴ・パーセル（父親）
家を出るまえにジャックと会わせてほしいと頼んだ。ジャネットと上に行かせてくれれば、あの子に話すからと。カルデロンの答えはノーだった。わたしはここでまた深く打ちのめされた。
フェリックス・カルデロン（刑事）
あの男に情状酌量《しやくりよう》の余地はいっさいなかった。おれは手錠をかけ、外へ連れだした。
ジャック・パーセル（弟）

下で怒鳴り声がしてるのは聞こえてた。するとしばらくして、母さんが上にきて事情を話してくれたんだ。事件の真相をすべて話してくれたわけじゃない。サラが死体で見つかったってことだけだ。姉さんが死んだ。もうこの世にはいない。あのときは……っていうか、いったいなにがいえるっていうんだい？　姉さんはぼくがこの世でいちばん好きな人だったんだ。

フェリックス・カルデロン（刑事）
ケイシーと撮影スタッフがもう家の前にきていた。サラが冷たい死体になったことで、ケイシーはもう以前の自分に戻ってたよ。おれがデイヴといっしょに外に出ていくと――手錠、パトロールカー、その他もろもろ――彼らはカメラを回しはじめ、ずっと望んでた犯人逮捕の映像を手に入れた。

ケイシー・ホーソーン（プロデューサー）
あの撮影チャンスを逃すわけにはいかなかった。これなら番組を締めくくるシーンに使えると思ったわ。ところが、そこであたしははっとしたの。サラを殺したのはデイヴじゃないってわかったから。なぜわかったか？――デイヴの顔よ！　あの男は心に思ってることを顔ですべて話せる薄気味悪い能力を持ってるの。自宅から引きずられていくあの男にあたしが見たのは——悲しみ、ショック、荒廃——今回はすべてが本物だった。何週間ものあいだ、あの男の表情はインチキだった。でもあのときは、純粋に心からのものなのがわかった。そこに浮かんでるのは、娘を失った男の本物の悲嘆だったの。

フェリックス・カルデロン（刑事）

おれはデイヴといっしょにまた取調室に戻った。たいして締めあげる必要もなかったよ。サラ殺しの件以外、あいつはなにもかも自白した。あのマヌケな〈ゴーファンドミー〉の計画、サラの失踪当日、メディアに向けた玄関前での芝居、報賞金ファンド、予期せぬケイシーの登場の件まで、すべて洗いざらいな。さらにはマニー・クローフォードの死も自白した。ただしこれについては、事故だと言い張ってたが。

デイヴ・パーセル（父親）

サラは死んだ。うちの家族はめちゃくちゃになった。すべてはわたしが原因だった。隠すことなどなにひとつなかったし、戦って勝ち取る価値のあるものはなにも残っていなかった。

フェリックス・カルデロン（刑事）
サラが死んだ理由はなにも思いつかないと言い張ってた。しかも、ほんとうに混乱し、ショックをうけ、打ちひしがれているように見えた。あの子とは数日前に顔を合わせたが、そのときにはなにも不審なところはなかったというんだ。
いうまでもなく、やつは第一容疑者に返り咲いていた。しかしおれは、だんだんとやつを信じはじめてた。信じたくはないのにな。おれはやつを嘘つきだと見なしてたが、これは話がべつだった。
もしおれの本能が間違ってなければ、真犯人はまだ捕まってないってことになる。おれはデイヴの尋問をそこで打ち切り、ベル地方検事のオフィスに向かった。

クリスティーン・ベル（地方検事）
ようやくのことで死体が見つかった。誰が殺したのかは疑いの余地がなかった。ところがカルデロン刑事は――名誉を回復したフレデリックの反逆的ヒーローは――事件はまだ解決していないっていうわけよ。わたしはまだなにも発表してはいけないって。いいこと、たしかにカルデロン刑事は正しかった、それは認めるわ。でも賞賛しすぎるのはやめましょう――まるで彼がすべてを解決したみたいにいうのはね。

フェリックス・カルデロン（刑事）

ベルはいい顔をしなかった。彼女は記者会見を開いて勝利を宣言したかったのさ。おれは知っちゃいなかった。家に帰って数時間ほど寝て、そのあとで仕事に復帰した。このときにはもう、未解決失踪事件の担当から、未解決殺人事件の担当に変わってた。

ミリアム・ローゼン（音楽教師）

あれは授業のある日でした。校内にどこからニュースが入ったのかはわかりません。ただ、誰かひとりが気づいてからは、全校の生徒に伝わるのに数分もかかりませんでした。授業はそこでやめました。ほかの授業もすべて中止になったはずです。大勢の子が泣いていました。その時点では、事件の詳しい真相はわかっていませんでしたから、わたしたちの悲しみはまだ純粋でした。サラ自身が事件に加担していたとわかったのは、もっとあとだったんです。

オリヴィア・ウェストン（友人）

わたしは生物の実験室にいました。誰かがトイレに行って、廊下でニュースを聞いてきたんです。その男の子はサラの死体が森で見つかったっていいました。わたしはゴミ箱に吐いてしまいました。

ネリー・スペンサー（友人）
　とんでもないデマが飛びかって手がつけられなくなってた。サラはレイプされて拷《ごう》問《もん》をうけてたとか、悪魔崇拝の儀式で身体を切り刻まれたとか。ロッカールームでは、オオカミに食い殺されたって話も聞いたわ。校舎の奥に行けば行くほど、話がどんどんマトモじゃなくなってくの。

ブランドン・グラスリー（近所に住むクラスメート）
　学校のみんながどうやってニュースを知ったのかはわからない。ぼくが覚えてるのは、校長の校内放送があったことだ。簡単な事情説明をしてから、きょうの授業はすべて休講にしますといったんだ。でも、みんななんとなくいっしょに固まってね。講堂で非公式の集会みたいなものが開かれた。教師の何人かが会話の進行役みたいなことをやって。ぼくも行ってしばらく話を聞いた。

オラフ・レクレール（アイスクリームショップのオーナー）
　町じゅうを影が覆ったような感じだったね。町のあちこちに黄色いリボンが結んであったんだが、結んでから何週間も過ぎてたから、ボロボロになったり汚くなったりしてた。それがいきなり、ひどく陰鬱に思えたもんだ。わたしは店を閉めて歩いて家に帰った。店を出るまえに、ディスプレイ・ケースからブラックラズベリー・アイスクリームのプレートを撤去した。その後、あのフレーバーは二度と売ったことがない。

イヴリン・クローフォード（マニーの妻）

あたしの様子を見に寄ってくれる人がまだいましたからね。マニーが殺されてからまだ一週間か二週間しか経ってなかったから。娘たち、親戚、友だち。あのニュースはみんなといっしょに聞いたわ。悲しい話だったけど、あたしは聞きたくもありませんでしたよ。みんなで二分くらいその話をして、あとはほかの話をしてました。サラ・パーセルのことなんか、うちの夫となんの関係があるっていうの？　ぜんぜんありゃしませんよ、これっぽっちもね。もしあのときあたしが、関係あると思うなんていってたとしたら、そりゃ嘘をついてたんですよ。

トミー・オブライエン（ギアリー・ホーム＆ガーデンの従業員）

もちろん、デイヴには失望しましたよ。でも、怒りのほうが大きかったですね。何週間も、ぼくたちはかすかな望みを捨てずにいたんです。なのに、サラは殺されてしまった。ぼくは犯人のクソ野郎を探しだしてズタズタに切り裂いてやりたかった。みんなそう思ってたはずです。ぼくたちは〈レニーの酒場〉に集まって、容疑者に関するニュースが流れるのを待ってました。そしたら、デイヴが逮捕されたっていうじゃないですか。彼が第一容疑者だって。いったいなんだよそれ、って思いましたよ。ぼくは信じませんでした。

ビヴァリー・ギアリー（祖母）

誰かがハーブの店にきて教えてくれたんです。あの人は車で帰ってきました。あの人がドライブウェイにしばらくしゃがみこんでたのを覚えてますよ。それから、ようやく家に入ってきてニュースを教えてくれたんです。あたしは泣いて泣いて泣きまくりました。あたしのたったひとりの孫娘が。いつもひとこと余計な出っ歯でお下げのかわいい天使が。いったいなんて世の中なんでしょ。しかも、ハーブの聞いてきた話だと、犯人はデイヴだっていうじゃないですか。あたしはすぐにその場で決心しましたね、あの男を殺してやるって。もしつぎに会ったら、爪で両目をえぐりだしてやるつもりでした。

マイク・スナイダー（地方テレビ局のニュースレポーター）

もちろんトップニュースで取りあげたよ。でも、いくつかの信頼できる筋から入手した情報は錯綜《さくそう》してた。ボーイスカウトのキャンプ場で見つかった……絞殺されていた……そこまではわかる。でも、そこで生活していたっていうのは？　しかも、父親が逮捕されたのに捜査はまだ継続中？　ぼくたちはすべての噂を報道することはしなかった。ただし、まだつぎになにかあるなってことはわかっていたね。

ベッカ・サンタンジェロ（サラ・ベアーズの創設者）
フェイスブック・グループの参加メンバーはみんな興奮してました。わたしなんて、たぶん四十八時間くらいパソコンにかじりついてたんじゃないかな。みんな哀悼《あいとう》の意をポストしたり、フォトモンタージュをアップしたり、おたがいに慰め合ったりして。サラには一度も会ったことがなかったけれど、わたしはほんとに彼女を愛してました。彼女の死体が発見された日は、生涯最悪の日のひとつです。

ブルース・アレン・フォーリー（陰謀論グループの指導者）
おれはもちろん、フレデリックの留置所に入れられてた。例の〈聖なる暴露〉に失敗したせいでね。今回は友好的な地方検事が保釈してくれることもなかった。人質騒ぎを起こしたんで、政界の人間からすれば、おれは好ましからざる人物ってことになっちまったんだろう。クリスティーン・ベルも気の毒にさ。おれのサポートなしじゃどこにも行けやしないのに。

　とにかく、噂は留置場にも流れてきた。おれは肩をすくめて思ったね。オーケー、なるほど、死体が見つかったってわけか、死体は見つかるときもあれば、見つからないときもある。だからってなにか証明されたことにはならないさ。


エズラ・フィリップス（ポップカルチャー評論家）

　あのニュースはアメリカ全国を揺るがした。ぼくのスマホでもニュース速報のアラートが鳴ったよ。それからすぐに、なんとなく不安を覚えた。突然、誰もかれもが〈サラを探して〉の最終回に熱い期待を寄せはじめたからだ。ウォッチ・パーティを企画したり、予想を立てたりと、まるで事件の悲劇的な展開に大喜びしているみたいだった。史上最大のティーザー予告のようだったといってもいい――ついに死体が見つかった。このあと、いったいなにが起こるのか？　次回の放送を見逃すな！

　あのときぼくは、自分で自分に驚いたね。かくいうぼくも興奮していたからだ。しかし、そのあとで思い出した。これは〈ザ・ソプラノズ　哀愁のマフィア〉なんかじゃない。ああいうドラマのシーズン最終回なら、誰が殺されることになるのか、わくわくしながら待つのもうなずける。あそこに出てくるのは架空のキャラクターだからね。だけど、今回見つかったのは現実の人間の死体だ。プロモーション、見出し、高まる期待感……自分が薄汚い業界で仕事をしていることはぼくにもわかっている。しかしそれでも、すごく後味が悪かった。
もちろん、ケイシーは間違いなく有頂天だったはずだがね。

ケイシー・ホーソーン（プロデューサー）
とんでもない混乱状態だったわ。ティンバー・リッジから大急ぎでパーセル家に戻ってデイヴの逮捕場面を撮影し、それからようやくホテルに帰ったの。アンソニーはすぐに編集をはじめたがったけど、あたしにはすこし時間が必要だった。自分の部屋に行って、ベッドの上でまるくなり、しばらくそのまま横になってた。
サラの死体を見つけたあとでフェリックスがあたしに向けたとがめるような目のことを、ずっと考えていたの。彼女が死んだのはあたしのせい？　あたしがこの町にきたせいで、たんなるマイナーリーグ級の詐欺にすぎなかった事件にターボがかかってしまった？　サラがデイヴの指示でキャビンに隠れてるあいだ、あたしたちは撮影をつづけて彼らの懐を肥やしつづけた？　そうしたすべての問いに対する答えはイエスなんじゃないか――そう思うと怖かった。
自分が恥ずかしかったし、胸が張り裂けそうだった。真相を突きとめたときの誇らしい気分は？　もうどこにもなかった。サラの死体はまだ生きているかのようで、殺されたのはきのうでもおかしくなかったわ。デイヴの企みをもっと早く暴いていればと思わずにはいられなかった。自分に厳しすぎるのはわかってたけど、あたしの責任にしか思えなかったの。なんでこんなにも長いこと騙されていたのか？――自分のすべきことをあと数日でも早くやっていたら……

その晩は、一睡もしないで反省と自己分析をつづけたわ。あたしがサラの居場所の推理に着手したとき、彼女はもう死んでいた。すでに壊れてしまったものを元に戻すことはできない。サラはもう永遠に戻ってこないし、自分はなんらかの形で責められつづけるだろう。でもしばらくして、サラのためにいまからでもできることがあるのに気づいたの。しかも、その過程で自分の名誉を回復することもできる。

あたしはサラに対しても、番組の視聴者に対しても、自分自身に対しても、あとひとつだけ借りがある。それを返すには――サラを殺した犯人を探しだすしかない。

しかもあたしは、どこから手をつければいいかがわかってた。

第16章　自白を手に入れた

ケイシー・ホーソーン（プロデューサー）

あの日の朝、フェリックスとキャンプ場でサラの死体を発見したあとで、あたしは偶然大きな手がかりを見つけたの。最初に見たときは、いったいそれがなにを意味するのかよくわかってなかった。でもしばらくしてから、それがサラを殺した犯人を見つけだすための鍵になることに気づいたのよ。

フェリックスがキャビンの前で監視に立ってるあいだ、あたしはボーイスカウトのキャンプ場をあちこち歩いてまわったの。ほかのキャビンはすべて鍵がかかってて、シャッターが閉まってた。大きな食堂もね。でも、食堂とつながってる別館があって、そこの窓のシャッターがひとつだけ開いてるのに気づいたの。

そばまで歩いていってなかをのぞいてみたわ。殺風景なオフィスで――机がいくつかとファイルキャビネット、それに古いコピー機がおいてあった。キャンプ場が営業しているあいだ、サスペンダーにクロックスのサンダルって格好の老人が場内放送のマイクに向かってる姿が目に浮かんだわ。とくに見るべきものなんてなにもなかった。でも、汚れた窓から身を引こうとしたとき、ふとあるものに気づいたの。机の上に、古いコンピューターがおいてあって……画面で緑の明かりが点滅してたのよ。

肩ごしに振り返ってみたけど、カルデロンの立ってるところからは見えてなかった。だからドアの前まで歩いていって、ノブをまわし、なかに入ったの。

室内は暗くてほこりっぽかったし、空気がむっとしてて、あちこちにクモの巣が張ってたわ。机のところに行ってみると、コンピューターの横に空になったミネラルウォーターのペットボトルがおいてあって、そのすぐ後ろにあるダイアルアップ式の古いモデムはランプが点滅してた。マウスを動かしてみると、画面が明るくなった。その瞬間、サラがどうやって毎日ひまをつぶしてたかがわかったの。

インターネットで自分に関する記事を読んでたのよ。

そりゃ当然じゃない！　いきなり有名になったティーンの女の子がエゴサをしないはずないでしょ？　サラは十個以上のタブを開きっぱなしにしてた。そのうちのいくつかは、天気予報とか、気管に食べものが詰まったときの自己応急処置法とかいった実用的な情報収集のためのものだった。でもそのほかのタブは、ほとんどがサラ自身や、今回の失踪事件や、あたしの番組に関するウェブサイトだった。

あたしはこのときはじめて、サラにとって今回の経験がいかにシュールだったかに気づいたの……ある日、父親がキャンプ場にやってきて、おまえはいまアメリカでいちばん人気の高いテレビ番組の主役になってると教えてくれる。びっくりだろう、スイートハート？　いまやおまえがニュースのトップ記事なんだ。雑誌の表紙にもなってる。それにもちろん、インターネットもおまえの話題でもちきりだ。サラは有名だけど目に見えない存在。そこで彼女は、森の奥の隠れ家で、自分に関する記事を検索しはじめる。彼女がコンピューターの画面にかじりついてる姿が頭に浮かんで、思わず微笑んじゃったわ。ええそう、サラは世間のみんなをたぶらかしてたのよ——とくにこのあたしをね。それでもあたしは思った。彼女が自分の描かれ方に満足してくれてたらいいんだけどって。

いつそのオフィスに人がくるかわからなかった。州警察はもうこっちに向かってたわけだから。フェリックスか誰かがきたら、自分がなにを見つけたかを教えなきゃならない。だって、これは重要な証拠なわけでしょ？　でもあたしは、もう一分ほどあれこれクリックしてみたの。すると、サラはたんに自分に関する記事をフォローしてただけじゃないことがわかったのよ……あの子はネット上でほかの人たちと会話もしてたの。

どうやらサラは、投稿型ソーシャルサイトのレディットに立った〈サラを探して〉

のスレッドにどっぷりはまってたみたいなのよ。そのスレッドがあの番組のファンに人気なのはあたしも知ってた。みんなでそれぞれの説を披露し合ったり、冗談を飛ばしたり、予想を立てたりとかするわけ。何万ってユーザーが毎日アクセスしてたわ。そのひとりがインザパインズ22。サラの考えたユーザーネームね。これってちょっとびっくりじゃない？　サラは匿名の若い女性ファンを装って、自分の失踪に関する番組のスレッドに参加してたのよ。

でもね、そこでページをスクロールしかけたとき、遠くからサイレンの音が聞こえてきたの。誰かがオフィスをのぞいたりしたらヤバいことになることはわかってたから、マウスをシャツで拭《ふ》いて指紋を消し、鉛筆の消しゴム部分を使ってモニターのスイッチを切って、あわてて外に出たわ。それからフェリックスのところに歩いて戻って、キャンプの反対側にオフィスがあるって伝えたの。誰かがそこのコンピューターを使ってたみたいだって。彼はあたしのことに気づいてもいなかったみたい。現場にやってきた州警察の警官たちと打ち合わせをしてたから。彼らはあたしをキャンプ場の敷地から追いだした。警官に付き添われて出ていくときに目をやると、フェリックスはあたしたちが車を駐めたキャンプ場の入口に走ってくところだった。あの人がどこに行くつもりかはわかってた。あたしはすてきな救急救命士の何人かとおなじ車でフレデリックに戻ると、スタッフを招集して、デイヴ逮捕の瞬間に間に合うようにパーセル家へ急行したの。クレイジーな日だったわ。でも、混乱の真っただ中にいるときも、あたしの頭にあることはひとつだけだった。ホテルの部屋に戻ったら、ノートパソコンを開いて、インザパインズ22が会話をしていた相手を突きとめること。

モリー・ロウ（社会学教授）

サラが自分自身の物語にのめりこんでいったことは、ごくめずらしい事例とはいえ、驚くことではありません。ほかの人々と同様、サラもまた、犯罪実話《トゥルー・クライム》の危険な誘惑にあらがえなかったのです。物語はサラにとって個人的なものだったわけですから、参加せずにはいられなかったのも無理はありません。

受け手側がコンテンツに影響をあたえた例は、過去にも数えきれないほどありました——それはほとんど、このジャンルにおけるお約束となっているともいえます。いまやクリエーターたちは、自分たちのコンテンツがある時点でクラウドソースされ、情報が濾過《ろか》されながら底から上がっていく過程で、さまざまな道筋をたどることを期待しています。こうしたプロジェクトは、クリエーターと受け手とのコラボレーションとなっているといってもいいでしょう。クリエーターたちが口火を切ってなにかをはじめると、受け手側がそれを受けて物語をさらに先へと展開していくのです。

しかし、サラ・パーセル事件は観客と被害者がオーバーラップしたはじめての例でした。だからこそ、〝犯罪実話《トゥルー・クライム》がエンターテインメント化した時代〟を極めた頂点となったのです。もちろん、頂点ではなく、どん底と呼ぶ人もいるでしょうが。

ケイシー・ホーソーン（プロデューサー）

その晩、ようやく時間が取れると、レディットのページをさかのぼっていったの。アーカイブは数週間分あったわ。〈サラを探して〉の第一エピソードが放送された日からはじまってた。よくあるファンページね。最初のうち、サラはコメントをしてなかった。はたしてスレッドを読んでいたのかどうかも定かじゃないわ。でも、第二エピソードが放送されて視聴者がデイヴを疑いはじめると、スレッドの雰囲気ががらっと変わったの。めちゃくちゃな予想や、陰謀論、地球の反対側でサラを見たという情報、パーセル家の全員に対する執拗《しつよう》な詮索。そしてあるとき突然サラが、匿名のIDを使って、口を差しはさみはじめたの。彼女は自分の家族を擁護し……攻撃的な意見の穴を指摘し……その日の論争にはたいてい参加してた。

サラの投稿を読み進めるうちに、彼女がどれだけ多くの時間をそこで過ごしてたかがわかってきたわ。コメントを何百もしてた。下手をすれば千単位かも。退屈してたにちがいないことを考えれば、驚くには当たらないわね。さらに読んでいくと、彼女がほかの投稿者の何人かと親しくなっていくのがわかった。冗談を交わしたり、番組以外の話もしてた。そうやって、スレッド内で人間関係を築いていったの。誰かに個人的な質問をされたときには、嘘をつくか会話から抜けるかしてたけど。

最近の投稿を見ると、彼女はある特定の投稿者と頻繁《ひんぱん》にやりとりをするようになってた。相手はマーズ・ヴォルタ・マンっていうハンドルネームで、ふたりはおたがいのコメントにかならずいいねをしてたわ。どちらかが投稿すると、いつも長々と会話をつづけるの。どのやりとりもほっこりする内容だった。なんだかいちゃついてるみたいで。

マーズ・ヴォルタ・マンは熱心なサラの擁護者で、ほかの投稿者が攻撃してくるとふたりでチームを組んで反撃してたわ。サラの発見につながるかもしれないニュースがあるといっしょに喜んだりして。ふたりの会話を読んでると、キュートなインターネットカップルって感じなの。ふたりがおたがいに惹かれてるのは明らかだった。サラはたったひとりでキャンプ場にいて、誰かとのつながりや承認を必死にもとめてた……一方の孤独な投稿者は、いったいそれが誰にしろ、あの番組のことで頭がいっぱいで、おなじ意見の持ち主を見つけて喜んでた。

ところが、ある時点でふたりの会話がぷっつり途切れたの。

アーカイブを何日分もスクロールしてもふたりの新しい投稿がまったくないんで、

あたしはもう一度さかのぼって最後の会話を探したわ。もしそれが最後の会話でなければ、きっとただ読み飛ばしてたと思う。でもね、すごく何気なかったけど、じつは大きな手がかりが潜んでたのよ。

　手がかりっていうのは、ＬＯＬ（laugh out loud の略。声を上げて笑うという意味で、日本における（笑）に当たるもの）。だけど普通のＬＯＬじゃないの。ちょっとひねりを加えてあって、数字の１０１って書くのよ。こう書くと、数字の１０１が小文字のＬＯＬに見えるわけ。マーズ・ヴォルタ・マンが冗談をいったんで、インザパインズ22が１０１ってレスしたわけ。

あたしは鳥肌が立ったわ。１０１はサラのトレードマークみたいなものだったから。あたしはその表記を数えきれないほど何度も見てた。ジャックのＳＮＳでも、サラ自身のアカウントでも、オリヴィアやネリーに宛てたメッセージでも。ちょっと知的な感じだけど知的すぎないし、キュートな感じもある。それほど記憶に残るわけじゃない。でも、いったん気づいてみると明らかだった。サラは匿名で投稿してるのに、うっかりいつもの癖でこの表記を使ってしまったのよ。いわば指紋のようなものね。この表現を使うのはサラだけ。そして、彼女はマーズ・ヴォルタ・マンとの会話にこの表記を使って以来、スレッドに投稿していない。

　それがなにを意味するのかは、すぐにわかった。サラのトレードマークにあたしが気づいたんだから、ほかの誰かも気づいておかしくない。マーズ・ヴォルタ・マンは自分がメッセージを送ってる相手がサラだと気づいたのよ。ってことは、彼はサラの知り合いだってことになる。

それに気づいたとたん、ピンときたの。マーズ・ヴォルタ・マンってユーザーネームが、本人の正体を明かしてるってことに。マーズ・ヴォルタっていうのはマイナーなロックバンドで、あたしの知り合いに聴いてる人はいなかったけど、バンド名は聞いたことがあった。しかもあたしは、フレデリックの町にきてからその名前をどこかで見た記憶があったの。誰かのロッカーの内側にステッカーが貼ってあったのよ。何十枚ものはげかけたステッカーの真ん中に。ぼんやりとだけど、バンドのロゴも覚えてた。潜在意識のどこかにファイルされてたのね。それから突然、それが誰のロッカーだったか思い出したの。

ブランドン・グラスリー。

それだとすべてつじつまが合う。ブランドンがあの番組に夢中になってレディットに参加したのは当然よ。サラの名誉を守ろうとするのも当然――ブランドンに会って三十秒もすれば、あの若者が向かいの家に住んでる美少女に恋してることは誰にだってわかったはずだわ。もちろん、彼とインザパインズ22が事件への強い関心を共有して絆を深めていったのも不思議じゃない。たとえふたりがおたがいの正体を明かしてなくて、誰としゃべっているのかに気づいてなかったとしてもね。ブランドンがサラのトレードマークの101を知ってるのも当然。だとすれば、それがなにを意味するかにも気づいたはずよ――サラが毎日インターネットでゆったりチャットを楽しんでるってことは、彼女が間違いなく元気に生きてるってことだし、今回の失踪事件はすべて詐欺だったことになる。だとしたら、ブランドンの家族が標的にされて破滅したのは意図的に仕組まれてたってことよね？　それに気づいたら、当然ブランドンは激しい怒りに駆られたはずよ。自分の直感が正しいかどうかを確認し、どこに隠れていようがサラをかならず探しだし、直接対決してやるという決意を固めたとしても、ぜんぜんおかしくない。悲しいことに、その直接対決が暴力行為となって終わったことを、あたしはすでに知っていた。

ブランドンがどうやってサラを見つけたのかはわからなかったけど、あたしは直感的に確信したの。サラ・パーセルを殺したのはブランドン・グラスリーだって。自分がなにをすべきかはわかってた。カメラがまわっている前で、ブランドンと直接対決するのよ。でもそれより、フェリックスにすべてを話すのが先だった。あたしは何度も電話をかけたんだけど、彼は出なかった。しかたなく、最後にはボイスメールを残したわ。

フェリックス・カルデロン（刑事）
　ボイスメールは聞いたよ。サラを殺したのが誰だかわかったと、息もつけないほど興奮してた。しかしおれは、もうケイシーとは縁を切ってた。たとえ接触することを禁じられてなかったとしても関係ない。おれはあいつの番号をブロックした。

ケイシー・ホーソーン（プロデューサー）
　サラの居場所を見つけたのはこのあたし。フェリックスじゃない。ほかの警官でもない。だったら、あの人だってもうすこし心を開いてもいいんじゃない？　いまやあたしは殺人者を突きとめた。こんどもフェリックスじゃない、このあたしよ！　あたしは事件の解決にフェリックスも嚙ませてあげたかっただけ。いうなれば、栄誉を分けてあげようと思ったたってこと。彼にはずいぶん面倒もかけたし、いろいろしてもらったわけだから、それくらいの義理はあると思ったの。

フェリックス・カルデロン（刑事）
　サラが死んだのはケイシーとあの番組のせいだ。デイヴの自白を聞いてもそれは明らかだろう？　彼女はあの事件に関わり合う権利を失った。ヒーローになる資格を失ったんだ。

ケイシー・ホーソーン（プロデューサー）

フェリックスは返信してきた。「きみの番号はブロックした……もう二度と接触してくるな」って。

サラが死んだのはあたしの責任だってフェリックスがいってるのは知ってるわ。でも、あたしになにがいえる？　ある意味で、彼は正しいんだから。あたしはスマホの画面に表示されたメッセージを見つめ、ふたりの関係はもう修復不能だって悟ったの。あたしはフェリックスの敬意をすっかり失ってしまったし、彼はモラルってものにすごくうるさかったから、望みはなかった。あの人にそんなふうに思われてるなんて、胸が痛かった。彼に縁を切られるのもつらかった。頭おかしいんじゃないといわれようが、感傷的だと思われようがかまわないけど――あたしは信じてたの。ふたりでトライしてみれば、特別な人生を送れたはずだって。フェリックスとだったら、ベッドで永遠に楽しく話してられる。でも、お願いだから考えを変えてとあたしが懇願したりしたら、そんな関係に至ることはできない。人の考えなんて、変えてほしいと頼めるもんじゃない……相手の心から自然に湧いて出たものじゃなきゃだめなのよ。

フェリックスは……こなかった。それはいいの。世界はまわってるんだから。あたしは彼の意向を尊重した。あたしたちが接触したのは、あれが最後だった。

フェリックス・カルデロン（刑事）
ああ、そのとおりだ。いっしょに車でティンバー・リッジに向かった日以来、ケイシーとは話をしていない。

ケイシー・ホーソーン（プロデューサー）
殺人事件の解決にフェリックスが参加したくないというんなら、それは彼の問題よ。あたしは朝いちばんにブランドン・グラスリーを直撃するつもりだった。だから早い時間にスタッフを招集し、高校に向かったの。校長にはこう説明したわ。サラはもう死んでしまったから、番組の最終回を締めくくるにあたって、最初のエピソードでインタビューに答えてくれた生徒たち全員からもう一度話を聞きたいって。ネリー、オリヴィア、そのほかの友人たち……そしてもちろん、ブランドン。校長は最初のときとおなじ教室を用意して、生徒たちが順番にそこへくるように手配してくれたわ。誰にも強要はしてない。お願いしただけ。思っていたとおり、ブランドンはインタビューを拒否して疑いの目を向けられる危険は冒さなかった。

ヴェロニカ・ヤン（校長）

あの番組に生徒たちが参加することは、一種のセラピーになると考えていました。ですから、ケイシーが生徒を取材する手助けを喜んでしたんです。ただし、最後のインタビューが本質的に不法な尋問であることは、認識していませんでした。

ブランドン・グラスリー（近所に住むクラスメート）

番組のためにインタビューを受けなきゃいけないっていわれたんだ。受けたくはなかったけど、受ける受けないで押し問答になるのもいやだった。だから指定された部屋に行ったんだよ。自分がどこに足を踏みこもうとしてるのか、ぜんぜんわかっていなかったんだ。

ケイシー・ホーソーン（プロデューサー）

最初は、ほかの生徒たちに訊いたのとおなじ一般的な質問をしたの。学校のいまの雰囲気、サラのレガシー、サラの死を知ったときの反応、この事件が起きてから生活や人生はどう変わったか。最後の質問は、ブランドンには重すぎたかもしれない。はっと身体を緊張させるのがわかったわ。彼はそっけなく早口に答えた。あたしはもう一押しした。するとこんどははっきりいったの――サラの失踪は自分の人生をめちゃくちゃにしたって。そこであたしは、「それはどういう意味？」と追い打ちをかけた。

するとブランドンは、父親がストーカー行為で糾弾された件や、それがデッチあげだと判明した経緯なんかを話しはじめた。彼の家を標的にしたネット自警団の攻撃――スワッティングとか、ネット上での晒《さら》しとか。プライベートな秘密をすっぱ抜かれて、父親は屈辱を味わわされた。そうした件を話しながら感情的になってくブランドンを見ていると、心から同情せずにはいられなかった。胸のうちを打ち明けることで、癒やされてたんだと思う。どう見たって、ブランドンには間違いなく怒る権利があった。

でも同時に、あたしはキャビンの床に横たわったサラの死体も頭に思い浮かべてた。恐怖に見開かれた目、首のまわりに残った紫色の絞め跡。あの光景を思い出すと甦ってくる恐怖に背中を押されて、あたしはさらに責めたてた。

もしかして、あなたは〈サラを探して〉のことが頭を離れなくなってしまったんじゃない？　そんなことはありません、とブランドンは答えた。インターネットで番組に関する記事を追ったりしなかった？　ええ、すこしは。

あの番組に関するレディットの掲示板は見たりした？　よく覚えてないけど、たぶん。

自分であそこに投稿したことは？　ブランドンは答えをためらい、ノーと答えた。

あたしは彼を見つめつづけた。

あなたはもしかして、マーズ・ヴォルタのファンじゃない？　ええ、ちょっと。

マーズ・ヴォルタ・マンという名前を、ネット上のユーザーネームに使ったことは？　いいえ、と答えて、彼は目を細めた。インザパインズ22というレディットのユーザーネームに聞き覚えは？　ないと思いますけど、レディットに投稿してる人のIDをぜんぶ覚えてるわけじゃないですから。

あなたはインザパインズ22の正体が誰だか知ってる？　ブランドンは答えなかった。LOLを101とタイプする人を誰か知ってる？　彼は床に目を落とした。サラに関してなにか話したいことはない、とあたしは訊いた。そしてさらにたたみかけた。「あなたが彼女を殺したの？」

ブランドンはあたしを見返した。その目は激しく燃えあがってたわ。もうすべて終わったのよ、とあたしはいった。すべてお見通し。警察の目も逃れられない。キャビンやサラの身体に残された証拠やDNAサンプル、あなたのスマホやパソコンに残された記録、動機。もうすべてはっきりしているの。そして、もう一度訊いた。「あなたが彼女を殺したの？」

ブランドンは燃えるような目であたしを見つめつづけた。状況の深刻さに気づいて、その目に涙が湧いてきた。もうひとことも口をきかなかった。でも、口をきく必要なんてなかった。カメラはまわりつづけていたし、彼の顔がすべてを物語っていたから。

あたしは番組を締めくくる自白を手に入れた。

そのとき、フェリックスと警官たちが部屋に入ってきた。あたしに関するかぎり、完璧なタイミングだったわ。彼らはブランドンを逮捕し、権利を読みあげ、手錠をかけ、ショックを受けたほかの生徒たちが立ちつくしている廊下を歩かせた。なんだかシュールでさえあったわね。しかもフェリックスは、あたしがそこにいることに気づいてさえいなかった。あたしは彼の事件を解決した。なのに彼は、あたしと目さえ合わせようとしなかった。

フェリックス・カルデロン（刑事）

三十分前に、署に通報があったんだ。たぶんそのとき、ケイシーはもう高校にいて、生徒たちのインタビューを撮影してたんだと思う。通報者はサラ・パーセルを殺した犯人はブランドン・グラスリーだといい、信頼するに足る証拠を提示した。すぐに逮捕令状が発行され、おれは大至急高校に向かってブランドンを逮捕した。

ジャネット・パーセル（母親）

その日の朝に、ケイシーが電話をくれたんです。サラを殺した犯人がわかったといって、すべてを説明してくれました。聞いていてすごくつらかった。それから彼女は、カルデロンはもう自分の話に耳を傾けてくれないのだと打ち明けました。だから、誰かほかの人間が通報する必要があるって。自分は高校に番組の撮影に行くから、大至急警察署に電話を入れてくれというんです。

ビヴァリー・ギアリー（祖母）

まえにも言ったでしょ。あたしはグラスリー家の人間がどうしても好きになれなかったって。

フェリックス・カルデロン（刑事）

ケイシーが突きとめたんだ。ブランドン・グラスリー逮捕は彼女のお手柄さ。しかし、数時間の差でおれたちも気づいていただろう。ケイシーは先に犯人が誰であるかに気づいて、それを自分の番組に利用したんだ。それが彼女の最優先事項だったわけだ。ケイシーがしたことはどれも、サラの命を救う役には立たなかった。

ケイシー・ホーソーン（プロデューサー）

フィナーレの場面は撮影が終わった。あたしたちは大急ぎでホテルに戻って編集作業にかかったわ。

マーカス・マクスウェル（TNNネットワーク社長）
ケイシーが電話をかけてきて、いまちゃんとおむつはしてるかって訊くんだ——要するに、あたしが最終回に用意したネタを聞いたらクソをもらすわよってわけさ。あいつは事情を詳しく説明し、放送時間を一時間延長してプロモーションをガンガン打てと要求した。こっちはおとなしく傾聴したよ。お膳立《ぜんだ》ては整った。いうまでもなく興奮したさ。しかし、意志の力で括約筋はきっちり制御したよ。

アンソニー・ペナ（ビデオ編集者）
最終回の編集作業を終えるまでに三十二時間あった。しかも素材はどっさりある。ティンバー・リッジでの発見……デイヴの逮捕……住民のリアクション……ブランドンへのインタビュー。ノックアウト級の素材がたっぷりあって、編集者にとっては夢のような状況だったね。ただし扱いには慎重さが必要だった。物語の背景となってるのはティーンエイジャーの女の子が殺された事件なんだからさ。賞賛されるべきはケイシーだ。あのエピソードは彼女が考えだしたすべての総決算であり、ビクトリーランでもあった。でもぼくたちは、すべてをレクイエムのように仕上げた。気品のある終わり方になったと思うね。

フェリックス・カルデロン（刑事）

おれたちはブランドンを署に連行し、三週間前にあいつの親父がすわったのとおなじ椅子にすわらせた。血液、唾液《だえき》、頭髪、指紋などを採取し、サラの死体から採取した遺留品サンプルの待つ鑑識に送った。ブランドンは父親と弁護士に接見させた。この時点で、あいつが犯人なのはすでに明白だった。

おれが取調室に戻ると、ブランドンは司法取引と引き換えに自白する準備ができていた。司法取引をしたのはおれじゃない。検察官に口添えしてやることはできるとは伝えたが、まずは彼の話を聞く必要があった。

ブランドン・グラスリー（近所に住むクラスメート）

いまではあのことについて話してもだいじょうぶ、なにも問題ないよ。あれは人生でいちばんひどい時期で、ぼくは許されないことをやってしまった。いまはすべてを受け入れてる。でも、いまあのときのことを思い返すと、避けがたかったような気もするんだ。最悪の事態に巻きこまれて、彼女を殺すしかないところまで追いつめられてしまったような。

サラが失踪するまえのことから話をはじめたほうがいいだろうね。ぼくらは通りを一本へだてただけのところに住んでて、いっしょに育ったんだ。彼女がまだ自分の人生の一部じゃなかったときのことなんて、ぜんぜん記憶にないくらいさ。おなじクラス、おなじスクールバス。友だちの誕生日パーティでもいつもいっしょだった。ずっと仲よくしてたよ。そして……ああそうさ、いつしか恋に落ちてたんだ。だって、好きにならずになんていられないだろ？　頭がよくてユーモアがあって美人で、しかもやさしいときてるんだから。

　いちばん惹かれたのはやさしいところだった。学校のほかの女子はときどき残酷になったりする。ダサい靴をはいてたり、ヘンな髪型をしてると、陰でバカにするんだ。サラと親しい女の子たちでさえね。でもサラは、ぜったいにそんなことしなかった。パーティに誘ってくれるとかいったことがあったわけじゃない。でも、廊下ですれちがうときには微笑んでくれる。バスのなかでなにか質問しても、目玉をぐるっとまわしたりしない。ぼくは一度、春のタレント発掘コンテストで弾き語りをしたことがあるんだ。すると彼女はつぎの日に、よかったよって声をかけてくれた。

　サラが失踪したって聞いたときは、すごく動揺したよ。彼女を見つけだすためなら、なんだってするつもりだった。その後、ケイシーの番組がはじまった。自分が番組の登場人物になったみたいで、すごくクールだと思ったね。あの番組でインタビューを受けたのは、サラと親しい子たちばかりだった。ぼくが出演したのは、すぐ近所に住んでるってだけの理由にすぎない。それでもすごくわくわくした。他人から嫉妬されたのは生まれてはじめてだったな。

番組が放送になって、エンディング近くで父さんの話が出たとき、ぼくの人生はひっくり返ってしまった。みんながツイッターで噂しはじめた。インスタグラムには父さんを連続殺人鬼に見立てたミームがどんどんアップされた。そのうちレディットのスレッドをのぞくようになって、父さんを弁護するために自分でも投稿をはじめたんだ。スレッドにはサラについてもひどいことをいってるやつらが大勢いたんで、ぼくは彼女のことも弁護した。するとべつのユーザーが、ぼくのコメントにすべていいねをつけてくれるようになった。それで、おたがいにリプを返すようになったんだ。相手が誰なのかはわからなかった。でも、自分と同い年くらいの女の子だって気がした。それまでは、ぼくといちゃついてくれる女の子なんてひとりもいなかった。まあ、いちゃつくっていうのは言いすぎかもしれないけど、とにかくぼくは、その相手とつながってる気がしたんだ。ぼくらは何百ってメッセージをやりとりした。いまになってみればバカげて感じられるけど、でもあのときには本気で思ったんだよ――相手が誰だかわからないけど、ちょっとサラに似た感じがするって。正直にいえば、恋に落ちてたのかもしれない。

すると、彼女が笑ったんだ。ＬＯＬ。１０１。

あんなふうに心が千々《ちぢ》に乱れたのははじめてだった。一瞬、それまで経験したことのなかったような幸福感に包まれた。ぼくがこっそりつきあってるインターネット上のガールフレンドは、サラ・パーセルだったんだ！　しかもぼくは彼女を笑わせた！　夢がほんとになった。サラは生きてて、ぼくに好意を感じてるんだ！

でもすぐに、それがなにを意味するかがだんだんとわかってきた。もしインザパインズ22がほんとうにサラだとしたら、これはぼくにとってマジで悪夢じゃないか。細かい事情まではわからなかったけど、事件の大枠は明らかだった。一日じゅうレディットに投稿できるってことは、サラは誘拐なんてされちゃいない。すべてイカサマなんだ。ってことは、彼女もそのイカサマに加担してるってことになる。父さんは若い女に飢えたストーカーだって告発もデッチあげだった。おかげで父さんは社会的に抹殺され、仕事を失い、隠遁《いんとん》生活に追いこまれた。サラは父さんの人生を破滅に追いこんだ張本人なんだ。

しかもそのうえ……ぼくがそのことを話したい唯一の相手をサラは奪ってしまった。ぼくの新しい親友、ぼくに心から好意を持ってくれてると思えた相手、すべての表と裏を理解してくれる人、いつか会うことを夢に見ていた相手――そんな相手が一気に消えてしまったんだ。サラはぼくが生まれてはじめて心を躍らせた人との絆をぶち壊してしまったんだよ。当然ぼくは、激しい怒りに駆られた。

サラがどこのＩＰアドレスから投稿しているのかを突きとめるのは簡単だった。ネットでソフトウェアパッチを買ってレディットにアクセスし、アクセシビリティ・メタデータをいくつか取得し、逆分析すればいい。そうすればモデムが登録されている住所に行きつくんだ――ティンバー・リッジっていうボーイスカウトのキャンプ場。ぼくは場所を調べた。車で一時間。週末の土曜日、ぼくは父さんの車でそこに向かった。

キャンプ場のゲートに着くと、その場に車を残してキャンプ場に入った。サラが泊まってるのがどのキャビンなのかはすぐにわかった。キャビンのすぐ外で、キャンピングチェアに横になって本を読んでたんだ。彼女は驚いて飛びあがった。それから、ぼくが誰だか気づいたらしかった。

彼女はいった。「いったいここでなにしてるの?」

きみこそなにをしてるんだよ、とぼくは訊いた。

そんなのあなたに関係ないでしょ、と彼女はいった。

ぼくは父さんの身に起こったことを話した。ぼくが学校でどんな目で見られてるかも。廊下でみんながぼくのバックパックを引っぱったり、床に叩きつけたり、サラの死体の一部が入ってないかをチェックすることも。そういうこと、きみは知ってるのかい? それってぼくに関係のあることだろ?

サラはキャビンのドアまで歩いていき、「帰ってよ」といってから、なかに入ってドアを閉じようとした。だけどぼくはそれをさえぎった。彼女は押し出そうとしたけど、無理やりなかに入った。

「なにが望みなのよ」と彼女はいった。

ぼくはキャビンを見まわした。彼女がずっとそこで生活してたのがわかった。コンピューターはどこかべつの場所にあるんだろう。ずっとここに横になって、スナックを食べながらだらだらしてるんだ。ぼくらは彼女を必死で探してるっていうのに。お金を寄付してるっていうのに。ぼくと父さんの人生はめちゃくちゃになったっていうのに。ティンバー・リッジでののんびりひなたぼっこをしながら本を読んでたんだ。その部屋を見るまでは、ぼくには思いもつかないような理由があることを願ってた。だけど、そんなもんありゃしない。考えつくかぎりで最悪の真相だった。

説明してくれよ、とぼくはいった。彼女を嫌いにならずにすむようなことをいってくれるんじゃないかと、まだ希望を持っていた。でも、サラが正当化しようとすればするほど、たいしたことじゃないと思わせようとすればするほど、ぼくの怒りはさらに大きくなった。そんなの自分勝手なだけだ。強欲すぎる。他人のことなんかぜんぜん考えてないじゃないか。

もう終わったんだよ、とぼくはいった。警察を呼ぶよ、って。

彼女はやめてって叫んだ。そんなことしたら自分の人生はめちゃくちゃになってしまう。自分とパパは刑務所行きになる。でもきみはもうぼくの人生をめちゃくちゃにしたじゃないかといって、ぼくはスマホを取りだした。彼女はそれを引ったくろうとした。奪い合いになって、ふたりで床に倒れこんだ。彼女のほうがぼくの上になった。ぼくの顔に向かって、彼女は金切り声で怒鳴った。「こんなことわたしにしないで！ なんだってここにきたの？」彼女がぼくのことを悪者に仕立てあげようとしてるのが信じられなかった。これまでずっと彼女を擁護してきたのに！ 何度も何度も擁護してきたのに！ 父さんとぼくをひどいめにあわせたのは彼女のほうなのに！

　ぼくは身体をぐるっとまわして立場を逆転させた。こんどはぼくのほうが上だった。ぼくはスマホを奪い返そうとした。彼女はぼくをぶった。金切り声を浴びせてきた。ぼくは彼女の両腕を押さえようとした。彼女は抵抗をやめようとせず、ぼくを攻撃しつづけた。つぎにどうなったかは覚えてない。あとで写真を見せられたよ。ぼくが彼女の首を絞めたらしい。でも嘘じゃない、記憶がそこだけ飛んでるんだ。ぼくの弁護士は心的外傷に起因する解離っていってた。つぎに記憶にあるのは、彼女の隣に横になって、息を喘《あえ》がせてたことだ。サラは動いていなかった。死んでたんだ。

　ぼくはキャビンを飛び出し、そのまま振り返らずに走った。運転席に乗りこみ、車を出した。運転しながら、ハンドルに吐いた。家に帰り、車のなかを掃除して、なにも起こらなかったふりをした。いつもと変わらない生活をつづけた。ケイシーから最後のインタビューを受けるまで。ケイシーはすべてを見抜いてた。もう逃れられないってわかった。

こんなことになって申し訳ないと思う。サラが死んでるって気づいたとき、すぐに後悔したんだ。ぼくはなにもサラを殺そうと思ってあそこに行ったんじゃない。そんなことをした記憶さえない。彼女はいろんなひどいことをしたわけだけど、死に値するようなことはなにもしちゃいない。でも、自分がなぜあんなことをしたかはわかってる。あの日感じた怒りは、いまでも忘れていないよ。

モリー・ロウ（社会学教授）

女性に対して暴力を振るうような人間は、高校に入ってからも女の子にキスした経験がなかったのだと考える人たちがいます。そのような枠組みでものを考えることに、わたしは反発を覚えます。なぜなら、そうしたものの見方をした場合、恋愛感情を大っぴらに示して殺されないようにするのは、ティーンエイジャーの女の子の責任だということになってしまうからです。それはあまりに怠惰で、女性蔑視的《ミソジニー》で、還元主義的です。しかし、わたしは現実の世界に生きています。たいていの場合それが真実のように思えなくても、だからどうしたという話なのです。

フェリックス・カルデロン（刑事）

おれはブランドンの話をすべて聞くと、取調室を出て下に降りた——デイヴはおれの口からじかに説明を聞く権利があると思ったんだ。あいつは世間を騙してきた犯罪者だが、じつの娘を失った父親でもあったんだからな。

思ったとおり、話を聞いたときのあいつは見るも哀れだった。最初はショックを受けてたが、自分のやったことの意味に気づいてからは、ずっとすすり泣いてた……いまでも頭にこびりついてるよ。

デイヴ・パーセル（父親）

あの事件について書かれたものはたくさん読んだ。驚くなかれ、刑務所ではほかにすることがほとんどないんだ。それに、あの事件に関する新しい記事を書きたいとか再検証したいとかいう人間はあとを絶たない。ちょっと利口ぶったやつらは、みんな〝悲劇的アイロニー〟って言葉を使いたがる。わたしは天才じゃないんで、それがなにを意味するかをもっともらしく定義することはできない。しかしわたしは、その言葉を聞くと、カルデロンが下に降りてきて犯人はブランドン・グラスリーだったと教えてくれたときのことを思い出すんだ。ブランドンとサラがネットかなんかでチャットをしていたという話をね。ブランドンはわたしたちが父親のフランクにやったことに腹を立てた。わたしがフランクに対して仕掛けた卑劣なプレーは、あとから考えてみれば、まったく不必要だったんだ。全身が空っぽになってしまったようなあの感覚は、いまでも覚えている。わたしが下したさまざまな決断のすべてが、あの少年がわたしのかわいいサラを絞め殺す下地をつくっていたんだ。あの感覚は…… 〝悲劇的アイロニー〟なんかじゃない。熱くたぎる怒り。決して消すことのできない怒りだ。憎いのはあの少年じゃない。この自分さ。

ケイシー・ホーソーン（プロデューサー）

最終エピソードは翌日の夜に放送されたわ。編集が終わったのはぎりぎりの時間だった。完璧な出来なのはわかってた。

エズラ・フィリップス（ポップカルチャー評論家）

O・J・シンプソンがパトカーを相手にカーチェイスを演じたとき、どれだけの視聴者がテレビに釘づけになったか、覚えているだろうか？　あれとおなじような事件が――アメリカ全土の注目を集めるような現実の犯罪事件が――テレビ番組になったと想像してほしい。放送予定日は事前に決まっていて、大々的に宣伝されている。だから友だちとリアルタイムで話もできるし、ＳＮＳでフォローもできる。それこそまさに、リアリティ番組のスーパーボウルだ。

ベッカ・サンタンジェロ（サラ・ベアーズの創設者）

最終回の前半はティンバー・リッジの話が中心でした——サラがそこに隠れていることをケイシーが突きとめて、カルデロン刑事といっしょに彼女を見つけるまでの顚《てん》末《まっ》です。

マイク・スナイダー（地元テレビ局のニュースレポーター）

後半では、彼らが仕組んだ詐欺がどんなものだったかが明かされるんだ。デイヴ、ジャネット、サラ……全員が陰謀に加担してたことがわかる。彼らはこのコミュニティのあらゆるものを利用してた——地元のメディアから、学校、商店、法執行機関に至るまで、ありとあらゆるものをね。住民は汗水垂らして働いて稼いだお金を寄付してたし、捜索隊は冷たい小川をくまなく調べてた。あの家族は純真な人たちを罠にはめたんだよ。誘拐事件が起きたと知ったとき、町の人はみんな強い衝撃を受けてた。なのにぜんぶインチキだったんだ。まったく、恥を知れって話だよね。

オリヴィア・ウェストン（友人）
ケイシーはそのあとで、殺人犯をどうやって推理したかを説明したんです。あれを見たときには泣いてしまいました。サラの101――すごくささいなことだけど、すごく懐かしくなっちゃって。

ネリー・スペンサー（友人）
犯人がブランドンだとわかっても驚かなかった。すっごくブキミなやつだったから。

トラヴィス・ヘインズ（バス運転手）
要するに、犯人はバスに乗ってたってことだろ？　ありゃちょっとびっくりだったな。

ミリアム・ローゼン（音楽教師）
最終回の結末に、わたしはすっかり打ちひしがれてしまいました。あれはいわば、サラという人間の記念碑のようなものでした。ええ、たしかに彼女はあの犯罪の共犯者です。でも、父親に命じられてやったんだということは、みんなわかっていたと思います。彼女は同情すべき被害者だったんです。

マーカス・マクスウェル（TNNネットワーク社長）
わたしにいわせるなら、ありゃ視聴者のエモーションを揺さぶる傑作だった。いや間違いない。

オリヴィア・ウェストン（友人）
エンディングにはいろんな写真や映像が流れて、サラの全生涯をたどっていくんです。あれを見て、彼女がいかに特別だったかをみんな思い出しました。聡明《そうめい》で、やさしくて、才能があって、機敏で、面白くて、心が広くて、ドジで、ダンスが下手で。あのエンディングを見てると、彼女がいかに幸せだったかがほんとによくわかるんです。

ミリアム・ローゼン（音楽教師）
そして、あの最後の映像。あれにはほんとうに心を揺さぶられました。パーセルの家が映しだされるんです、完璧な春の日の、真っ青な空を背景に。そして、カメラがどんどんズームしていきます。すると、玄関前のステップに郵便物の束が投げだされているのが見えてきます。さらに画面がアップになると、いちばん上の封筒が見えます。

それは、ジュリアードからの合格通知なんです。

マーカス・マクスウェル（TNNネットワーク社長）

そして画面が暗くなる。いやはや最高だったね。

フェリックス・カルデロン（刑事）

おれも見たよ。エンディングも覚えてる。あれの話になると、誰もがジュリアードから届いた封筒のことを口にする。ああ、すごく感動的だよ——もしあれがケイシーのつくった小道具じゃなければな。しかしどっちにしろ、おれがいちばん印象的だったのはそこじゃない。画面が暗くなると、クレジットが一行、画面いっぱいに浮かびあがるんだ。

製作／ケイシー・ホーソーン

そのクレジットは長いこと消えずに映しだされつづける。そうとも、まったくそのとおり。あの番組のすべてをつくりあげたのはケイシー・〝ファッキング〟・ホーソーンだ。

あの悲劇を、あれより的確に要約するのは無理だろうな。

ケイシー・ホーソーン（プロデューサー）

あたしの仕事は終わった。〈サラを探して〉はクランクアップで、フレデリックともお別れだった。ほろ苦い経験だったけど、自分が成し遂げたことには誇りを持ってるわ。

ブランドン・グラスリー（近所に住むクラスメート）

笑ったりしてすまない。でも、こらえきれなかったんだ。ケイシーがあの番組で事件をどう描きだしたかを考えると、おかしくってね。いやまったく、うまく話をまとめたなと思って。

だってさ、あれは実際に起きたとおりのことじゃないからね。

第17章　削除されたシーン

ブランドン・グラスリー（近所に住むクラスメート）

なかなかよくできた物語だったよね？　ケイシーは手際よく事件のあらましを語ってみせた。終わり方もきれいだし、筋もしっかり通ってる。テレビ番組としては優秀なんじゃないかな。通りの向かいに住んでる陰気な少年が逮捕される——事件の行方を注視してた何百万もの視聴者がまさにもとめてた幕切れだったと思う。ケイシーがああいうふうに描いた理由はよくわかるよ。

でも彼女は、すごく重要な情報をひとつだけ隠してる……気づいてるのは、たぶんぼくだけだろう。でもね、サラが殺されるまえに、ケイシーは一度キャンプ場に行って彼女に会ってるんだよ。

ケイシー・ホーソーン（プロデューサー）

なんですって？　そんなことといってるの？　いいえ、絶対に行ってないわ。あたしがティンバー・リッジに行ったのは、フェリックスといっしょにサラの死体を見つけたときが最初よ。生きてるサラに会ったことは一度もないわ。

ブランドン・グラスリー（近所に住むクラスメート）

そりゃ彼女が認めるはずないさ。だって、それがなにを意味するかは誰にだってわかるわけだから。サラが死んだのは、ケイシーのせいだってことになるんだ。サラがキャンプ場にいることを、もしケイシーが秘密にしていなければ――番組の演出を優先して状況を操ったりしなければ――ぼくがあそこでサラを見つけることはなかった。彼女はまだ生きてたはずなんだ。

ケイシーはそのことに番組で触れなかっただろ？　でも、ぼくには断言できる。彼女はあそこにいたんだ。彼女とサラは話をした。そして、計画を立てたんだ。

ケイシー・ホーソーン（プロデューサー）

ブランドンは混乱してるのよ。たぶん、あたしがオフィスに入りこんでコンピューターを見つけたときのことをいってるんじゃない？　そのことはちゃんと最終回で説明してる。でもあれは、あたしとフェリックスがサラを見つけた日だった。もしそのことじゃないとしたら、あたしにはブランドンがなにをいってるのかさっぱりわからないわ。

ブランドン・グラスリー（近所に住むクラスメート）
　ケイシーはあそこにいた。そして、そのことをずっと隠しつづけてるんだ。

ケイシー・ホーソーン（プロデューサー）
ブランドンは殺人を自白した人間だし、嘘つきだってことははっきりしてる。彼の口から出た言葉なんて信じちゃだめよ。

ブランドン・グラスリー（近所に住むクラスメート）
　ぼくはそれを証明できる。

ケイシー・ホーソーン（プロデューサー）
フェリックスといっしょに行くまえには、いついかなる時点でもあそこには行ってない。

ブランドン・グラスリー（近所に住むクラスメート）

最初に気づいたときは、ぼく自身もびっくりだった。あれは刑務所に入って数年した頃で、気づいたのはほんとにまったくの偶然だった。刑務所でのぼくはずっと読書をしてた。書籍でも雑誌でも、手当たり次第になんでも読んだよ。で、あるとき、〈エンターテインメント・ウィークリー〉誌の古い号を手に取ったんだ。ああ、刑務所でも雑誌の閲覧《えつらん》は許可されてるんだ。ちょうどケイシーの人気に火がついた頃に出た号で、彼女は意気盛んだった。覚えてるだろ、犯罪実話《トゥルー・クライム》の女王と呼ばればじめた頃さ。当然、あの雑誌はプロフィールを紹介してた。たしか、プロとしての彼女の成功を、倫理的な面から検証していくって趣旨だったと思う。とはいっても、当然おべんちゃら記事ではあるんだけどさ。

あの手のプロフィール記事はまえにも読んだことがあった。記者がテーマに沿って取材し、その人物の知られざる一面を紹介するってやつだ。過去の発言を引用したりとか、うわべだけ知的な感じのコメントを加えたりとか。ああいう記事は好きじゃないんだけど、取りあげられてるのがほかならぬわが友ケイシーとなれば、興味も湧くってもんじゃないか。記事では、ケイシーのロサンゼルスでの生活が紹介されてた。日課はどんなだとか、あれだけたくさんの番組を並行して制作する秘訣《ひけつ》とか、企画を選ぶ際の基準とか、あれやこれやとね。そのあとに、もっと詳しい紹介がつづいた。毎乗っている車はなにか、何時に起床するか、スペイン風の自宅のタイルは何色か、毎日どんな運動をしているのか？　まったく頭がどうにかなりそうだったね。でも、それでもそのまま読んでいったんだ。するとそいつが目に入ったんだよ。べつに何気なく触れられてただけなんだけど、それを読んだ瞬間、いきなり記憶が蘇ってきて――ケイシーがサラに会ったことがわかったんだ。

記事の文章はいまでもはっきり覚えてる。「ホーソーンはストロベリー・ローズ・ゼラニウム・スナックバーを延々と補給することで生命を維持しているかに見える。このスペシャル・アイテムは、サンタモニカのトレンディなショップ〈ムーン・ジュース・カフェ〉でしか売っていない。このスナックバーは正時になるとどこからともなくいきなり実体化し、そのネオンピンクの包み紙が、彼女の通った跡に、花びらのごとくまき散らされる」

彼女はそのスナックバーが大のお気に入りってわけだ。そうだろう？　わざわざ記者がそこまで書いてるんだから。ぼくはそれを信じた。なぜなら、そのスナックバーをまえにも見たことがあったからだ。でもそれって奇妙だよね？――そのスナックバーはロサンゼルスの特定の店でしか買えないっていうんだから。でも、あのネオンピンクの包み紙を見間違えるはずがはない。

ぼくはあれとおなじ包み紙を、サラのキャビンで見たんだ。

それがどういう意味かわかるかい？

サラを追いかけてキャビンに入った話はもうしただろ？　ぼくはあそこに五分もいなかった。でも、彼女と喧嘩になるまえに、室内をざっと見まわしたんだ。そのときぼくは、部屋の状況を手がかりに事情を推察しようとしてた。サラは小さなケースに食料品をしまってあった。用意してあった食料品は底をつきかけてて、ケースは空っぽになりかけてた。でもぼくは、ピンクの包み紙が棚に載ってたのは覚えてる。間違いないよ、すごく目立ったからね。そのときはなんなのかわからなかったんで、二度と思い出すこともなかったんだ。あの雑誌記事を読むまでは。

あれはサンタモニカの〈ムーン・ジュース・カフェ〉でしか売っていないストロベリー・ローズ・ゼラニウム・スナックバーだったんだ。

となれば、きみにも答えられるはずだ――ぼくがあのキャビンに足を踏み入れた日、カリフォルニアでしか売っていない特別なスナックバーがなぜあそこにあったのか？

ぼくが教えてあげるよ。あれはサラが持ちこんだものじゃない。ケイシーがすでにあそこを訪れてたんだ。そして、撮影の都合を考えていったん立ち去ったのさ。

ケイシー・ホーソーン（プロデューサー）

えっと……その……それって、バカげてるわ。いったいどういうこと？　ブランドンは雑誌であたしの好きなスナックバーを知って、人の興味を引きそうな話をデッチあげたんだとしか思えないんだけど。さもなきゃ、あたしがフレデリックであのスナックバーを食べてるところを見たのかも。わかんないけど。

ブランドン・グラスリー（近所に住むクラスメート）

あのスナックバーがあったのはサラのキャビンだ。ケイシーがいくら否定しようが勝手だけど、ぼくは見たんだ。

ただ、わからないこともたくさんある。ケイシーはあそこでなにをしてたのか？キャビンでなにがあったのか？彼女とサラはどんな合意に達したのか？どんな計画だったのか？サラに会いにいったことを、なぜケイシーはパーセル夫妻に黙っていたのか？

ぼくにはわからない。答えられるのはケイシーだけだ。そして、あのキャビンに行ったことを彼女が認めないかぎり、ぼくらには真相を知りようがない。

アンソニー・ペナ（ビデオ編集者）

ケイシーのムーン・ジュース・スナックバーをあのキャビンで見たって？そりゃなんかへんだよ。記憶がごっちゃになってるんじゃないかな。だってほら、たしかにケイシーはあのスナックバーをどこにでも持ってったけど、最終回の編集をしてるとき、ぼくはずっと彼女といっしょだったんだからね――ケイシーはすごく穏やかだったし、落ち着いてた。数日前に生きてるサラと会ってたはずなんてないよ。そんな秘密を抱えてるのにあんなに平静だったなんてありえない……サイコでもないかぎりはね。

マーカス・マクスウェル（TNNネットワーク社長）

そりゃまたとんでもない告発だな。ケイシーとうちの法的責任が問われることにもなりかねんわけだろう？　だからコメントは控えさせてもらうよ。ただしこれだけはいっとく。そんな話、わたしは信じないね。

アレクシス・リー（アソシエイト・プロデューサー）

へえ、そんな話が？　もちろんケイシーは行ったに決まってます！　わたしが知ってる彼女の人となりともぴったり符合します。ケイシーは自分を高潔で純粋なドキュメンタリー作家のように見せたがってますが、実際には、いつだって話をデッチあげてました。そもそも、あの悲劇の原動力は彼女だったんです。でも、あの人にそれを認めさせるのはむずかしいでしょうね。残念ですが、ブランドンのいうとおりだと思います――実際になにがあったかがすべて解明されることはないでしょう。

ブルース・アレン・フォーリー（陰謀論グループの指導者）

ワァオ、ワァオ、ワァオ！　マジかい？　そりゃすごい話だな！　ケイシーがキャンプで生きてるサラと会ってたことを、ブランドン・グラスリーは証明できる？　そりゃマジヤバいよ！

誰もが嘘をついてるんだって、おれがいったろ？　たしかにおれだって、細かい点ではあれこれ間違ってるかもしれないけどな。でもこれで、おれのいってることが正しいって証明されたってわけだ――すべては政府とメディアが仕組んだでっかい陰謀で、騙されたカモがそこに巻きこまれてるだけなんだよ。ケイシーがあそこでなにをやってたのか、おれならすべて正確に教えてやれる。おれはああいう計略を何十年も研究してきたんだ。ちょっと待ってくれよ、すべての点をつなぎ合わせれば……

よし、もう準備オーケーだ。あんたはフレデリックでほんとにあったことを知りたいんだろ？　いわば、〝削除されたシーン〟ってやつだな。レコーダーはしっかり充電してあるかい？　だったらぜんぶ説明してやるよ。

サラとデイヴは自分たちの詐欺計画を遂行中だった。カルデロンは事件を解決しようとしてたが、実際には解決すべき事件なんてなかった。一方のケイシーは、失踪した少女にスポットを当てた番組を制作してた。しかしその少女は、ほんとは失踪なんかしてなかった。となれば、なにかネタが必要だ！

何週間かが過ぎ、誰もが疑惑をいだきはじめた。ケイシーとカルデロンは自問した。たぶんふたりは、おれのウェブサイトをのぞいて参考にしたんだろう。おいおい、このフォーリーってやつは面白い指摘をしてるぞ。ふたりの本能が、これをもっと深く調べてみろとささやいた。向こうが差しだしてくる事実を鵜呑《うの》みにしてないで、自分自身で調べるんだ。ふたりは本能の声に従う。するとどうだ！　ふたりのうちのひとりが気づく。捜査の訓練を受けてるはずの刑事のほうじゃない。テレビ・プロデューサーのほうだ！　彼女はサラがどこに隠れているかを突きとめる。

しかしケイシーは、そのことをカルデロンには話さなかった――彼女があんたについた最初の嘘がそれだ。ケイシーはその爆弾スクープを、自分だけのために使うことにしたのさ。ただし、自分の推理が正しいかどうかは確信がない。まずはキャンプ場に行って確認する必要がある。そこでケイシーはひとりでティンバー・リッジに行く。そこでなにを見たか？　インチキ芝居を終わらせるため、父親から指示をうけたサラがいままさにキャンプ場を去ろうとしている姿だ。苦しい試練のときが終わって、サラはほっとしてる。ところがそこで……見つかってしまった！

サラとケイシーがどんなやりとりをしたか、想像できるかい？　自分の人生はもうおしまいだと思ってサラは怯えてる……しかし、自分を有名にしてくれた女性に会って興味津々でもある。自分の勘が当たっていたんでケイシーは得意満面だ……と同時に、パーセル一家が自分をこんなにも長いあいだ手玉にとっていたと知って、屈辱感にまみれてる。ふたりのあいだにはねじれた連帯感がある。頭の切れるふたりの若い女。この世界で有利なスタートを切るために、それぞれが自分なりの計画をたくらんでる。どちらも相手の存在が気になって頭を離れない。ふたりの行く道がついに交差する。この運命的な衝突は、ふたりを破滅に導くことになる。しかしどちらもそれを知らない。ふたりは必死に頭を回転させる。さあどうする？　目の前の相手は味方か敵か？　いまのこの状況を、どうすれば自分の有利に持っていけるか？　こいつは面白い《デリシャス》！

しかしこれはフェアな戦いじゃない。年上のケイシーはプロだから、あらゆる意味で有利だ。サラもそれは知ってる。自分たちの計略が明るみに出れば、父親は刑務所に入ることになる。自分の評判も地に落ち、夢に見ていた人生は木っ端微塵《こっぱみじん》に吹き飛ぶ。サラはケイシーに懇願する。「わたしは父さんを助けようとしただけなの……お願いだから、秘密にしておいて」

もしかしたらケイシーも、すこしは心を動かされ、この娘を助けてやろうって思いに駆られた部分もあったのかもしれない。しかし、こいつはチャンスだって思いのほうが断然大きかったはずだ。なんたって、自分の抱えてる問題を一気に解決してくれるんだからな。番組のうまい幕切れが見つからない？　もう万事解決だ！

ケイシーの血管には氷が流れている。彼女はサラを見つめ返す――動揺しきって涙を流しているホームシックの子供――いまやこの娘は自分の思いどおりになることをケイシーは知っている。

その力でケイシーはなにをするか？　哀れな小娘を脅しつけるんだ。「あなたの秘密は黙っててあげてもいい……あなたの家族を守ってあげる……ただし条件がひとつあるわ――あなたはこれからどこにも行かないの」

ま、そういうことだ。ケイシーがサラをキャンプ場に足止めしたんだ。おかげでサラは殺されることになる。

ケイシーが命令したせいで、サラは自分の意志に反して隠れ家に残った。柔順な小娘は、ケイシーの野望のいけにえになったのさ。ケイシーはその間にフレデリックへ戻り、撮影を継続する許可をパーセル夫妻から取りつけ、準備をすべて整えるって計画だった。そのあとでサラは幸せな帰宅を遂げる……そこではケイシーが、番組の仕上げのリボンをかける用意をして待ってるってわけだ。

サラに選択の余地なんかあるわけないだろ？　交渉の相手は人を操る名人だったうえに、自分のほうが立場は弱かったわけだからな。もちろんサラは承諾するよりほかなかった。どちらも墓場まで持っていくって合意の上でのファウスト的な契約だ。計略の秘密が保たれるかぎり、どちらも恩恵をこうむることになる。ふたりは同意の握手を交わす。ま、女同士の場合だとそういうときなにをするのか、おれはよく知らないがね。

さてここで、ブランドン・グラスリーの主張についてひとこと説明させてもらおうか。ロサンゼルスでしか売っていないっていう、例の魔法のスナックバーだ。おれはブランドンの話を信じてる。しかし、どうしてそのスナックバーはそこにあったのか？　たぶん、ケイシーがキャンプ場に行ったときに持っていったんだろう。もしかしたら腹が空いてたのかもしれない。車で行くとはいったって、キャンプ場までは遠いからな。ケイシーがスナックバーを食べ、包み紙を残していったってわけだ。さもなければ、もっといい話だったとも考えられる。サラの食料はもうつきかけていた。しかも彼女は、何週間もおなじものを食べつづけて、すっかりいやになっていた。そこでケイシーが友情のしるしに――もしくはワイロ代わりに――一本わけてやり、サラが喜んで受けとったのかもしれない。正直、どっちが食べたかについてはなんともいえないね。しかし、あのキャビンに持ちこんだのがケイシーなのは間違いない。

ってことで、ふたりの契約の話に戻ろう……つぎになにが起こったか？　詳しいところまではおれもわからない。しかし、たぶんケイシーは車でフレデリックに戻ったんだと思う、心臓を高鳴らせ、必死で頭を回転させながら。ミッション終了！　サラがキャンプ場に隠れてるという自分の推理は当たっていた！　番組はおとぎ話のようなエンディングを迎えることになる。あとひとつふたつだけ手配をすればいいだけだ。まずはデイヴとジャネットに会いに行き、ふたりを番組に引き戻す。たぶん、ふたりが拒否できないような出演料を積んだんだろう。さもなければ、あなたたちの計略はもうわかっているんだといって、まともに脅迫したか。どっちにしろ、ふたりは番組の撮影に参加することに同意した。

デイヴ・パーセル（父親）

ああ、わたしたちが番組をキャンセルした数日後に、ケイシーはもう一度うちにきた。交渉はすでに終わっていたから、彼女を家に入れたくはなかった。しかし、目の色がいつもと違うんだ。冷酷な感じといったらいいかな。選択肢はふたつだと、彼女はいった。もう一度撮影を再開して、最終エピソードのためにカメラをまわすことに同意するか……それとも、自分がやったことの責任を背負って生きていくか。

ジャネット・パーセル（母親）

五分以内に決断しろっていって、ケイシーは部屋を出ていきました。デイヴとわたしは顔を見合わせました。どちらもおなじことを感じてました。

デイヴ・パーセル（父親）

ケイシーに見抜かれたと思ったか？　ああ、思ったは思ったね。しかし実際はどうなのか、あえて確かめる気はなかった。わたしたちは撮影再開に同意したよ。

結局、それはどうでもよかったことがわかった。ケイシーがなにを疑っていたかはわからずじまいだった。翌日サラが発見されたことで、ケイシーとあの番組のことなど、わたしにはどうでもよくなってしまったんだ。

ブルース・アレン・フォーリー（陰謀論グループの指導者）

ケイシーはパーセル夫妻を自分のポケットに取り戻した。しかし、なぜ彼女は自分の計画に従わなかったのか？　なぜ翌日、カルデロンといっしょにキャンプに行くことにしたのか？

なにかがケイシーの考えを変えさせたんだ。もしかしたら、いわゆる〝霊魂の暗夜〟ってやつを経験したのかもしれない。

おれの考えではね、たぶんこうだったんだと思う……

夜、ケイシーは部屋にひとり。プロとしての栄誉を手にする用意はすべて整った。番組の最終回はとびきりの成功を収めるだろう。しかも彼女はそれを、自分の頭脳とカリスマだけを武器に実現したんだ。なのに、なぜ気持ちは空虚なんだろう？

　おれはケイシーを知ってる。何度か直接会ったことがあるからな。以来、おれはあの女の行動をすべて追いかけてる——接近禁止命令が出てるから、もちろんそばには近づけないがね。答えはシンプルだとおれは思う。ケイシーはついに、自分で決めた一線を越えてしまったのさ。受け身の進行役から、完全な嘘つきに転落しちまったんだよ。映画学校の真面目なアーティストから、タブロイド新聞の記者に成り下がったといってもいい。なんとびっくり、気づけば自分が詐欺の片棒をかついでたってわけだ！　犯罪事件を追っているうちに、想像を超えるような怪物になっちまったんだ。

　たぶんケイシーは、頭をすっきりさせるために散歩に出たんだろう。そして、カルデロンとはじめて会ったバーに行き着いた。しかし、今回はひとりだ。いいかい、おれがいってるのは完全にひとりっきりってことだ。家族もいない、パートナーもいない、秘密を分かち合う相手もいない。こんな孤独と恥辱を感じるのは、いったい誰のせいなのか？　もちろん、この自分だ。彼女の重ねてきたさまざまな選択が、この淋《さび》しいバーへと自分を導いたんだ。この生活に終止符を打ち、生き方を変える準備はできている。しかし、いまじゃ身動きが取れない。ケイシーの目から涙が溢れだす。

　しかしそのとき、奇跡が起こる。

三杯目のマティーニのグラスをゆっくりまわしているうちに、アイディアが形になっていく。彼女ははっとする。最高のアイディアじゃない！　自分の抱えている問題はすべて解決する。新しい人生を歩みだすこともできる。誰も傷つかない。自分はまっとうな世界に戻ることができる。しかも心躍ることに、ささやかなボーナスとして、映画作家時代の才能をすこしだけ発揮することもできる。

さらに重要なのは、あのハンサムな刑事を取り戻せることだ。ケイシーはカルデロンのキャリアに泥を塗ってしまったが、こんどはそのキャリアを救うことができる。要するに、あの男を救えるってことだ。ケイシーにとってカルデロンは、頭のおかしな誘拐犯の手から自分の命を救ってくれた騎士だった。いやもちろん、命の危険なんかほんとはありゃしなかった。そのことはおれが誰よりよく知ってる。しかし、ふたりにはそんなふうに感じられたってことさ。ケイシーの縛めが解かれたときにふたりがどんなふうに抱き合ってたか、おれはこの目で見たんだからな……だから教えてやるよ、第三者としてあのホテルの部屋にいるのは、とんでもなく居心地が悪いもんだったぜ。しかしあの夜、カルデロンはケイシーをホテルの部屋にひとり残して去ってしまった。ケイシーにしてみりゃ、さぞかしつらかったろうよ。ところがいまや、あの男を取り戻すチャンスがめぐってきたんだ。

しかしどうやって？　ちょいとクレイジーな手を使ってだ——ケイシーはティンバー・リッジへ車で急行する場面を再現することに決めたのさ。ただしこんどは、隣の座席にカルデロンがいる。ケイシーが彼に事件の真相を〝見抜かせる〟からだ。いや完璧じゃないか。カルデロンはヒーローになる。パーセル夫妻は救われる。サラは嘘を重ねなくてすむ。ケイシーは番組を締めくくる最高のエンディングを手に入れ、欺瞞《ぎまん》的なビジネスの世界からようやく抜けだすことができる。しかも、名誉まで回復できるんだ。

ただし、成功させるにはいろいろ段取りが必要だ。まず、自分が事件の謎を解いたことや、すでに一度キャンプ場に行ったことを伏せたまま、カルデロンの協力をとりつけなきゃならない。これにはちょいと演技力が必要だが、ああいうタイプの人間にはそうむずかしくなかっただろう。ただし、すでに一度キャンプ場に行ったことは隠し通す。ケイシーはあんたにも隠してただろ? 彼女があそこに行ったことは誰も知らないんだ!

ってことで、ケイシーはカルデロンをうまくあやつり、サラがどこに隠れているかに気づかせる。ケイシーの手柄は、いまやふたりの手柄ってことになる。カルデロンは職務に復帰し、ふたりはサラ救出に急行する。ティンバー・リッジでの事件決着をめざして。数日前におなじ道をきたことをケイシーは隠してる。「ねえ、まだ着かないの? ほんとに遠いのね」「いまの曲がり角でよかったの?」とかなんとかな。カルデロンには疑う理由なんてなにもない。アドレナリンが噴出している。車内には愛が充満してる。エンディングは近い！

しかし待て。なにか重要なもんを見逃しちゃいないか？　ここでカルデロンはケイシーに選択を迫る。彼女の新しい価値観をテストする最後通牒《つうちょう》だ——「おれか、カメラか」とカルデロンはいう。「目的はサラを見つけだすことだ。きみの番組じゃない」

そこでケイシーは同意する。彼女は自分の武器を置いたんだ！　そのことはおれたちみんなが知ってる。だからこそティンバー・リッジの場面の映像がないのさ。ケイシーにとってそれがつらい選択だったとは思わないね。そのときの彼女は自分でもそれを望んでたんだ。ケイシーは自分のキャリアよりカルデロンと真実を選んだ……プロとしての自分より、プライベートな生活をとったんだ。ケイシーの新しい人生は手を伸ばせば届くすぐそこにあった。しかしそれは、あんたも知ってのとおり……アッツのカップルがキャンプ場に着くまでの話だった。ふたりは用心深く敷地に入る。キャビンが目に入る。近づいていく。名前を呼ぶ。なんの反応もない。

ふたりはなかに入る。そこでなにを見たか？　最悪の悪夢だ。あったのは死体だけ。サラは死んでいる。

カルデロンは茫然とする。自分は真相に気づくのが遅すぎたんだ。しかし、ケイシーの反応はもっと激しい。

彼女はショック状態に陥ってる。目の前の死体が、ほんの数日前に話を交わしたときは元気だったあの少女とは信じられない。それにつづいて、もっと重苦しい思いがのしかかってくる。罪悪感。恥。プロとしての責任、そして法的責任。この哀れな少女はリアリティ番組の犠牲になったんだ。彼女の死はあたしに責任がある。自分が手を下したわけではないけど、こうなったのはあたしのせいだ。卑怯にも自分の野望を達成するために時間稼ぎをしたせいだ。ケイシーはサラを脅してここに留まらせた。恥の意識にケイシーは打ちのめされる。この恥の意識は、けっして消えることはないだろう。死体を発見した最初の瞬間から、ケイシーは自分が終身刑を宣告されたことを知っている。

頭のなかをさまざまな思いが駆けめぐっていく。そこにはかすかな安堵感もある。そうとも、事態はもっと悪くなっていた可能性だってあるのだ。その確信はどんどん大きくなっていく。偶然にも、終身刑の判決は自分のなかで下されただけだ。ケイシーが一度ここにきたことは、サラしか知らない。そして、誰かに知られることはこれからもない。

こうしてケイシーは、だんだんと昔の自分に戻っていく。夢に見た新しい人生は——カルデロンの愛と敬意を勝ち得て、しっかりとした目的のある清廉《せいれん》な人生を送っていくという夢は——永遠に失われてしまった。ふたたび奇跡を起こすことは不可能だ。しかし悲しいことに、そのことをゆっくり悼んでいる時間はない。つぎの瞬間、きのうまでの反射神経が戻ってくる。もう一度カメラを手に取るんだ。老ガンマンはけっして変わったりしない。誰だって知ってることじゃないか。事件がなぜこんな結末を迎えたのかは、真実を隠したまま適当な話を考えればいい。あの家族を襲った悲劇を語ることで大金を稼ぐんだ……好き勝手にストーリーをデッチあげて。

そうとも、ケイシーが後悔してたのはほんの一瞬だ。腹立たしいほどにな。ケイシーはサラの死体を見て、最初の出会いのことは墓場まで持ってくと決めたんだ。憐《あわ》れなサラがそうしたように。ケイシーは番組の撮影を終え、フレデリックをあとにした。自分の秘密はこの町に埋められたまま、もう二度と浮かびあがることはないと確信を持って。

ところが、そうはいかなかったわけだ。ケイシーは自分のちょっとした好意に裏切られた。レザーコートのポケットからスナックバーをひとつ取りだして腹を空かせた少女にあげるという、一見したところはささいな決断を下したことでね。そのスナックバーがあまりに場違いで、派手な色で、見慣れないもんだったせいで、ケイシーが最初にキャビンを訪れたあとでそこに足を踏み入れた唯一の人間の記憶に残っちまったというわけだ。しかもそれがあまりにめずらしい商品だったんで、数年後、雑誌のプロフィール記事にわざわざ取りあげられることになった。ストロベリー・フラワー・マカダミア・ムーンとかなんとか、正しい名前は覚えちゃいないけどさ。
さっきもいったとおり……こいつは美味《デリシャス》い。
そう。それで終わりだ。ほんとうの事件の顚末は、間違いなくこうだったと思うね。しかしおれの話なんて、誰が信じる？　おれは足首に監視装置をつけられた頭のおかしな元陰謀論者なんだからな。

ケイシー・ホーソーン（プロデューサー）
ワァオ。たいした話ね。躍動感あふれる想像力ってやつ？　フォーリーはショービジネスの世界に入ったほうが成功するんじゃないかしら。でもね、答えはノーよ……真実なんかじゃぜんぜんない。一ミリたりとも正しくないわ。そんなの、ソシオパスのたわ言よ。

ブルース・アレン・フォーリー（陰謀論グループの指導者）
ケイシーが認めるはずないだろ。昔の自分を否定し、勇気を出して新しい人生に飛び移ろうとしたのに……結局はもといた場所に着地したなんて認めたら、自分で自分の罪を認めるより恥ずかしいからな。彼女は、いまの自分は幸せだってふりをつづける必要があるんだ。すべての結果に満足してるってふりをな。孤独な嘘を生きてく必要があるんだよ。それがいったいどれだけ悲惨か、想像できるかい？　おれなんか、考えただけで心が張り裂けそうだね。

それにサラ……もちろん、サラはおれたちになにも語ることができない。だけど、ブランドン・グラスリーがあそこでスナックバーの包み紙を見たって話が真実であることを確かめる方法はあるんだぜ。現場証拠目録を見ればいいんだ──現場で見つかったものの一覧表と犯行現場写真だよ。

カルデロンなら資料にアクセスして確認することができる。もし彼がそこで包み紙があったと確認すれば、ドカン、すべて真実だったってことだ。

ケイシーがサラをあそこにとどまらせて、死に追いやったって証拠になる。

フェリックス・カルデロン（刑事）

事件のファイル？　ああ、おれなら閲覧できる。ああそうだ、あのキャビンで見つかったものはすべて目録にまとめてある。

ブルース・アレン・フォーリー（陰謀論グループの指導者）

しかし、カルデロンが目録をチェックして包み紙を見つけたとしても、それをあんたに話すとは思えないね。ケイシー同様、口をつぐんでるさ。だって話すはずないだろ? 彼にしたってすべてを失うことになるんだからな! いっとくが、あいつはケイシーを愛してるんだ。いまでもね。間違いないよ。フレデリックでケイシーと過ごした時間のことを、あいつはセピア色の郷愁とともに思い出してるはずだ。眠りにつくまえには、いつだってあのときのことを思い出してるよ。ケイシーに似た笑い声を聞いたとき。ケイシーにふるまった料理をつくるとき。まだ肌寒い春の朝、太陽の光が顔に当たり、ケイシーの頬《ほほ》の温かさを思い出すとき。カルデロンはいまでもかならず思うんだよ。ああいう瞬間が二度と訪れないことよりも悪いことがあるとすれば、それはああいう瞬間を経験せずに人生を終わることだってな。そういう思いに駆られるたび、カルデロンは気が狂いそうになって、必死に耐えてるんだ。憐れな男さ。

それにだな、ふたりでキャンプ場に行くまえにケイシーがサラと会っていたことを、もしいまあの男が知ったとしたら? 当然、まずは怒り狂うだろう。それから、自分より先にケイシーが事件の謎を解いたことに気づくだろう。サラの居場所を突きとめたという手柄も、キャンプ場へ急行したことも、所詮《しょせん》はケイシーに操られていただけにすぎないと知るだろう。サラが死んだのはケイシーが真実を告げなかったせいだと悟るだろう。こうしたことをすべて知ったら、やつは打ちのめされて立ちあがれなくなるはずだ。

コンピューターの前にすわったカルデロンを想像してみろよ。やつはファイルをチェックするためにログインする。ブランドン・グラスリーは間違ってるという見込みのない希望をいだきながら、目録と写真をスクロールしていく。しかし心の底では、自分がなにを見ることになるかを知っている。なのにスクロールする手を止めることはできない。そいつは拷問にも等しい。やつはネオンピンクのものが目に映らないことを必死に祈る。しかし、ついにそれが目に入る。その瞬間、安堵にも似た感情が湧きあがる。カルデロンの一部は——合理的にものを考えている部分は——あの女がどんな人間かをずっと知っていたんだ——あの女は信用できない。

しかしそこには、怒りよりもさらに強い感情がある。人間ってやつは合理的になんかできてない。もしあいつがいまもまだケイシーを愛してるなら、彼女の行動になにかべつのものを見てとるはずだ。そして、彼女を裏切ることを思いとどまる。あいつはケイシーが自分のためにしようとしていたことに気づく。そして、そこに深い意味を読みとる。ケイシーは自分ひとりがヒーローになることもできた。しかし、カルデロンにも花を持たせることを選んだ。彼が威厳を取り戻せるように。償いのしるしとして。恩に報いるために。彼のパ、ー、ト、ナ、ー、になるために。

カルデロンはそれを愛の証しだと解釈する。サラが死んでしまったせいで、ケイシーは自分の気持ちを打ち明ける機会を失ってしまった。彼女にとってそれは、カルデロンを取り戻すためにできる唯一のことだった。しかもそれは——カルデロンにもわかったと思うが——たぶんうまくいっていたはずなんだ。ふたりはあとちょっとでもとのさやに収まる方法を見つけられてたにちがいないんだ。しかしそのチャンスは失われ、ケイシーは自分の気持ちを打ち明けることができなかった。なのにカルデロンは、たったいままでケイシーのその気持ちを知らずにいた。それに気づいた彼は……甘く切ない思いに駆られると同時に、自分の魂に焼けつくような痛みを覚えたはずだ。

人間ってやつは自分の見たいものを見る。そうだろ？　いまおれが説明したとおりだったとしたら、カルデロンはムーン・ジュース・スナックバーの包み紙が犯行現場報告書のリストに挙がってることを認めたりしないさ。嘘をつくか、なにか言い訳をするか、ファイルを消去するはずだ。カルデロンのその行為は、ケイシーが十年前に彼から引きだそうとした愛がいまようやく形になったもの、といってもいい。たしかにいまとなってはすべて遅すぎる。ふたりの絆を修復することはできない。しかしそれでも、カルデロンは包み紙が現場にあったことを話さない。あいつが嘘をついていることを知ってるのは、ただひとりケイシーだけだ。彼はたったひとりの観客に向けて演技をするのさ。

このささやかな結末は、ふたりにとっては甘く心地いいものだ。しかし残りのおれたちにとっちゃ、悲しい結末でしかない。おれたちが真相を知ることはもうけっしてないってことだからな。

ケイシー・ホーソーン（プロデューサー）

なに？　ちょっと待って。あなたはフェリックスに、犯罪現場ファイルをもう一度チェックしてほしいって頼んだの？　なによそれ。だってそれじゃまるで……

彼、なんていったの？

ごめんさない、〝いった〟じゃなかったわね――なにを見つけたの？

フェリックス・カルデロン（刑事）

おれは証拠品をもう一度チェックした。あのキャビンにムーン・ジュース・スナックバーの包み紙はなかった。ケイシーはあそこでサラと会ったりしてないんだ。

ケイシー・ホーソーン（プロデューサー）

え、ほんと？　ワオ。

それって……彼ってすっごく……

っていうか、そりゃ当然よ、もちろんあるはずないもの。

あたしがずっとそういってるじゃない。

エピローグ　自分自身を見てよ

モリー・ロウ（社会学教授）

〈サラを探して〉の失敗はしっかりと検証がなされるべきでした。しかし、あれから十年が過ぎたいま、結局はなされずに終わったことは明らかです。わたしたちの文化は犯罪実話《トゥルー・クライム》を飢えたように求めつづけるばかりで、それによって生じる負の部分を内省することがありません。

わたしたちは未来に希望の持てない陰鬱な状況に直面しています――エンターテインメント業界の大物たちは、この社会の暴力的な暗部にひたすら目をこらし、大衆の心をつかむためのスキャンダラスで猥褻《わいせつ》な〝天然の金塊〟を探しています。より多くの大衆を動員することがより大きな投資収益に直結する社会システムにおいて、こうした利潤追求がなにをもたらすかを考えてみてください――いうまでもなく、よりセンセーショナルなストーリーと演出です。

旧来のエンターテインメントにこのモデルが適用される場合には、邪悪と呼べるようなものはなにも生じません。最悪、粗悪なスーパーヒーロー映画が濫作《らんさく》されるのがせいぜいでしょう。しかし、この刺激的なモデルが犯罪実話《トゥルー・クライム》のジャンルに適用された場合には、ごく根本的な疑問が生じます——現実に起きた悲劇から利益を上げることは、はたして道徳的に許されることなのだろうか？　これはエンターテインメントなのか？　それとも見境のない儲け主義なのか？　もしその答えが「そのどちらでもある」だとしたら、そうした作品に関与した人間は、どうすれば良心の呵責《かしゃく》を感じずにすむのでしょう？

わたしはよく、サラ・パーセル事件に関与した人たちのことを考えます。彼らはいまどうしているのか？　あのときに起きたさまざまな悲劇と、彼らは折り合いをつけているのか？　そしてなにより、あの少女が死んだ責任はいったい誰にあったのか？

もちろん、まず頭に浮かぶのは両親ですが……

デイヴ・パーセル（父親）

わたしはいま、自分のしたことをいつも考えている。ここではほかにすることなどあまりないからね。わたしはマニーの件で過失致死罪の判決を受け、カンバーランド州立刑務所で二十年の刑期を務めている。ほかにもいくつかの罪状で有罪判決を受けた——電子的通信手段を使った詐欺行為、偽証、未成年者を危険にさらした罪。裁判で派手に争うつもりはまったくなかった。なんの意味がある？　すべてが崩れ去ってしまい、守るべきものなどなにも残っていなかったんだからね。

それに、ジャネットを巻きこみたくなかった。何度もいったとおり、彼女はなにも知らなかったんだ。彼女は離婚届を出し、罪に問われることなく立ち去った。それでよかったんだと思う。

ここでは毎日ライセンスプレートを作り、トランプのひとり遊びをし、トラブルを避けることを心がけている。ギターを持ちこめないかと頼んだことがあるが、所内でギターは禁じられているんだそうだ。弦がまずいという理由でね……なるほどなと思ったよ。だからほとんどの時間は、あのときのことをただ思い返している。しばらくのあいだ、自分の犯した罪は良き父親であろうとしたことだけだと思いこもうとしたときもある。あれはすべて子供たちを養うためであり、才能に見合ったチャンスを娘にあたえるためだったんだとね。しかし、そのために嘘をつき、盗み、他人を食いものにするのであれば、とても良き父親とはいえない。もう自分を偽って葛藤《かっとう》することはなくなったよ。わたしはサラを愛していたが、彼女に対して正しいことをしなかった。おまえはひどい父親だといわれても、言い返すことはできない。あの子が死んだのは、わたしのせいなんだから。

ジャネット・パーセル（母親）

いまはテキサスに住んでいます。ここにきてもう三年になります。再婚しましたが、子供はいません。名前は旧姓に戻しました。夫は会計士です。大口を叩いたりするような人じゃありません。そういう人間はもううんざりですから。夫はサラのことやフレデリックでの生活のことを訊いたりしません。実際のところ、誰からも訊かれたりしませんね。人ってすぐに忘れてしまうものなんだなって、びっくりしています。世間の人たちを興奮させるような新しいことが、いつだってなにかしら起こってるってことなんだと思います。わたしにはありがたいですけど――あそこで起きたことを根掘り葉掘り訊かれるのは、つらすぎますから。

わたしのような立ち場の人間を指す言葉がないことにも助けられています。ほら、たとえば〝孤児〟だとか〝未亡人〟という言葉はあるわけでしょう？　でも、子供を失った親を指す言葉はないじゃないですか。もしあったら、毎日それを耳にしていたと思います。そんなこと、はたして耐えられたかどうか。

サラが生きているとき、自分はあの子を救うためにベストをつくした。そう思えることが、心の平安をいくらかあたえてくれます。デイヴから真実を教えられたとき、わたしはあの子に会いたかったし、家に連れ戻したかった。でも、デイヴに洗脳されてしまったんです。あの人は何度も何度も、すべて問題ないってくりかえしていました。あの子が死んだその日まで。あの人が思いついたそもそもの最初から、あんなものはバカげたアイディアでしかなかったんです。あの人がいまどこにいようが、誰からの慈悲も受けていないことを願っています。

ジャック・パーセル（弟）

サラの死体が発見されてからの数カ月、母さんとぼくはあの家で生活してた。ふたりきりでね。葬儀が行なわれて、サラの学校では追悼会が開かれた。しばらくのあいだはいろんな人がうちにきてくれた。そのあとは、だんだん先細りになってったって感じかな。ぼくと母さんはお祖父ちゃんたちの家に引っ越した、どっちにしろ、うちの家と土地は銀行のものになってたからね。ぼくは母さんがサラの持ち物を荷造りするのを手伝った。トロフィー、音楽関連のあれこれ、例のマヌケなテディベア。ぼくらはそれをとにかくぜんぶお祖父ちゃんたちの家に持ってった。ただ、結局は地下室にしまいっぱなしになっちゃったけど。

地下室ではヴァイオリンもほこりをかぶってた。なんで覚えてるかっていうと、面会に行くたびに父さんが訊いたからだ。「サラのヴァイオリンはまだとってあるんだろう？　傷つけたりしてないか？」って。ヴァイオリンがちゃんとしまってあるとわかってるかぎり、サラはまだ存在しつづけてるとでもいう感じだった。だから、ちゃんと保管してあるよって答えたんだ。ぼく以外に面会にくる人はいなかった。ぼくは車を持ってなかったんで、バスに乗れるときはバスで行った。父さんのことは憎んでないよ。あんな罪悪感を抱えて生きてるのは楽じゃないってわかってるからね。

ぼくはいま、コミュニティカレッジを一年休学してる。ベライゾンのショップで働いてるんだ。去年あんなことがあったんで、なんとか普段の生活を取り戻そうとしてるところさ。切り傷はかなり深かったからね。もうすこしで死ぬとこだった。精神的に安定するまで、何週間か入院してたよ。正直いって、自分では自殺未遂とは思ってない。でも、まえに自殺を考えたことはあるから、はっきり断言はできないけど。キャンパスに戻って授業に出るのは、ちょっと厳しいかもね。ああいう活力にあふれた生活をしてると、サラを思い出すんだ。ぼくはよく、サラが世界じゅうを旅してまわってる姿を思い浮かべるんだよ。演奏をして、喝采《かっさい》を浴びて、そのあとで友だちとどこかに出かける姿をね。声を上げて笑いながら。姉さんはそういう華やかでクールな人生を送るはずだった。なのに、途中でいきなり断ち切られてしまったわけだろ? そういう生活を代わりにぼくが送るのは、なんだか正しくないように思えるんだ。なぜ姉さんの人生が断ち切られてしまったのか、理由をはっきり知ってるわけだからさ。そう、ぼくとあのバカげたビデオのせいだ。

ぼくは毎日自分で靴紐を結んでる。そのたびに激しく感情を揺さぶられるんだ。誰かの人生を終わらせてしまったのに、自分の人生を送るのは苦しいよ。しかもその相手には、ぼくなんかよりずっと生きる価値があった場合にはね。

モリー・ロウ（社会学教授）

サラの家族のつぎに目を向けるべきは、この悲劇をエンターテインメント商品に仕立てるのに一役買った人たちでしょう。観察者効果という科学原理をご存じですか？ 人間の行為は自分が観察されていると知っているだけで影響を受けてしまうのです。これはもちろん、リアリティ番組で撮影されている人間も例外ではありません。あの事件のときのパーセル家の人々たちを見ても、それは明らかなはずです――サラは三日間だけ姿を消している予定でしたが、テレビ番組の撮影がはじまったことで、何週間もキャビンに足止めされることになりました。パーセル家の人たちの行動は、観察されることによって変化してしまったのです。あの町に乗りこんだ撮影スタッフは、自分たちの存在がサラの死をもたらしたことを認識しているのでしょうか？

マーカス・マクスウェル（TNNネットワーク社長）

気高い考えにもとづいた行為が、予期せぬ結果を招いてしまったということだよ。ケイシーはあの町へ救済の手を差しのべに行ったんだ。わたしがあの番組にゴーサインを出したのは、これまでに類例のないものだったからでね。致命的な問題は、あの家族がわたしたちに嘘をついていたことさ。彼らは誰に対しても嘘をついていた。さすがにそこまでは予期できないだろ？　その結果——最終的には——〝殺す番組《キル・ショー》〟が生まれることになっちまった。それを認めなければならんのは、心が張り裂けるような思いだね。しかしわたしは、サラが死んだのがテレビ業界の気まぐれな思いつきのせいだとは思わない。そりゃバカげた言いがかりってもんだよ。

ゼイン・ケリー（カメラマン）
おれはいまでもリアリティ番組の仕事をしてる。いまやってるのは〈パパとデート〉だ。わかるだろ？　おれはもう、誰かが死ぬかもしれないような番組は引き受けてないってことさ。

アンソニー・ペナ（ビデオ編集者）
ぼくはいまもケイシーと組んでる。切っても切れない仲ってやつだね。これまでの十年間は、まさに信じられないような日々だったよ。いやほんと、彼女は天才だと思うな。革新的な制作スタイルをつくりあげたわけだからね——実際に現地に足を運び、一気に撮りあげる——それが成功の秘訣さ。たしかに〈サラを探して〉は悲劇に終わったけど、同様の方針で制作したプロジェクトのいくつかでは百八十度違う結果が出てるわけでさ。〈警官を殺した男〉ではあの男に密着して命を救ってやった。〈マン・オブ・ゴッド／神につかえし者〉じゃ、あのクソ牧師の罪を暴いてやったんだから、教会はぼくたちに感謝すべきだと思うね。いったいどうしたらいいのかわからないくらいたくさんの企画を並行してこなしてるよ。そのほとんどに誇りを感じてる。ぼくはシャーマンオークスに家を買ったんだ。子供はプライベートスクールに通ってる。すべては犯罪実話《トゥルー・クライム》ブームと、ケイシーが道を切り拓いてくれたおかげさ。

アレクシス・リー（アソシエイト・プロデューサー）

たったひとつだけ、ケイシーが正しかったことがあります。わたしはテレビ業界で二度と使ってもらえませんでした。だから大学院を出てセラピストになりました。一方の彼女は、さまざまな人たちの人生における最悪の瞬間をテーマにした番組をさらにいくつもつくり、すっかり金持ちになりました。ひとりはトラウマを生みだしつづけ、もうひとりは治療にあたっている。それ以上はいわないことにします。

エズラ・フィリップス（ポップカルチャー評論家）

かつて、宗教とは大衆のためのアヘンであるといわれた。人間の歴史のほとんどの時期において、たぶんこれは正しい。しかし、いま全世界的に服用されている新しい鎮痛剤は、疑いなくテレビだ。もしそのほうがよければ、〝コンテンツ〟と言い替えてもいい。どう定義しようとかまわないし、どんなメディアを使って画面を見ようとかまわない。しかし、アヘンってものにはひとつの定理がある——耐性が上がると、服用量を増やす必要があることだ。長いあいだ、犯罪実話《トゥルー・クライム》は目新しい刺激だった。人々は犯罪実話《トゥルー・クライム》と聞いただけでチャンネルを合わせ、画面の前にすわり、麻薬に酔い、温かくてぼんやりした気分になった。しかしやがて、犯罪実話《トゥルー・クライム》のスリルさえ効き目を発揮しなくなっていく。

つぎになにがくるのかと考えると、ぼくは怖くなる。視聴者にとっても……それをつくる立場の人たちにとっても。

モリー・ロウ（社会学教授）

家族と番組制作者がまず槍玉《やりだま》に上がったわけですが、多くの善意の人たちがいなければ、サラが死ぬことはありませんでした。もし彼らが、すぐ目の前で起きていることを見逃したりしていなければ……

ヴェロニカ・ヤン（校長）

あとから考えてみれば、ケイシーを校内に入れるべきではありませんでした。わたしはテレビ取材が生徒たちにとって、セラピーに似た効果を及ぼすと考えていたんです。生徒たちの気がまぎれれば、トラウマも解消しやすいのではないかと。しかし、すべてが終わったいまになってみると、わたしが間違っていたのがわかりました。ケイシーはわが校や生徒たちのことを、番組を面白くするための道具としか考えていなかったんです。

ミリアム・ローゼン（音楽教師）

わたしはサラにプレッシャーをかけすぎてしまったと思います。彼女にジュリアードのことを話し、あそこに行くことがきっとあなたのためになるから、なにがなんでも入学しなさいと強く勧めてしまったんです。ご両親にも相談してみたらって。いまでは、ヴァイオリンの音を聴くたびにあの子のことを思い出してしまいます。

オリヴィア・ウェストン（友人）

わたしはいまニューヨークに住んでいて、よくジュリアードのそばを通ります。サラがここにいればなって思いますよ。いっしょに新しいレストランを試してみたり、博物館へ行ったり、男の子たちの悪口をいったりできたんじゃないかって。でも、そこで思い出すんです。彼女はそもそもの最初から嘘に加担してたことを。すると怒りが湧いてきます。親友にそんなこと、普通はしないはずです。

ネリー・スペンサー（友人）

あたしはいまもフレデリックに住んでる。息子とふたりで。ちがうちがう、父親はウォーカー・コーチじゃないわ。サラがうちのチビちゃんに会えたらよかったって思う。あの子がいまもそばにいたらって。

正直いって、あの子の失踪事件があって以降、この町ってマジ退屈なのよね。

トミー・オブライエン（ギアリー・ホーム＆ガーデンの従業員）

ハーブは店を売ったんですけど、ぼくはまだあそこで働いてます。デイヴの話題が出ることもたまにありますね。お客から質問されたりとか。ぼくが事件当時もここにいたってことを知ってるんですよ。考えてみると、ぼくはデイヴが最初に嘘をついた相手なんですよね。仕事をぼくにまかせて帰っちゃったときに。でも、質問されたときは正直なところを答えますよ。デイヴは無理をしすぎちゃったわけだけど、いい人だったって。それに、ぼくはあの事件を教訓にしてるんです――自分がいま手にしているものに感謝しろ。もっと手に入れようと焦って、自分をプレッツェルみたいにひねって粉々にするなってね。

マイク・スナイダー（地元テレビ局のニュースレポーター）

デイヴはぼくらをヴァイオリンみたいに操ったってことだよね。ベタな表現すぎて申し訳ないけど、でもほんとにそうだろう？　ただ、はたしてぼくらに——地元メディアに——べつの対応ができたかっていうと、それはちがうと思うんだ。うちの娘が失踪したと訴える家族がいたとき、〝真偽は疑わしいが〟って姿勢で報道するだろうか？　それについてはいまもよく考えるし、しこりになってるね——あの事件がぼくらをシニシズムの時代へと導いたことは間違いないと思う、いまの人はニュースを見ても、それが真実だと信じたりしない。それってちょっと心が痛むね。

オラフ・レクレール（アイスクリームショップのオーナー）

報賞金ファンドに寄付した金は戻ってこなかった。誰が持っていったんだか知らないが、どこかに消えてしまったんだよ。それに〈ビッグ・オラフ〉はもう存在してない。〈ストーン・コールド・クリーマリー〉に駆逐されたのさ。

トラヴィス・ヘインズ（バス運転手）

ぼちぼちの生活を送らせてもらってるよ。犯罪実話《トゥルー・クライム》コンベンションに出演して、サインしたり、ファンといっしょに写真を撮ったりしてね。一回四十ドルのビデオ出演の依頼も週に何回かある。殺すぞって脅してほしいと頼んでくるやつもいる。おれ自身は冗談だって思うようにしてるけどね。だってほら、当人がゾクゾクするってんなら、こっちに不満はないわけでさ。でもな、まじめな話、アメリカはおれを愛してるぜ。おれはあの番組に二回しか出演してない。なのにファンがこんなにいるんだからな。いわれのない容疑をかけられ、さんざん叩かれた小男が、けっして屈することなく生き残ったんだ。そうとも、おれは勝ち組だってことさ。

イヴリン・クローフォード（マニーの妻）

あたしはいまもおなじとこに住んでますよ。車で食品雑貨店に行くとき、あの古いシェルのガソリンスタンドの前をかならず通るの。ある程度の時間が過ぎると、人は噂をしなくなるもんだって思うでしょ？　でもいまでも毎週電話がかかってくるし、やじ馬がのぞきにくることもあるのよ。ひとつだけ気に食わないのはね、世間の人たちがあの事件をサラ・パーセルの悲劇みたいにいうこと。ちょっと待ってちょうだい、うちの人も殺されてるんですけど。デイヴが刑務所に入ってるのは、マニーを殺した罪で有罪になったからなんですからね。それがほんとの犯罪で、ほんとの被害者なの。マニー・クローフォード。あの事件の話をするときは、あの人の名前も出すのが筋ってもんですよ。それにいっときますけどね、あの事件はそもそもうちの人のアイディアだったって話、あたしはそんなこと信じませんよ。金輪際、これっぽちもね。

クリスティーン・ベル（地方検事）

サラ・パーセル事件が法律制度の欠陥によるものだと思わないわ。まったくその反対よ。詐欺行為がなされ、わたしたちは犯人を突きとめた。殺人が犯され、わたしたちは殺人者を有罪判決に持ちこんだ。すべての点において正義はなされたってこと。つけくわえさせてもらえば、それもかなり迅速にね。もしどこかに欠陥があったんだとしたら、それはああいう不道徳な陰謀の温床となった社会の構造自体よ。わたしは知事選に立候補したとき、まさにその点を訴えたの。そして、ほんとうなら当選していたはずだった。

え？　わたしの口から説明してほしいの？　でも、誰でも知ってることでしょ。わたしの履歴書には小さなミスがひとつだけあった。そしてそれを、時代遅れのメディアが過大に報道した。わたしがいま知事の座に着いていないのは、それが理由よ。

モリー・ロウ（社会学教授）
さらに、サラ自身とは面識のない人たちもいます、彼らは事件に魅了され、それを自分たちの生活の一部にし、火に油を注ぐがごとく……

ベッカ・サンタンジェロ（サラ・ベアーズの創設者）
ファンがサラを殺したなんてはずありません。サラ・ベアーズのようなグループのせいでサラが死んだなんて、ありえないじゃないですか。わたしたちの存在が事件の結末を変えた？　まさか。わたしたちは何千マイルも離れたところから、すべてを後追いで見ただけです。気にかかるから見てたんです。もしわたしたちが見ていなければ……
そりゃ、どうなっていたのかは知りようがありません。多くの人たちが事件の報道を見ていなければどうなってたかなんて、わかるはずないじゃないですか。そんなの、考えるだけ無駄だと思うんです。

ブルース・アレン・フォーリー（陰謀論グループの指導者）
おれにはサラの死に責任があるか？　ハッ、あるわけないだろ。世間のやつらがおれのいうことをもっと早く聞いて、自分の頭で考え、常識を働かせてりゃ、あの茶番劇の真相はあんな惨事になるまえに露見してたんだ。しかしおれはずっと疑いの目を向けられてたからな。おとなしい羊どもを納得させるのはちょいとむずかしかった。たいていの場合、やつらは草を食《は》んでるほうが好きなんだ。

モリー・ロウ（社会学教授）

そしてさらに、サラを実際に救えたかもしれない人たち——救うことが任務である職業の人たち——がいます。彼らはもっとも直接的な意味において、サラを救うことに失敗しました。その失敗を彼らは認めているのでしょうか？　もし認めているとしたら、いまでもそのことが頭から離れないのでしょうか？

フェリックス・カルデロン（刑事）

サラ・パーセルを探しだし、彼女を待ち受けている運命を回避するために、おれはできるかぎりのことをすべてやった。ヒューストンのときとはちがって、自分の目の前で起きたことから逃げたりしなかった。記憶から去ったことなんかない。きょうに至るまで、一日たりともね。一度だけ、あの感覚を振り払ったこともある。だから、それがどんなに大変なのかはわかってる。あれをもう一度やり抜く力なんて、おれにはとてもないよ。

だから、答えはイエスだ。サラのことはいまでも毎日考える。しかしいまは、このインタビューを引き受けたことで知った事実で、もっと頭がいっぱいだがね。

モリー・ロウ（社会学教授）

そしてもちろん、実際に彼女を殺した人物がいます。彼は有罪を認めましたが、わたしには彼が、自分の行為を正当化しているかのように感じられることが……

ブランドン・グラスリー（近所に住むクラスメート）

ぼくは刑期を務めあげた。ありがたいことに、未成年者だったんで有罪答弁の申し立てを許されたんだ。最初の二年は少年院で過ごして、その後の七年は刑務所に入ってた。地獄だったね。でも、考える時間だけはたっぷりあった。サラが死んだことは申し訳なく思ってるし、キャビンで起こったことはすべてぼくの責任だ。サラがあんなことになったのは、彼女自身や両親のせいだと思うかって？　そんなふうにいうつもりはない。彼らのせいで人生をめちゃくちゃにされた人たちのことや、彼らがついた嘘のことを考えれば、すべてが露見して罰せられたのは当然だ。ぼくの父さんは二度ともとの人間に戻らなかった。フレデリックの町からは出ていかなければならなかったしね。でも、だからってサラは死に値したわけじゃない。

刑務所での生活は悪いばっかりじゃなかった。数年前に結婚したんだ。ああ、ペンパルから結婚を申しこまれてね。式は刑務所の礼拝堂で挙げた。幸運だよね？ すっごくいい子なんだ。もちろん、サラ・ベアーズの会員だよ。でも、ぼくに対して悪意は抱いてない。ぼくがなぜあんなことをしなければならなかったのか、わかってくれてる。大局的な見地からものを見てくれてるんだ。

保護観察期間を終えて一年になる。いまはフロリダに住んでる。先月、子供が生まれたんだよ。

名前はすんなり決まった……サラってつけることにしたんだ。

モリー・ロウ（社会学教授）

しかし、この悲しい物語の責任の所在を考えるとき、わたしはつねにケイシーに行き着きます。あのときに彼女がしたこと――フレデリックへ急行し、あの家族を操り、彼らの悲劇を大ヒット番組に仕立てたこと――それだけが問題なのではありません。それ以降の彼女がなにをしたかにも目を向ける必要があるでしょう。彼女はわたしたちの文化のもっとも陰鬱な瞬間をドキュメントすることによってエンターテインメント帝国を築きあげました。彼女は誰にはばかることなく犯罪実話《トゥルー・クライム》の女王を任じています。莫大な財産を築き、有名になりました。もはやセレブリティといっても過言ではありません。しかし、その犠牲となったものは？　わたしがここでいっているのは、ディスプレイに映しだされ、視聴者の記憶にいつまでも残る、破滅した人生だけのことではありません。ケイシー自身はなにを犠牲にしたのか、という疑問でもあるのです。

おなじ人間の悲劇を売ることに人生を捧げておきながら、人間らしさを維持することなどできるのでしょうか？　もしあなたが彼女に会って質問するチャンスがあるのだとしたら、わたしは彼女がなんと答えるのか興味があります。

ケイシー・ホーソーン（プロデューサー）

サラの死に責任を感じるか？　もちろん感じないわ。嘘をついて事件をデッチあげたのはデイヴ。彼女を絞殺したのはブランドン・グラスリー。フェリックスや大勢の警官たちは……いえ、忘れてちょうだい、彼のことは除外しておくわ。要するに、あたしはサイドラインの外側に立って、「あれを撮れ、これを撮れ」ってスタッフに指示を出してただけ。こんなことといいたくはないけど、悪いことは毎日起こってるのよ。カメラがまわってようとまわってなかろうとね。

で、ほかに質問は？　こんな仕事をしながら、なぜ良心に恥じることがないのか？　あたしの人間らしさ？　ちょっと待ってよ。それじゃなんだか、あたしのやってることが普通じゃないみたいな口ぶりじゃない。自分自身を見てよ、あなたがやってることだってまったくいっしょでしょ？　あなたはサラ・パーセルの死に関する本を書いてお金を稼ごうとしてる。あたかも、知的興味に貫かれた文化的意義のある本だって見せかけて。たいがいにしてくれる？

当ててみせましょうか……本が出たら宣伝をするわけよね。宣伝費をかけて、プロモーションツアーに出る。もし思惑どおりにいけば、たくさんの人たちがその本を買う。なかなかよく考えてあるじゃない！　あなたは批判を受けることがない。しかも同時に、利益を得ることができる！

あなたの本の読者だっておなじことよ。彼らは一生懸命働いて稼いだお金を払って、そのサーガに没頭するわけよね。楽しんで、感動して、もしかしたら気取って笑ったりさえするかもしれない。彼らにとってサラの物語は、ふかふかのベッドで寝るときの気晴らしでしかない。自分たちは、その本に描かれてる非情で冷酷な現実から遠く離れたところにいる。高級なシーツ、犯罪率の低い住宅街、扇情的できわどい内容の本。「アレクサ、玄関の鍵を締めて」――それって夢の生活よね。じゃない？　しかも、誰もがそれを楽しむ。著者のあなたも、出版社も、読者も――みんなそろって、現実に起こった悲劇をエンターテインメントとして消費する。

で、あたしは良心がとがめないかって質問よね？　なら、あたしにもひとつ質問させて……

あなたはどこが違うっていうの？

謝辞

信頼と英知とサポートを寄せてくれたふたりの守護天使、リチャード・アベイトとジョナサン・ベリーに永遠の感謝を。

そしてまた、忍耐強く勤勉で有能なハーパーコリンズ社の方たち、なかでも本書に対するもっとも鋭い批評家にして最大の功労者、サラ・ネルソンにも感謝を捧げたい。

訳者あとがき

二〇一三年、アメリカ東部の田舎町で十六歳の女子高校生が失踪、大手テレビ・ネットワークがその事件をリアルタイムで報道する連続リアリティ番組を制作し、全米の視聴者を不安と熱狂の渦に叩きこんだ。いくつもの悲劇とスキャンダルを引き起こしたこの番組の放送から十年、アメリカの作家ダニエル・スウェレン＝ベッカーが二十六人の事件関係者に取材し、謎に包まれた事件の真相をついに明らかにしたのが、本書『キル・ショー』だ――という設定のもとに書かれたサスペンスミステリー小説が、本書『キル・ショー』である。

そうご説明すればおわかりのとおり、この作品はいわゆるモキュメンタリー形式で書かれている。モキュメンタリーとは mock（欺く、嘲る）と documentary の合成語で、虚構の物語をあたかもドキュメンタリーのように描いた作品を指す。本書の場合は「作家のインタビューに事件関係者が答える」という設定で書かれているわけだが、その構成は明らかにテレビの犯罪ドキュメンタリー番組の手法を意識しており、読者の頭には「カメラに向かって自分の体験を語る関係者の姿」や「事件の再現ドラマ場面」などがつぎつぎと鮮やかに浮かびあがってくる。この強い映像喚起力を持つ語りが生みだす圧倒的な読みやすさとスピード感は、本書の大きな魅力のひとつといえるだろう。

もうひとつ指摘しておきたいのは、本書執筆の背景には、アメリカにおける犯罪実話ドキュメンタリー番組への高く根強い人気があることだ。こうした番組でとくに有名なのは、最新テクノロジーを使って過去の未解決事件を再捜査する〈迷宮事件ファイル〉だろうが、アメリカには同種の番組がそれ以外にも数多く存在する。また、本書でも触れられている時事問題番組〈ナンシー・グレース〉のように、現在進行中の犯罪事件を取りあげて詳細に紹介する番組もある。おそらく、ジョンベネ殺害事件やO・J・シンプソン事件などがリアルタイムで大々的に報道された影響もあるのだろうが、本書に登場する評論家が指摘しているように、アメリカにおける加熱した犯罪実話ブームには、どこか常軌を逸したものさえ感じられる。著者のスウェレン＝ベッカーはそれを作品のテーマのひとつに据え、犯罪実話物の危険な麻薬性を明らかにしていく。

では、そうした犯罪実話番組が、アメリカのテレビ界でこれまた高い人気を誇っているリアリティ番組と結びついたらどうなるか？　思いつきそうで思いつかないそんなアイディアから生まれたのが、本書『キル・ショー』なのである。

と、本書の特色とテーマの紹介がやや長くなってしまったが、じつをいうとわたしの興味はそこにはない。わたし自身がここで読者にお伝えしたいことはただひとつ、「この小説は面白い」という点のみだ。

とはいえ、最初に読んだときは、それほど期待をいだいていなかった。本書は純粋に事件関係者の証言だけで成り立っている。謎の手記だとか、被害者の日記、当事者同士が交わしたメールなどといったものは、いっさい挿入されない。とすれば、ミステリー的な凝った仕掛けはあまり期待できないのではないか、と思ったのである。

ところが、この予想は大きく裏切られた。本書は物語のあらゆる場所に驚きとひねりが仕掛けられている。しかもその多くは、うっかり内容紹介をするとネタバレとなり、読者の楽しみを奪ってしまいかねない。

たとえば、である。冒頭でご紹介した本書の設定を読んで、「現在進行形の犯罪事件をリアルタイムで報道するリアリティ番組など、現実には制作されるはずがないのでは?」と思った方はいないだろうか。これは素朴な疑問だが、同時に非常に重要な点でもある。もしここで読者を納得させられなければ、作品はリアリティを持ち得ない。ただの絵空事になってしまう。とはいえ、リアリズムを重視した作品の設定として、これはかなりの無理筋だ。では、いったいどうやって成立させるのか?

この難関を、著者のスウェレン＝ベッカーは巧みなアイディアでクリアしてみせる。番組制作のきっかけとなるのは、ある人物がなにげなくやった行為なのだが、これは設定に無理がないだけでなく、「それに似たことは、すでに現実世界でも起きているのでは」と思わせるリアリティと説得力がある。わたしはこの設定を読んで著者の才能に感心し、物語世界に一気に引きこまれてしまった。

こうしたアイディアの地雷が本書には随所に埋めこまれている。読者はそれを踏むたびにハッとし、「え、こんどはそうくるの？」と驚く。ときにはあまりに虚を突く展開に、思わず笑ってしまうことさえある。下手な予備知識があると、この驚きと喜びは半減してしまうだろう。そのため、ここではこれ以上詳しいストーリー紹介は控えたい。

ただし、各章の終わりに必ず意外な展開が仕掛けられた本書が、圧倒的なスピード感に溢れたエンターテインメント小説であることだけは保証しておこう。本書を手にしたミステリー・ファンのなかには、証言形式というスタイルから、ジョセフ・ノックス『トゥルー・クライム・ストーリー』（池田真紀子訳／新潮文庫）やジャニス・ハレット『ポピーのためにできること』（山田蘭訳／集英社文庫）を思い出す方も多いと思う。ただし、面白さの質はかなり違う。ここに挙げた二作は数多くの登場人物を把握するのがやや大変だし、それぞれの証言を読み解くにはそれなりの忍耐力もいる。しかしそのぶん、物語が重層的で、作品に重みがある。それに対して本書は、登場人物表など必要ないほど人物関係が明快で、物語の本筋がくっきりとしており、ジェットコースターノヴェル級の読みやすさを備えている。おそらく読者は、「こんなにシンプルな構成なのに、よくこれだけの意外性を連打できるな」と驚くはずだ。

もうひとつ、これはやや蛇足かもしれないが、本書は一読してからすぐに再読すると、「おお!」と思うような発見が随所にある。たんに伏線が巧妙なだけでなく、「ネタバレ寸前の大胆な描写がこんなところに!」という驚きが、あちこちに隠されているのだ。すでに本文を読み終わった方は、冒頭の数十ページだけでも再読すると面白いと思う。

とはいえ、本書がたんに面白いだけの軽い小説かといえば、そういうわけでもない。意外かもしれないが、じつはちょっと奥が深い。著者はインターネットの発達した現代社会がかかえている病理に意識的であり、いま現実に起きている具体的な社会問題のあれこれを物語に盛りこむことで、読む者に考えることを強いてくる。たとえばわたしは、本書に登場する評論家の指摘を読んで、「なるほど、トランプ元大統領が白人層からあれだけ強い支持を集めているのはだからなのか」と教えられたりもした。こうした「社会性」は作品のアクセント程度に抑えられてはいるものの、読者は作品の要所要所で立ち止まり、著者の提起した問題を自分自身の問題として胸に刻むのではないだろうか。

ではここで、簡単に著者の経歴をご紹介しておこう。ダニエル・スウェレン＝ベッカーはコネティカット州のウェズリアン大学を卒業したのち、ニューヨーク大学で美術学修士号を取得、現在はロサンゼルスに在住し、作家およびテレビ脚本家として活躍している。二〇一六年に第一作となるヤングアダルト小説 *The Ones* を発表、高い評価を得た。二〇一七年には、その続篇に当たる *Equals* も刊行している。

ちなみに、第一作の *The Ones* は近未来世界を舞台にしたスリラーで、遺伝子工学によって生み出された「ワンズ」と呼ばれる特権階級の少女が、体制の崩壊をきっかけに新たな生き方を手探りしていく姿を描いている。著者はこの設定を通して、正義とは、差別とは、テロリズムとはといった問題に迫っていく。これは本書の備えている問題意識とも通じるものがあり、スウェレン＝ベッカーの作家としての資質と興味がどこにあるのかを教えてくれる。今後彼がどのような設定の作品でわたしたちを驚かせてくれるか、楽しみに待ちたいと思う。

なお、本書の翻訳にあたっては、校正を担当してくださった上池利文氏、ＤＴＰ制作担当の生田敦氏、編集担当の吉田淳氏に、ひとかたならぬお世話になった。ここに記して深く感謝したい。

◉訳者紹介　**矢口 誠**（やぐち　まこと）
1962年生まれ。慶應義塾大学文学部国文科卒。翻訳家。訳書に、グレシャム『ナイトメア・アリー　悪夢小路』（扶桑社ミステリー）、ホワイト『気狂いピエロ』、ヒッチェンズ『はなればなれに』、アンダースン『夜の人々』（以上、新潮文庫）、ウェストレイク『さらば、シェヘラザード』、マッケイブ『ブッチャー・ボーイ』（以上、国書刊行会）他。

キル・ショー

発行日　2024年5月10日　初版第1刷発行

著　者　ダニエル・スウェレン=ベッカー
訳　者　矢口 誠

発行者　小池英彦
発行所　株式会社 扶桑社
〒105-8070
東京都港区海岸1-2-20　汐留ビルディング
電話　03-5843-8842（編集）
03-5843-8143（メールセンター）
www.fusosha.co.jp

印刷・製本　中央精版印刷株式会社

ISBN 978-4-594-09572-7　C0197